谨以此书

献给美丽中国 15 年来 3400 多位项目老师

献给全体扎根基层默默耕耘奉献的乡村教育工作者

献给长久以来关注、支持、推动乡村教育发展的社会各界人士

育人遇自己

YUREN YU ZIJI

张述 ◎ 著

一场大山里的教育接力

中央党校出版集团　大有书局

图书在版编目（CIP）数据

育人遇自己：一场大山里的教育接力 / 张述著 . -- 北京：大有书局，2023.9
　　ISBN 978-7-80772-102-4

Ⅰ . ①育… Ⅱ . ①张… Ⅲ . ①纪实文学－中国－当代 Ⅳ . ① I25

中国国家版本馆 CIP 数据核字（2023）第 149225 号

书　　名	育人遇自己：一场大山里的教育接力	
作　　者	张　述　著	
责任编辑	李瑞琪　　王佳伟	
责任校对	李盛博	
责任印制	袁浩宇	
出版发行	大有书局	
	（北京市海淀区长春桥路 6 号　　100089）	
综 合 办	（010）68929273	
发 行 部	（010）68922366	
经　　销	新华书店	
印　　刷	中煤（北京）印务有限公司	
版　　次	2023 年 9 月北京第 1 版	
印　　次	2023 年 9 月北京第 1 次印刷	
开　　本	148 毫米 ×210 毫米　32 开	
印　　张	10.25	
彩　　插	6 页	
字　　数	224 千字	
定　　价	58.00 元	

本书如有印装问题，可联系调换，联系电话：（010）68928947

序

美丽之路

从2008年到2023年，美丽中国支教项目已走过了十五年。十五年里，美丽中国与众多同行者一道，在乡村教育的田野上，走出了一条美丽之路。这条路承载着无数人追求中国教育均衡化发展的坚持和决心，记录着众多乡村教育者和支持者的探索实践和努力付出。

过去十五年，是一场"育人，遇自己"的双向奔赴。

"育人"始终是美丽中国的首要使命。我们持续行进在中国乡村，为云南、广东、广西、甘肃和福建的近五百所乡村学校派遣了三千四百多位支教老师，累计授课超过三百五十二万节，为近百万人次的乡村学生带去积极影响和改变。课堂内外，支教老师们成为乡村教育的枢纽，为乡村学生和社区带去"扎根乡土，面向未来"的优质教育；为祖国广袤乡村注入了青春活力和可持续的教育力量；更为当地老师赋能，逐步激活乡村教育生态，助力乡村振兴的实现。

"遇自己"则是一段自我成长的旅程。一代又一代极具社会责任感的美丽中国支教老师投身乡村教育，他们犹如微光，汇成炬火，点亮乡村学生的梦想和未来，也让自己在这份事业中收获历练和成长。带着支教中的思考和力量，多年来，身处各个行业的校友们，依然通过不同的方式持续关注和参与乡村教育，积极发挥长期的青年影响力，不断推动着美丽中国愿景的实现。

跟随铿锵前行的时代脚步，美丽中国亲历并见证了中国乡村教育的发展与变迁：从解决"有学上"到"上好学"；从基础硬件条件改善，到软件配套提升；从师资结构优化，到全面聚焦学生核心素养发展……身在其中，美丽中国对优质教育的追求、对乡村教育的思考、创新和变革从未止步，逐步从乡村基础教育的补充者转变为示范者、推动者和感召者。

书中乡村教育亲历者们的分享和感悟，包含了支教老师们的爱与汗水，乡村孩子们的梦想与成长，乡村一线教育工作者的坚持与守望，以及长期支持者的信任与陪伴。这本书，是他们的故事，也是所有关心、热爱、投入乡村教育的我们的故事。

在此，我们向所有在乡村教育道路上默默耕耘和奋斗的最可爱的人们致以最崇高的敬意，也期待有更多的同路人加入我们，一起让这条乡村教育美丽之路走得更远、更宽。

愿这份充满温度的书写，可以描摹出乡村教育和乡村学生的未来，也鼓舞着我们，为共同的愿景"让所有中国孩子，无论出身，都能获得同等的优质教育"继续努力。

北京立德未来助学公益基金会
美丽中国支教项目理事会

目录

育人篇 >>>
扎根乡土向未来

003　我有一只"魔法袋"

016　种下一颗偶然的种子

032　我爱我自己

046　星空如你的零食店

061　在美术课上"乱箭齐发"

077　用三万天去观察昆虫

089　向左走，向右走

105　一直在这里

129　被科技聚在一起

遇自己篇 >>>
一片冰心在玉壶

145　寻路中国

166　小严与老严

181　托住时代的底

194　此心不动

209　拥抱不确定

时代篇 >>>
星光同路越山海

227	教育就是唤醒
240	办"没有特色"的学校
256	70岁的梦想
271	成为生活家
306	耕耘者

后记

316	一生牵绊

育人篇 ◎ **扎根乡土向未来**

能认真为学生们准备一堂课,就已经很快乐了啊;能慢慢陪伴他们长大,就已经很好了啊;能做一个值得被信任的大人,就已经很幸福了啊。

我有一只"魔法袋"

在大寨完小,英语课从上节课结束就已开始。

下课铃响起,校园迅速笼罩在喧闹中,纷乱的脚步由远及近,罗正清打开宿舍的房门,一眼便看到学生们争先恐后飞奔过来,下个瞬间已经把门口堵得水泄不通,一个个高举胳膊,争相要帮老师拿教具,现场好像明星见面会一样热闹。

孩子们叽叽喳喳问候着老师,提出最关心的问题:"Miss Luo,这节课咱们做游戏吗?课堂表演吗?玩PK吗?气锤要拿吗?变声话筒呢?又有什么好玩的东西?"罗正清让他们在门口排好队,把教具逐一分给学生们,其实许多都是小物件,自己一个人就能全部带走。

分到教具的孩子欢呼雀跃,埋头研究一番,再仰起小脸提出新问题:"Miss Luo,这是做什么的?"罗正清总是笑着卖关子:"等到上课你们就知道了。"其他还在等待的孩子则忍不住向宿舍探头探脑,Miss Luo的房间就好像哆啦A梦的口袋,藏着无穷无尽的新奇玩意儿。

房间里有一张毕业照,罗正清打着红领带、穿着白衬衫,外罩一件黑长袍,两手搭在身前,长发飘飘望着镜头,俊秀的眉宇间透着古灵精怪,学生们都说老师这身打扮很像哈利·波特,而这张照片也的确是在英国拍摄的，地点是剑桥大学。2021年，罗正清以 Distinction（杰出）的成绩从那里毕业，毕业论文获得 Best Dissertation Award（最佳论文奖），回国后就来到这所位于临沧云县的村小，教一群乡村孩子学英语。

排到最后的学生没有教具了，仰头眼巴巴望着老师："我手是空的，没东西可拿。"罗正清伸出手："那你拿着老师吧。"孩子重又喜笑颜开，抓起老师的手就拖着她往前跑，罗正清必须加快脚步才能跟上。她利用这个间隙问："上节课咱们都学了什么啊？"前呼后拥的学生们吵嚷着纷纷给出答案，随后是各种英语的简短对答，一个又一个单词短句回荡在校园里。

前往教学楼这短短一段路程，师生们仿佛在举行一场短暂而盛大的游行庆典。他们浩浩荡荡走出宿舍楼，墙上画着太阳、下雨的乌云，并配以 sunny、rainy 等单词；走廊的墙裙上绘着英文字母；校门口还有一段五颜六色的楼梯，每级台阶都被涂上不同颜色，配着对应的英文单词：blue、pink、orange，这都是罗正清带学生们画的。

教室里静得仿佛大戏开幕之前。学生们屏住呼吸盯紧老师手中的黑袋子，等待今日份的惊喜。罗正清一脸神秘地举起它："I have a magic bag."她将袋子平举，让学生看到它没有底，还特意像戴套袖那样把手伸进去，从另一头探出五指："And there is nothing here."提着它来到第一排一个孩子面前："吹一口气。"孩子鼓起腮帮照做了。回到讲台，罗正清重新把手伸进袋里摸索，嘴里数着数，故意摸得很慢，台下的学生们交头接耳，好奇老师能从里面掏出什么。

"One, two, three!"罗正清数到三，突然掏出一把塑料尺，像擎着宝剑那样把它高高举起，掌声和欢呼笼罩了教室。罗正清举着尺子，问出本节课要练习的句式："What's this?"学生们纷纷举手。她把尺子举到一个孩子面前，又重复了一遍问题，孩子大声回答："It's a ruler."

罗正清高声表扬了他，递去一枚贴纸，学生郑重其事翻开自己的积分记录册，把它贴在上面。在英语课上，无论做游戏、回答问题还是上台表演，学生都可以得到这样一枚小小的奖励，哪怕答错了也能得到。那本积分记录册叫《成长的足迹》，是罗正清为学生们准备的，他们会在上面写下个人信息和自己的梦想，第一页则是自己和老师的合影，是罗正清支教之初拍下的。

刚来到学校，罗正清就感受到学生们日常与上课时的鲜明反差。走在校园里，孩子们总会"呼啦"一下围住自己，争相说个不停，那时她还对未来的教学满心乐观：都说农村孩子内向，自己的学生显然不是这样，英语课应该会很好教。没想到真的上了课，教室里却一片寂静，无论罗正清怎样变着法子发问，学生都不敢举手发言。她问他们为什么不肯开口，有孩子说："老师，我英语不好，我一辈子都学不好英语。"罗正清更加不解："三年级刚开英语课，你们从没学过，怎么知道学不好英语呢？""我语文、数学都学不好，英语肯定也学不好。"

那段时间，罗正清脑子里整天只想着一件事：一定要让学生敢于开口，享受学英语的快乐。《成长的足迹》就这样诞生了。罗正清把它们发给学生："你们和罗老师共同度过的时光，都会记录在这个本子上。只要积极参与英语课堂，就可以把本子填满。"

她还举着手机为每位学生录视频，鼓励他们依次做自我介绍。

起初，孩子们没人敢面对镜头，排队时互相推搡着："你先来，你先来。"有的孩子明明已经排到了，还会特意跑到队尾再排一轮。罗正清有办法："做完自我介绍的同学，可以和老师合影哦。"终于有学生鼓起勇气，生平第一次面对镜头，也第一次开口讲起了英语："Hello, I am ×××. Nice to meet you."只要学生顺利说出这几句，罗正清就会拉着他合影，之后再把照片打印出来，和学生一起贴在《成长的足迹》上。如此一来，其他孩子不甘落后，也纷纷要求合影，老师的宿舍前第一次排起了长队。之后的两年，这样的场景更是每天都要上演。

很快罗正清又发现，大寨完小缺乏多媒体设备，这对英语教学而言是个不小的劣势。为了更好地创设教学情境，她决定自己准备实物教具，没想到反而因此开发出了各种技能。

最先"解锁"的是绘画。罗正清此前完全没有绘画基础，为了让学生更直观地了解英语单词，每教一个新单元，她都会手绘一张海报大小的单元主情景图，教"school"就画一张学校的卡通画，教"dinner"则是一张全家吃晚饭的画，要学的所有单词都出现在画面里。起初画起来很吃力，罗正清经常需要反复涂改，画得不满意重新返工都是常事。时间一长，她不仅越画越好，更是乐在其中，画上两三个小时都不觉得累。

各种新奇的游戏也是那段时间陆续发明出来的。教颜色的单词时，罗正清突发奇想，尝试着把"变色丝巾"的小魔术运用到教学上。她把一块绿色丝巾攥在手里，问学生："What color is this?"学生喊出"green"后，便抽出与之相连的黄色丝巾，学生回答"yellow",然后继续"变"出蓝色、红色等其他颜色的丝巾,每变一次提问一次。学生们既感到有趣,又轻松地记住了这几个单词。

从此她一发而不可收,每次在网上发现新奇有趣的小物件,就会考虑如何把它和教学联系起来,于是有了那些别具一格的教具。"自然拼读日历"可以像翻日历那样随意翻出不同字母,组合成简单的CVC单词[①]。一个个小人外形的指偶可以套到五指上,教学生们辨认"father""sister""grandmother"等与家人相关的词。伸缩棒用来教"long""short",不过表演时失败概率很高,棒子有时没法伸长,有时会突然弹出去,师生们依旧乐此不疲。变声话筒则收到了意想不到的奇效,罗正清起初只是讲课时用它扩音,没想到激起了全班的好奇心,她索性让学生们用它来回答问题,许多孩子原本不敢说话或声音太小,听到自己被话筒改变后的声音都感到新奇有趣,发言也积极了许多。

各种游戏环节更令人期待。教天气的单词时,罗正清带着学生们玩"天气预报":把一样东西藏到教室里某个地方,一个学生负责去寻找,其他学生担任"天气预报员",反复朗读物品的英文单词,搜寻者距离藏东西的地方越近,"天气预报"的声音就越大,像雷达一样提示距离。学习动物的相关单词,罗正清让学生们拉上窗帘,打开手机的手电筒、装在三脚架上,自己用双手在灯光前玩起手影,请学生根据手影的形状猜测这是什么动物,

---

① CVC是"consonant-vowel-consonant"(辅音–元音–辅音)的缩写,基础词汇中有不少这样构词结构的单词。

并说出它的英文单词。教 *Dinner's Ready* 时，罗正清把自己用的碗碟刀叉、桌布花瓶、蔬菜米饭、厨师帽全部带到教室里，半个班的学生都来帮老师拿教具，有孩子说："Miss Luo上课像搬家。"

课堂上最激动人心的是PK环节。参加PK的两个孩子站上讲台背对全班，面向贴满黑板的各种单词，罗正清向其他同学举起一张单词卡，全班就一同把它朗读出来，两个孩子就像玩"打地鼠"那样，用手中的塑料锤去敲对应的单词，先敲到的得分，总分更高的阵营获胜。罗老师还把学生们分为四人一组，进行小组讨论。学生们给自己的组起了千奇百怪的名字，从"软糖少女"、"三只小熊"到"大鸭腿"不一而足，每位组员都有自己的名牌，还要讨论决定各自的分工：Group Leader（组长）负责主持讨论，Timer（计时员）的任务是为讨论计时，Secretary（秘书）负责记录讨论结果，Spokesman（发言人）则负责发言。

每学期召开两次的"英语积分集市"则是学生共同期待的节日。只要积攒了足够多的贴纸，学生们便可以用它们兑换想要的奖品：文具、玩具、图书、零食。学生阿花学习进度很慢，上课也不敢举手，连和同学日常交流都有障碍。为了鼓励她，罗正清让阿花每天来接自己上课，师生俩一路手拉手，练习英语单词和对话，用这种方式帮她复习，也鼓励她在课堂上更加勇于表达自己。积分集市前，阿花主动来找老师。

"Miss Luo，你看到我的愿望了吗？"

"看到了，你想要彩笔。"

"需要多少贴纸来换呢？"

"你有多少呢？"

"我有18个。"

"最少也要20个,这几天你要加油!"

之后几天的英语课上,阿花果然凭借踊跃发言早早赢得两枚贴纸,在积分集市上兑换到心心念念的奖品,她特意举着那套十八色水彩笔给老师看。罗正清比阿花还要开心,这还是学生第一次攒够贴纸。阿花并不知道,自己能拿到最后那两枚贴纸,其实是因为老师在课上有意多给了她发言机会。

"学英语嘛,最重要的就是开心啦。"罗正清总喜欢这样说。

赴剑桥大学读研究生之前,她任职于西安的一所重点高中,已经当上了英语备课组组长。日常聊天时,很多学生都表示,小学老师的教学方式生硬死板,自己完全体会不到学习的乐趣;学生也总少不了向老师提出同一个问题:我们为什么要学英语?

那时,罗正清有一套自己的"官方"回答:"一种新的语言是一种新的思维方式,帮助你在不同文化的兼容并包中成为更完善的自己。"也会举出各种更实际的理由:高考英语占150分呢;大学里写论文都要看英语文献;考研时英语也很重要……

不过如今,面对乡村学生们提出的同一个问题,罗正清会回答:"学英语是一件有趣的事情。老师因为会英语,才可以去国外学习、看到不一样的生活,回来讲给你们听;也因为会英语,才能和不同国家的朋友们交流,知道原来在我们不知道的地方,还有那么多新奇有趣的城市和人们。"

有一次,英语课正好讲到"时间",罗正清联系到了在英国读书的同学Mark,请他和学生们连线。由于时差,Mark特意起了个大早,当他出现在屏幕上时,学生们用刚学到的句式问他:

"What time is it?"并提出各种问题：在国外是怎么学习的？学校什么样？吃什么食物？买东西贵不贵？还有学生问："外国的钱长什么样？"下课后就有学生问老师要 Mark 的电话："以后我是不是可以去英国找他？"

后来，学生们对英国有了更多了解，又问老师："英国人平常说话都说英语吗？他们看电影也是英语吗？他们说英语好厉害啊！"罗正清不禁想：英国人说英语"厉害"，是因为他们每天都要说，为什么自己的学生平常不能都说英语呢？一个新的打算浮上心头。

这个课间，学生们又来找老师玩。罗正清装作不经意地问："如果咱们一起用课余时间演英语话剧，你们愿不愿意？"回答她的是一片欢呼，以及一声声的"我要演""选我选我"。大寨完小英语戏剧社很快正式成立，罗正清把它起名为 E'Joy Club，E 象征着 English，Joy 代表快乐，整个词组读起来又像是 Enjoy，老师希望孩子们可以在戏剧社里享受英语，收获快乐。

参加戏剧社只有一个条件——愿意就好，学生们不必顾虑自己的英语水平和表演能力，只要耐心肯学。有时同一个角色有两个以上的孩子报名，罗正清为了保证公平，就让他们在操场上竞争角色，其他孩子一起来投票。

那时英语课正在学小动物的单词，罗正清借机推出了第一台剧目 Follow Me，学生们戴着卡通头饰，扮演各种小动物，利用每天午饭和晚饭结束后的休息时间进行排练。三天后，第一部短剧诞生了，全长 1 分钟，却轰动了全校，各个班级的学生都争相报名参演。从那天起，每到课余时间，校园里每个角落都能看到一个个小"戏精"大声说着英语台词,与同伴手舞足蹈地对戏,有的孩子面对空气也能眉飞色舞地"飚戏",有时短短10分钟的课间,都会有学生跑来找老师练习。他们还经常互相比较,看谁的台词更多,很快小演员当中又兴起"抢戏"的浪潮,纷纷要求加台词。罗正清尽力满足孩子们的要求,剧本也因此越改越长。

随着学生热情的不断高涨,接连排演完三个剧目后,罗正清告诉学生们:"咱们要挑战更难的剧本。"她为低年级的学生原创了剧本,都是一边表演一边唱歌:*Ten Little Flowers*(《十朵小花》)、*Colours*(《颜色》);安排高年级的学生排练经典童话:*Three Little Pigs*(《三只小猪》)、*Pull the Radish*(《拔萝卜》)、*Snow White*(《白雪公主》)。罗正清除了任导演和编剧,还兼任了服装道具师,为每个剧目的几乎每个角色都购置了相应的演出服,带着学生们用硬纸板和胶水为舞台布景。

每次在校园里公演都好像过节。起初看到老师就躲的孩子如今追着罗正清问:"老师,我们准备好了,我们去演给校长和其他老师看好不好?"原先只当观众的学生看到同学在台上的表演,也主动来找罗正清要求参演。2022年6月,大寨完小E'Joy Club的学生还代表大寨镇到云县参加了英语节展演,站上了真正的舞台。每个剧目演出结束后,所有"演职人员"还要一起合影留念,罗正清会将照片打印出来,在背面写上留言,每人分一张。孩子们总是兴奋地跑去向其他同学炫耀,也会小心翼翼把照片带回家与家人分享。

公演之外,罗正清还会带学生们来到没人的地方录制演出视频,配上字幕发到视频号里,再请各位班主任转发到家长群中,以便忙于生计的家长也能关注孩子的点滴成长。这些视频经常能赢得老师和家长们的点赞与留言。有一天，一个女生跑过来，语气中满是责怪，表情却既羞涩又高兴："Miss Luo，你是不是把我们的视频发给家长了？我妈妈都看到了。"罗正清回答："是啊，那你妈妈说什么了？"女生丢下一句"不告诉你"，转身撒腿就跑。罗正清冲着她的背影大喊："那你下次还演不演了？"女生的声音迅速远去："当然演啦！"

如今，大寨完小的校园里有了每天40分钟的英语童谣广播、Colours主题的台阶、Letters主题的英语角、Weather主题的墙绘、随学习内容每单元定期更换的英语板报……孩子们跟着广播轻声哼唱，指着校园里随处可见的字母单词大声朗诵，平时见到老师会高喊"Good morning, Miss Luo"。

平时被其他同学有意无意嫌弃的孩子积极举手，回答的问题让全班刮目相看；话都说不清楚的孩子能在英语课上大声互动，一次又一次地尝试；学生羞涩地站上讲台、结结巴巴回答完问题，在全班的热烈掌声中笑逐颜开；学生们在舞台上自豪地展示自己，在积分集市上用贴纸换到想要的奖品……阳光正好，笑靥如花，看着他们快乐的样子，罗正清别无他求。

教学生英语课的同时，罗正清还参与了云县英语教师赋能项目，负责对当地老师进行英语教学培训。多年来，云县英语教学的师资力量始终薄弱，全县从事英语教学的老师有100多名，但大多兼任语文、数学等科目老师，专职英语老师不到20位，部分学校的英语课完全靠美丽中国的支教老师支撑。但支教老师们很清楚，想要改变这一现状，靠的不是更多老师前来支教，而是提高当地老师的英语教学水平。

《海洋》

作者：岑江小学 黄金莲
指导老师：美丽中国2017级项目老师 陈雅璠

海是什么

海是一颗忧闷的小石子
它在那幽蓝的深海里
这海水饭以烫
可依然有十十万的人
潜入这片深海
去寻找 让心忘却忧郁的石子

《诗是什么》

作者：琴小童
指导老师：美丽中国2019级项目老师 季小凤

从2018年开始，美丽中国支教项目就与云县英语项目合作，一届届支教老师通过组织培训、教研、送课下乡等活动提高当地老师的英语教学水平。罗正清也在支教之初就加入了这项活动，和队友们一同负责整个培训的课程安排和教学要求。

困扰她的不是培训，而是动员当地老师们加入。有的老师之前没教过英语，需要从零学习这门语言，再去给学生开课；有的老师是班主任，全天包班上课，一天下来精疲力竭，没有时间和精力去准备额外的科目；还有的老师对罗正清说："你们是名牌大学的毕业生，你们有更好的资源，我们什么都没有，教不出来像你们那样优秀的学生。"

培训团队为此定期邀请北京、昆明等地的教育专家，带来最新的英语教学理念和方法；开展英语课堂评比，和当地老师交流英语教学经验，为表现优秀的老师颁奖，让他们的努力付出得到县里的认可，更努力为英语争取到和语文、数学同等的重视程度；罗正清还和队友们一同筹办了"云县小学英语成果展"，学生以课本剧、英文童谣、英文对话展示等形式进行展演，希望让当地老师们亲眼看一看，自己教的孩子和支教老师教的孩子并没什么不同，只要用心、肯给学生机会，每个学生都可以创造奇迹。一次次活动过后，支教老师们收获了越来越多的认可，当地老师对英语教学的热情也大大提升。

由于剑桥毕业的耀眼光环，许多人难以理解罗正清支教的选择，"大材小用"是不少人对她的评价。罗正清却觉得，自己拥有的只是一个头衔，并没做成什么事业，谈不上"大材"；选择支教更不是"小用"，越优秀的人才越应该去教小孩子。童年正需要构建对世界的想象，孩子们如果能在这个年龄段明白学习是快乐的，知道世界的丰富和广阔，会为未来的成长打下坚实基础；一位好老师更能深远影响学生的一生。自己选择支教，只是做了一直想做的事，没什么对错可言。

小时候，罗正清经常执着于思考各种宏大深邃的命题，她至今也无法解释自己为什么会这样。有一次大半夜做噩梦，她哭着醒来，望着浓重的黑暗，突然觉得人生短暂，既然人死如灯灭，那为什么还要活着？后来她觉得，这是一种渴望，证明自己在世界上存在过的渴望。

2004年，乡村教师徐本禹被中央电视台评选为"感动中国年度人物"，看到他的事迹，罗正清在电视机前泣不成声，那一刻她想起自己的班主任。刚上小学时父母调动工作，罗正清随他们从广东转学至陕西。南北生活习惯的差异、语言的隔阂，让年幼的她在班里格外孤独。班主任许老师每天课后都帮她练习讲普通话，经常与她交流谈心，鼓励她勇敢尝试。童年的罗正清由此逐渐打开心扉，有了在新学校的第一个朋友，考取了在新学校的第一个100分，后来还当上了班长。

擦干眼泪后，罗正清找到了答案：选择当老师，可以在生命的轨迹里和许多人产生交集，在付出爱的同时收获爱，在奉献自我的同时实现自我，即便有朝一日离开这个世界，也总会在一些人的生命中留下影响，这就是自己来过的痕迹。从此她在心底种下支教的梦想，那一年她12岁。十年后，罗正清从北京师范大学毕业，如愿以偿当上了老师；十五年后，她远赴英伦，读的仍然是教育专业；如今，则在云南的乡村教起了英语。

当年选择留学，她自觉在教学上亟待提升，需要重新积累；留学归来决定支教，则是想看一看，如果是更优秀的自己在教育的更早期遇到学生，会有哪些不一样。来到这里后，罗正清却反而很少再去想这个问题："能认真为学生们准备一堂课，就已经很快乐了啊；能慢慢陪伴他们长大，就已经很好了啊；能做一个值得被信任的大人，就已经很幸福了啊。"与学生相处的那些日常瞬间，是她最宝贵的快乐源泉。

"Miss Luo，我觉得我是世界上最幸福的人，因为今天坐在你旁边看了一晚上的书。"

"Miss Luo，你有拍到昨天的晚霞吗？红彤彤的，照在我脸上特别舒服。"

"Miss Luo，你快出来看，今天的月亮是橙色的。"

学生们讨论老师房间里那张毕业照时，罗正清告诉他们："这就是剑桥的毕业服，你以后如果能去那里读书，也可以穿上它。"还有学生问老师，结束支教后会去哪里。罗正清说，自己也许回家乡，也许去北京。学生马上问："那我以后去北京找你好不好？"罗正清欣然答应："说定了啊，到时候我在北京等你，你带我去你的学校玩。"

她不觉得这样的想法遥不可及。自己同样出身普通家庭，如今已经看到了更广阔的世界，学生们怎么就不行？梦想还是要有的，努力就好了呀，当然，能开心快乐地努力就更好了。

而在那之前，Miss Luo 要做的，仍然是从"魔法袋"里掏出各式各样新奇的教具；也等待着每个课间，学生们向自己的宿舍蜂拥而来，嘴里还要喊着："今天我要第一个牵到 Miss Luo 的手！"

种下一颗偶然的种子

2021年12月13日,北京。

演播室开着空调,即便穿着厚厚的防寒服,十二岁的爱香还是忍不住战栗,既因为第一次感受到北方冬夜的寒冷,也因为紧张。

钢琴的旋律从台前飘入幕后,爱香默默听着其他选手的演奏,好几个登台的孩子都比她小很多,演奏的曲目却难度更高。这次参加比赛的四十多个孩子都来自北京,自己是唯一来自外地的选手,也是唯一来自农村的选手。

杨敬典弯腰凑到她耳畔:"不要想那么多,大胆地弹。错了也没关系,继续弹就可以,只是不要停下来从头弹。"

他声音本来就低,隔着口罩更有些含混。爱香点点头,不时从幕布的缝隙中探出头,窥探着近在咫尺的舞台,那里流光溢彩、万众瞩目,尽管只隔一道幕布,却与自己身处的后台俨然两个世界。

望着孩子对舞台的跃跃欲试,杨敬典想起爱香第一次听到琴声的那个下午。开学后不久的一个课间,杨敬典独自在音乐教室里试弹钢琴,这是即将组建的乐团中最重要的一件乐器。不知弹了多久,流畅的旋律间突然混入一两声没忍住的笑声。杨敬典停止弹奏扭过头,发现虚掩的门缝间露出几张孩子的面孔。班里的几个女生被琴声吸引,拥挤在音乐教室外听老师演奏。

杨敬典起身招呼学生们进来,爱香也在其中。她们围住钢琴,好奇又拘谨地打量着它的每一个细节。在老师的指导下,爱香坐上琴凳,小心翼翼地探出指尖、搭上琴键,震颤出第一个音符。围观的孩子们都露出不可思议的神情,杨敬典记得,那个瞬间,爱香的眼睛里有光。

那个下午,他教爱香弹会了《小星星》。学生求他教自己弹钢琴,杨敬典告诉她,学钢琴特别辛苦,爱香说自己能坚持。杨敬典并未太在意这表态,每个孩子学乐器之初都会雄心万丈,真正练起来很容易退缩,但他还是答应了爱香。离开音乐教室前,爱香把《小星星》的简谱用圆珠笔抄到手心上反复打量,就这样盯着手心走了一路。从这天起,她成了"秋海津乐团"的钢琴手。

和爱香一样,乐团里的每个学生刚接触乐器时无不满怀好奇,这不仅是他们第一次见到真正的乐器,有的学生甚至是第一次有了乐器的概念。杨敬典到来之前,很多孩子都以为音乐课仅仅是听歌和唱歌,更多的学生则从来没上过音乐课。

他们的学校位于云南大理宾川县力角镇,全镇共有9所中小学、3000多名学生,音乐老师却只有3位,在音乐课上放歌曲成为老师们无奈的共同选择。2020年成为镇上的第四位音乐老师之后,杨敬典一个人就要为全校15个班670多名学生上音乐课。他希望学生们能对音乐再多些了解:"听歌唱歌都不用学,我们要学纯粹的音乐。"

毕业于东北师范大学音乐学院,作曲专业出身,会演奏多种西洋乐器，创作过音乐剧，给电影公司做过影视配乐，在培训机构和私立学校都当过音乐老师，杨敬典此前此后所有的工作经历都与音乐相关。支教之前他就打定主意，要在自己的学校组建一支乐团。

杨敬典决定让学生们练习西洋管乐。城市里重点学校的西洋乐团大多以演奏交响乐为主，大小提琴等弦乐是主力，但这类乐器想练出成果，不仅要付出艰苦的努力，更需要极为漫长的练习，自己却只有两年时间，学生们又全无基础；选择管乐相对见效更快，他也不强求学生们演奏得多好，只想让他们感受到音乐的可能性。

用了半年时间，杨敬典陆续凑齐了20多件乐器。有些乐器是学校原本就有的，有些是其他从事音乐的朋友捐赠的，还有些是从美丽中国支教项目申请资金购置而来的，杨敬典还自掏腰包买了最后几件乐器。五花八门的来源使得乐器种类繁多：长笛、单簧管、萨克斯、小号、长号、架子鼓、钢片琴、钢琴、吉他、电贝司。这也使乐团的风格更接近Big band（爵士大乐团），这种乐团演奏的音乐大多经过改编，更适合毫无乐理基础的学生们；乐器的种类也更为多样，可以让学生们见识得更多。

招募乐手倒是简单。音乐课上，杨敬典每次宣布组建乐团的消息，不同年级、班级的学生都会争先恐后把手举成一片小森林。这也在杨敬典的预料之中，学生们对任何新鲜事物都感到好奇，除了上课。自己需要做的，一是确认哪些学生是真有兴趣学乐器，而非一时的心血来潮；二是测试学生们的节奏感。每次面试，杨敬典都要先随机敲一段节奏，让学生照着重复一遍，有的孩子敲不了几下就会忘记后面，但也有学生节奏感和记忆力都很好，可以轻松模仿老师敲出的大段复杂节奏。

一个月后，杨敬典选好了全部26名乐手，爱香被任命为团长，之前她常常跟着老师跑来跑去，帮老师选乐手，自己也会向老师推荐同学。乐团的名字被定为"秋海津"，它来自杨敬典大学时创作的一部音乐剧：《秋海津小镇的歌声之夜》。故事发生在一个小镇上，这里所有的居民都热爱音乐、会演奏各种乐器，主角是一个有着音乐天赋的男孩，渴望参加镇上的音乐节却没有勇气，最后在一个女孩的帮助下达成了心愿。杨敬典觉得，故事中的孩子和学生们很像。

一切都从零开始。杨敬典先一遍遍带着学生们识别五线谱，讲解节拍，再手把手地示范各种乐器的演奏方式；选好曲目后就是无穷无尽的练习。这也是最大的难题，从事音乐教育多年，杨敬典从来不会高估孩子们的毅力，面试之初，他就对每个学生强调："这种乐器学起来很辛苦。"之后两年的乐团排练中，这也是他最常说的口头禅之一。

第一次排练刚结束，就有学生退出；之后几个月内，又有学生陆续退出，半年下来，最初招的26个学生几乎走了一半，杨敬典只能重新再招学生。为了鼓励他们坚持，杨敬典绞尽了脑汁，笑称自己是"连哄带骗"。每次排练共40分钟，他允许孩子们先练习20分钟，剩下时间在音乐教室里放松，只是不能出教室；也允许学生休息时吃一点零食，有时为了奖励表现好的孩子，还会带他们出学校去买。如果学生们实在觉得累，他同样允许他们偶尔不参加练习，除非是临近演出前的集中排练。

有学生觉得自己练习的乐器太难，想换一种乐器，杨敬典会告诉他："任何乐器想演奏好，都需要长时间的练习，不可能这种乐器难、那种乐器简单。"乐团练习的曲目大多没有歌词，有孩子担心音乐太高深，自己听不懂，杨敬典又说："音乐本来就没什么好懂的，只要喜欢听就可以了。"他还经常讲自己当年每天练琴十四五个小时的往事，鼓励他们："我知道练习乐器很辛苦，我也是这样练出来的，可是干什么不辛苦呢？世界上就没有不辛苦的事情，你只能选择自己愿意承受的那种辛苦。"

半年下来，乐团成员基本保持了稳定。在杨敬典看来，这既是因为自己的要求没那么严苛，也是因为学生们学习音乐要比成年人快，能在练习中持续取得成就感。更重要的是，学生们对乐器的兴趣远超出练习的枯燥。

杨敬典始终强调兴趣。为学生挑选曲目时，他最看重的不是演出效果，而是学生是否喜欢。他会先找来自己认为适合的乐曲播给乐团听，题材基本不做限制：影视插曲，动漫主题曲，儿童歌曲，乃至网络流行曲。如果学生喜欢，他就对乐曲进行改编、降低演奏难度——自己原本的作曲专业正好派上了用场。杨敬典后来感叹，自己恰好既懂乐器又学作曲，最重要的是碰到了这样一群热爱音乐的孩子，这些只要少一样，乐团都不可能组建成功，这就是缘分。

排在爱香前面的女孩起身鞠躬谢幕，返回后台。报幕员念出爱香的名字，爱香脱掉防寒服交给父亲，露出黑色小礼服和脖颈上的白色纱巾，双手提着闪闪发光的蓝色长裙，在掌声中迈上舞台。

父亲举起手机录下女儿的背影，杨敬典也若有所思地望着爱香。舞台正中的钢琴距离她只有十几步，却又仿佛隔着万水千山，她不知付出多少汗水和精力才来到它面前，而相对于未来的人生，这仅仅是起点。

聚光灯从头顶打下，黑白琴键、乌木琴身泛着柔润光泽。爱香轻吸一口气，手指搭上琴键，第一个小节打破了寂静，是《小奏鸣曲》第一乐章。爱香稚气的脸上满是沉静，翻飞的十指间仿佛有蝴蝶在舞动，琴键起落不定，流淌出的袅袅琴声时疾时缓，溢满演播厅，飘向后台。

学生们当中，爱香对音乐的兴趣最浓，理解力也最强。杨敬典后来才知道，爱香的爷爷就是村里的唢呐匠，当地有各种红白喜事，爷爷都会去演奏，她该是继承了这份音乐天赋。她是住校生，每天晚自习结束，都要主动来音乐教室练习半小时到一小时，周末也经常来学校加练。每次排练前后，爱香还会主动在音乐教室打扫卫生。杨敬典曾"突击"回音乐教室检查，发现爱香在一边打扫卫生，一边督促其他同学练习。在一封信中，她还用稚嫩的笔迹提醒同学："乐器可以拿回去的同学，不要指望着父母监督你练，自己要自觉地去练，不可以东玩一下、西玩一下，然后就不练了。你练成啥样，取决于你自己。"和其他同学一样，爱香也会有懈怠和退缩。她既不吵闹也不抱怨，只是默默坐在座位上不肯练琴，偶尔还会缺席练习。杨敬典对此表示默许，下次练习，爱香就会重新出现在教室里。

漫长的练习过程中，师生之间也有摩擦。每天的大课间，全校学生都要在操场上集体跑步，只有乐手们可以不参加，而是在音乐教室排练。这天的大课间，其他学生纷纷跑向操场去集合，早就来到音乐教室的杨敬典却发现，爱香和几个女生一直在楼下说笑打闹，直到广播操音乐响起才陆陆续续上来。杨敬典很不快，问她们为什么拖拉，爱香随口回答："我们去上厕所了。"杨敬典立即戳穿了她："上厕所怎么可能那么久？我都看到你们在楼下聊个没完了，为什么这么磨蹭？"

学生们都不吭声了，爱香的目光中更满是怨愤。杨敬典抬高嗓门又问一遍，还是没人回答，他更加恼火，拍了下钢琴，在琴键的轰鸣声中起身离开音乐教室，自己生了一上午的闷气。

将近中午，一个男生来到办公室，代表乐团请老师回去。杨敬典回到音乐教室，发现二十几双眼睛齐齐盯着自己，所有成员都自发聚到这里，气顿时消了大半。学生们问老师为什么发那么大的火，杨敬典告诉他们："大课间不用跑步是校长的优待，为的是让乐团能认真练习，操场上所有人都在看着你们磨蹭，大家心里会怎么想？就算这样，只要老实承认，我也可以和你们好好沟通；可你们先是不说实话，之后干脆不再理我，我觉得这是不尊重我。我不会摆老师的架子，但一些原则还是要有的。"

那个中午，师生们聊了很久。爱香也承认自己不对，只是觉得老师不该生那么大的气，只要用正常语气提醒几句，他们就会认错了；反倒是这样"骂"自己，自己会更加抵触老师。杨敬典听得满头雾水，后来才知道，学生认为大声训斥就是"骂"。

聊到最后，杨敬典告诉学生："我希望你们以后能去公开演出，我想借这个机会带你们去城市看一看、玩一玩。但首先你们一定要把乐器练好，才有可能出去。"

这是他第一次向学生透露自己的打算，这个念头由来已久。带学生们去城市演出，为的远不止是游玩，更为了开阔他们的视野。杨敬典很清楚，乡村学生和城市学生最关键的差距就在于眼界，无论学生以后能否去城市、是否喜欢那里，至少要先了解它。他也相信，见识了城市生活后，学生们当中肯定会有人受到激励，这也可能反馈到学习中。

杨敬典最初想带学生们去家乡青岛。聊天时，他发现所有孩子都没见过大海，听说海水是咸的，有孩子露出不可思议的神情。杨敬典四处联系老家的朋友，有当地媒体采访了他，还发了稿件帮他宣传，但还是没能筹集到足够的资金。杨敬典只能一边继续带乐团排练，一边寻求新的机会。可由于一些客观条件的限制，两年来乐团始终无法进行公开演出。

让他感到安慰的是，孩子们的改变依旧明显。学架子鼓的福星上课老是没法集中注意力，走路总跳来跳去，四年级的孩子像刚上二年级那样瘦小。杨敬典去他家家访，第一眼就看到院子里一堆堆空了的泡面桶、自热锅，家里只有他一个人，父母都不在身旁，从小他就这样独自生活。刚加入乐团时，他的练习三天打鱼两天晒网，每次合练总是敲错鼓点，全团都得停下来等他重敲。同学们的目光使他如坐针毡，只能尽力逼自己集中注意力。慢慢地，他的练习时长从五分钟增加到十分钟、二十分钟，最后能静下心来参加整整一小时的排练。

阿源的改变更大。他之前是有名的"问题学生"，抽烟、喝酒、打架，有一次惹了事，班主任把家长请过来，陪读了整整三天。杨敬典准备招他进乐团之前，校长曾提醒："杨老师，招学生最好挑老实听话的。"班主任更是告诫他："这孩子聪明是聪明，但肯定会在乐团里捣乱。"但杨敬典和学生接触过才发现，阿源本性不坏，甚至很仗义，每次打架都是帮其他同学出手，自己不会主动惹事，还是把他招了进来。起初阿源同样不服管教，每次挨了批评，他或是像没听见那样扭头就走，或是不耐烦地回敬老师："行行行，你说得对。"但两年下来，他不仅对老师心悦诚服，也爱上了吹萨克斯，最喜欢的事是每周末回到外婆家，为她演奏一曲刚学会的曲子。

瘦弱的梓玉由于家庭原因一直很不自信，总是愁眉苦脸，动不动就唉声叹气，杨敬典和她开玩笑："你叹气一百次再走。"他经常陪她聊天，听她倾诉家里的各种烦恼，尽可能地安慰她，为她出主意，梓玉脸上的笑容慢慢多了起来。

胖胖的启文同样性格内向，刚加入乐团时胆小得不敢和老师说话，两年相处下来，他不仅学会了小号，也加入了同学们的说笑中，更敢于和杨敬典互相调侃。

如今回想起校长"乐团应该招老实学生"的提醒，杨敬典觉得很有道理，只是理由截然不同：这些内向的孩子，确实更容易沉下心来练习，同时更需要通过音乐来打开心扉、排解情绪。爱香就曾告诉老师，每次父母吵架，自己都会躲进屋子里，戴上耳机去听钢琴曲，听上一会儿，心情就慢慢平静下来。

身为音乐老师，杨敬典不愿夸大音乐的作用。"有人说弹钢琴会让人变聪明，拉小提琴会让人气质好，其实这是培训机构为了招生才这么说。学乐器的孩子本身家庭条件就好，就算不学音乐，气质也不会差。"他起初组建乐团，只是为了让学生们多一样兴趣爱好，如今发现，学习音乐更是对学生品性的磨炼。

杨敬典自己也有改变。和乐团长期相处下来，他觉得自己比以前更善于倾听，也更注意照顾学生的情绪了。少淇是乐团里又一个"问题人物"，她能说会道又有一副好嗓子，曾几次退团又几次回归。在杨敬典看来，这女孩比其他同学都早熟，聪明得有些过头。她曾是乐团的长笛手，因为耳膜受了伤，练习长笛时会耳鸣，杨敬典就安排她改练唱歌，不需要一直跟着排练，这让她更加散漫。又一次顶撞老师之后，杨敬典拉下脸来问她："到底想不想练了？如果不想练，哪怕出去玩一会儿，也比坐在这里影响其他同学强。"少淇不吭声，扭头就走。杨敬典后来才听其他同学说起，她回去后哭得很伤心，觉得老师不要她了。杨敬典顿时有些后悔，明白自己没照顾到小女生的心思。

之后的一个月，少淇再没参加过排练。直到某个晚自习，几个住校生来找老师聊天，她也跟着来了，不主动开口，但也不回避老师。杨敬典早就在寻找和解的机会，看出学生不再记恨自己，主动问："少淇，现在愿意回乐团了吗？如果再回来，还闹不闹了？"少淇低头踌躇了许久，这才轻声一句："愿意回来。"也向老师承认了错误，说着说着又哭了。这是她最后一次退出乐团，从此她再没顶撞过老师。

琴声还在继续。演奏只有短短几分钟，杨敬典却觉得无比漫长，长得仿佛爱香学琴的时光，也仿佛她从家乡来到北京的距离。

乐团演出的机会遥遥无期，杨敬典决定退而求其次，先把表现最好的爱香带出来。2021年的冬天，他在网上看到北京举办勃拉姆斯国际音乐大赛的消息，于是为学生报了名。爱香顺利通过了在线上举行的初赛，取得了去北京参加复赛的资格；杨敬典在青岛的朋友承担了路费，爱香终于和父亲来到北京，坐进了演播厅。

宽大的钢琴把爱香衬托得格外瘦小。面对人生中第一次公开演奏，她的表现与日常练习没什么不同。杨敬典仿佛看到她重新换回校服，坐在音乐教室的那架钢琴前，一年来的每个周末和无数个课间，她都是这样度过的。

孩子不容易——这样的念头在杨敬典心里反复徘徊。这一晚，他听完了所有参赛孩子的演奏，大部分比爱香的水平要高，但爱香能登上舞台、和这些城市孩子一起表演，本身就已十分难得。杨敬典再清楚不过，这是牺牲了不知多少休息和玩的时间，付出了不知多少努力换来的机会。

他进一步想到，爱香与城市孩子的实力差距，更多源于生活环境的不同。这些年，杨敬典接触过许多孩子，城市的乡村的都有，最大感受就是，除了极少数的天才或有生理缺陷的孩子，绝大多数孩子的天资没什么高下之分，如果把力角完小的学生送到北京的名校就读几年，他们可以表现得和城市学生一样优秀。

支教期间，有上了初中的学生告诉杨敬典，自己跟不上学校的英语课。杨敬典很清楚原因，力角完小各年级每周只能上一节英语课，学生能学到的内容很少。相比之下，北京的许多幼儿园都已配备了口语外教。自己的学生学不好英语，是因为不够努力，还是因为学不会？答案仅仅是，他们出生在这里。人生就是这样充满了无奈。

在他看来,这不是学生或家长的问题,也不是学校和地方的问题,而是教育的问题。想要改变需要时间,不是几年甚至几十年的事,也许需要几代人才能慢慢解决。这也是他选择支教的原因:自己能做的其实极为有限,可即便如此,也比什么都不做要强。

琴声中断,再度响起的掌声把杨敬典拉回到现实,爱香鞠躬谢幕回到老师和父亲面前,满脸如释重负后的快乐。她还告诉老师,自己比赛时有些紧张。杨敬典和她击掌庆祝,又与父女俩一同在舞台前合影,心情重新轻快起来。在北京剩下的时间里,他带他们去了天安门和长城。回到学校两天之后,他们又收到通知,爱香获得了非专业少儿组的金奖。

消息在当地引起一阵轰动,爱香家的不少熟人都感到不可思议。杨敬典并未刻意解释,所谓的"金奖"更多地带有纪念性质。这毕竟是爱香有生以来第一次获奖,孩子需要关注。在他看来,得奖本身并不重要,这次北京之行已经大功告成了。那几天,爱香对城市的一切都感到好奇,但待人接物始终落落大方,没有忸怩窘迫,参加比赛时心态也很平和,发挥出了正常水平。这让杨敬典确定,爱香值得拥有更大的舞台。

连爱香的父亲都深受触动。得知女儿获了奖,他摆下一桌杀猪宴,又一次把老师请到家里吃饭,与他滔滔不绝地一直聊到很晚。和大部分农村家长一样,爱香父亲之前并不知道如何教育女儿、与女儿相处,对爱香一直任其自由发展。杨敬典两年来去过爱香家不知多少次,和他交流怎样以身作则、怎样与孩子沟通。

在北京的几天朝夕相处，父女俩无形间亲近了许多；回到家后的许多天里，爱香父亲仍然沉浸在这一路的见闻之中，只觉得好像做梦一样；也打定主意，以后要尽可能多地照顾女儿，全力支持女儿的音乐道路。

更大的喜讯很快接踵而至。回到学校后不久，杨敬典就结识了昆明一家弦乐团的团长，和她谈起秋海津乐团，也谈起为乡村学生举办演出的想法。团长大为赞许，表示可以让秋海津与自己的乐团共同演出一次。在美丽中国及云南团队的协助下，一系列筹备工作很快展开：找场地、修改方案、制定防控及安保方案、为孩子们改写谱子、反复排练……这年夏季来临的时候，一切都已准备就绪。

2022年7月，杨敬典前脚结束了在力角完小的支教，后脚就带着秋海津乐团的全体成员登上了长途巴士。孩子们先是来到大理下关，在杨敬典这届支教老师的毕业典礼上做了一次演出，十余天后又前往昆明。7月16日晚，位于昆明金鼎科技园的演出场地内座无虚席，蓝底大屏幕上显现出两行白字——秋海津的夏天：一场乡村孩子的交响乐演出。

登台前，孩子们穿着天蓝色的校服，各自把花环戴到头上。杨敬典故意动作夸张地与他们逐一击掌，引来阵阵笑声，本就不多的些许紧张气氛瞬间烟消云散。指挥席上，杨敬典挥舞起指挥棒，钢琴前的爱香最先按动琴键，奏起久石让的 *Summer*。梓玉把长笛凑到唇边，面容沉静专注，吹响 *Totoro* 的第一小节，大屏幕上是宫崎骏电影《龙猫》的片段。启文在吹小号，胖胖的脸颊一鼓一凹；阿源在吹萨克斯；福星的位置在舞台最后，他攥紧鼓槌，全神贯注听着其他同学的演奏，准备敲响架子鼓。

少淇演唱了《千与千寻》的插曲《再度》，杨敬典改写了歌词："无论多远啊，相信自己，一定会走到，属于我的那个终点……"半年前，听爱香讲述在北京的种种见闻后，学生们就开始期待能去城市里演出；得知有机会去昆明后，整个乐团的排练热情都被点燃。真正来到城市之后，鳞次栉比的高楼、车水马龙的街道、熙来攘往的人群……每个细节都让他们既好奇又忐忑。杨敬典期待，和爱香的北京之行一样，这次见识到外面的世界，会在孩子们心底种下一颗偶然的种子。或许未来的某个时刻，学生们回想起在北京、在大理、在昆明的某些见闻、某段经历，会由此萌生走出乡村、前往城市的愿望。

杨敬典自己的音乐道路上就充满了各种偶然。上大学时他经济拮据，经常利用业余时间出去打工，钢琴老师随口说了一句："杨敬典最有音乐天赋了，就是不肯多练琴。"这句话让他深受触动，第一次意识到应该把精力投入到最重要的地方，从此开始狠练钢琴，练到最后，连老师都劝他不要急于求成。读研时，杨敬典想学习理论作曲，同学把自己的启蒙音乐老师介绍给他，那是长春大学音乐学院的前任院长，杨敬典每次在老师家中一学就是一上午，老师也不肯多收钱，每次只是象征性地收他一百元。三个月后，杨敬典在作曲方面已是脱胎换骨。如今自己也成了老师，他愿意带给学生们更多的"偶然"。

这个夏天随着演出落幕而结束。杨敬典离开了力角完小，在他的努力争取下，一位新的有音乐教育背景的支教老师来到学校，继续乐团的教学。秋海津乐团的成员们则大多升入不同的中学,少淇在短视频平台上发布了一条状态:杨老师走了,乐团也要解散了,我有些伤心。

她没想到,乐团还在,杨老师也没走。同在宾川县的金牛二小的校长听说了杨敬典的故事,力邀他来自己的学校办一支新乐团,这意味着杨敬典还会经常回来,而且一下要负责三个乐团:力角完小、金牛二小的新乐团,以及原有的秋海津乐团。

现在,杨敬典继续每周给秋海津乐团做网络教学,十几个孩子分成几组,每组讲一个小时,然后各自在家练习乐器。以前支教时,他每个寒暑假回到北京,都会通过这种方式给学生排练。如今刚好反过来,他平时在北京,寒暑假回到宾川县。

他希望把秋海津乐团一直带下去,孩子们也许不能都考上高中、大学,但他仍想看看,他们能不能在音乐这条道路上坚持下去,音乐会对他们的人生带来哪些影响,甚至他们以后能否从事与音乐有关的职业?他还起草了一个乡村管乐团推广计划,呼吁更多在大城市漂泊的音乐人来到乡村,给乡村学生带来美育教育。用杨敬典自己的话说,支教结束了,但教育远没有结束。

隔着网络,师生依旧亲密无间。孩子们经常向老师讲述初中的生活,阿源如今在班里是纪律委员,为了管一个惹事的孩子又打起架,手受了伤,杨敬典告诉他:"不要冲动,有事找老师。"阿源老老实实地听着,不时点头称是。爱香则因陡然加大的课业压力而感到明显的不适应,有时会在电话里哭起来,杨敬典时常鼓励和安慰她。

这也让他想起离别的那天,爱香带着全乐团为自己表演的歌伴舞。《听我说谢谢你》的歌声中,爱香脸上的笑意逐渐收敛,嘴角撇了下去,她尽力绷住脸,还是无法忍住泪水,只能一边抽泣一边继续表演。杨敬典也红了眼圈,拼命眨眼,嘴角仍带着笑意。表演结束,孩子们向老师鞠躬,告诉他,他的教诲与关爱,自己会一直记在心里。

　　杨敬典相信,他们一同记下的,应该还有那颗"偶然"的种子。

我爱我自己

刘璐至今记得学生们第一次走进新练习室的情形。女生们都换上了统一着装：黑色的T恤与长裤，白运动鞋，双手持花球，彼此却你推我搡，谁也不肯来到那一排明亮镜子前。这是老师不久前刚装好的，为了让学生们能在排练时看清自己的每一个动作。

她只能把女生们一个接一个拉进练习室。站在镜子面前，有的孩子羞红了脸，悄悄扭头看别处，有的看着其他同学在镜中的身影笑个不停，对她们来说，照镜子仿佛是一件新鲜事。刘璐费了很大力气才让学生们排好队，然后打开伴奏音乐，熟悉的《你笑起来真好看》的旋律溢满练习室，笑闹声也随即渐止。老师在前面领操，随时通过镜面关注身后女生们的反应，大部分人动作还算到位，目光却混乱飘忽，或是四处乱瞟，或是紧盯脚面，有的女生干脆全程闭着眼。还是没人敢面对镜中的自己。

刘璐关掉音乐，转过身鼓励女生们："看着镜子的时候，要告诉自己'我很美'，跳出来的每个动作都要自信。"

踏入济美小学不久，刘璐就发现，学校女生的人数比男生多很多，也普遍不自信。走在校园里，女生们只要见到老师就会躲开，每次在课上表扬哪个女生，她们都会像是挨了批评一样深深低下头、涨红脸。刘璐明白为什么。学校位于汕头潮南区的农村，村里许多家庭都是四五个甚至六七个女孩、一两个男孩，不少家长都用儿子的照片做微信头像，每天发朋友圈的主题也都是儿子、儿子、儿子，很多女生从小就得不到家里多少关爱。这种现状起初也让刘璐十分抵触，填报支教志愿时，她把支教地选在了自己最熟悉的广东，却特意加了句备注："非潮汕"。没想到，还是阴错阳差被分到了这里。她只好自我开解：自己起码可以成为这些女生的榜样，让她们在家庭的影响之外看到另一种可能性。

两年支教，刘璐成功地让自己的体育课成为全校学生最喜爱的课程。无论哪个班上她的课，学生们都会一窝蜂跑出教室，冲到操场上大呼小叫、你追我赶，欢笑声直到上课铃响才中断，没过几分钟又会重新响起——这意味着他已在老师的带领下开展了各种体育项目：趣味跳绳、平板支撑、篮球训练、体操，还有各种身体素质练习和体育游戏。

她也让自己成为全校最受欢迎的老师，外班的许多学生并不知道刘璐的姓名，只叫她"体育老师"；刘璐在体育之外也教语文，但每次走进各班的教室，学生们对她的称呼还是"体育老师"。有一次她外出了几天，刚迈进校门就被眼尖的学生发现，从操场到宿舍短短的一段路上，学生们成群结队地赶来迎接她，这一拨还没走，下一拨又来了，更多的学生在奔走相告："体育老师在了。""体育老师真的在了。""走，我带你看体育老师。""你看，体育老师！"……

回忆起这些支教往事，刘璐经常说着说着就会忍不住先笑起来。如今的她很爱笑，在与学生的合影中，脸上总是带着灿烂的笑容。但支教之初，刘璐的笑容很少。

她至今记得开头几节体育课，总能看到一大半学生只穿着拖鞋甚至光着脚来上课。刘璐担心学生受伤，反复叮嘱要穿运动鞋，学生们始终置若罔闻。她因此立下规矩：上体育课时如果穿拖鞋或不穿鞋，就不能参加体育项目，只能站在旁边和老师一起当裁判。这个办法立竿见影，学生们很快齐刷刷地换上鞋子。刘璐随后又注意到鞋子的各种问题，有学生的鞋子粘不紧带子，有的鞋子太挤太破，只有少数孩子有运动鞋。她也试图劝说学生们去买，但了解到一些孩子的家庭情况后，还是放弃了这个打算——有的学生家庭条件差，有的父母不重视体育，还有的父母不肯给女儿花钱。

学生的身体素质更加堪忧，这也是刘璐在支教前就了解到的。读研究生时，她随导师走访过许多乡村学校，这才意识到，"农村学生爱劳动所以身体健康"只是城市人的刻板印象，现状其实刚好相反。在许多农村地区，营养不良、卫生条件差等原因导致农村学生的体质普遍弱于城市学生；体育老师在农村学校也奇缺，一个镇往往只有中心小学才能配备一两位，集合、跑步、自由活动往往就是许多学校体育课的全部内容，刘璐到来之前的济美小学正是如此。有的学校虽有一些体育器材，但因为没有专职的体育老师，始终闲置。

无论学生还是家长，也大多没有锻炼身体的意识。刘璐每次去家访，见得最多的场面就是学生抱着手机没完没了地打游戏，家长对此不闻不问。她曾劝一位家长管管沉迷于手机的儿子，那位父亲却回答，孩子常看短视频，可以拿到平台发放的奖金。

这些现状也让刘璐回忆起童年。家乡在山西临汾的一个小县城，刘璐从小就身体条件出众，凭借1.68米的身高，800米2分37秒的成绩，一路"跑"进大学，又在华南师范大学读起了体育教育专业的研究生。可她至今记得刚进入大学时的心理落差，上篮球课时，很多家在城市的同学都已是二级运动员，自己却是第一次接触篮球，其他体育项目更是闻所未闻，从小到大唯一会的只有跑步。她用四年时间拼命锻炼，追平了与其他同学的差距，也开始关注起城乡教育资源不平衡的问题，她研究生毕业论文的题目就是"如何用体育阻断贫困的代际传递"，毕业后选择支教是因为，"这些孩子不该和我小时候一样，他们值得更好的体育教育"。

刘璐联系了母校华南师范大学，筹来篮球、跳绳、呼啦圈等体育用品，又通过美丽中国项目主管联系到一家企业，为全校每位学生资助了冬夏两套校服和一双球鞋。发放校服那天，整个济美村像过年一样热闹，建校55年，济美小学的学生第一次有了校服，即便在整个雷岭镇也是头一遭。后来，刘璐还举办了济美小学第一届校运会，设计了"阳光体育"项目，带领韶关、河源、潮州、梅州等地的40多位支教老师，为20余所乡村小学的5000多名学生提供了体育教育的支持。两年后，全校学生体能测试达标率达到了98%。

最受欢迎的健美操队是在支教第二年建立的，刘璐早在支教之初就有这个打算，大学时她读过一篇报道，大量数据表明，很多女生12岁以后会慢慢丧失对体育的兴趣，成年后业余时间还肯做运动的就更少。刘璐希望用这种方式让女生们对体育产生兴趣，以后也能一直享受运动的快乐，尤其是要明白，男生可以做到的，女生同样能做到。

不过那时候，学校既没有场地也没有音响设备，刘璐又忙于各种各样的教学任务和课外项目，只能把计划搁置下来，这一放就是一年。直到支教第二年镇上开展阅读节活动，刘璐接到通知，全镇每个学校都要出节目，她觉得不能再拖下去，硬着头皮开始了筹备。

起初，刘璐带学生们在操场上练习，但效果并不理想。练习必须有音乐伴奏，学生也需要看视频了解动作，但那样声音太大，既影响别的班级上课，也会引来其他学生围观，学生们很容易害羞、不肯尝试。刘璐只好在自己的班级带着学生练习，每天放学后，她都和学生把课桌椅摞起来、靠墙摆放，在教室中央腾出一块尽可能宽敞的空地，然后用手机播放音乐，自己在前面领操，学生在后面跟着做动作。

为了让学生坚持下来，刘璐事先告诉她们：想去镇上表演，必须每天坚持跳，每次练习前也都要点名，不能有旷课的现象。她很快发现这个告诫是多此一举，学生们的积极性远比老师还高。每个课间或是中午，刘璐在宿舍、办公室、教室之间往返的时候，都能在各个班级看到女生们三五成群地自发练习，彼此纠正动作，满楼道也能听到孩子们在哼唱那首伴奏音乐《你笑起来真好看》。放学时间一到，必定会有孩子主动跑过来催老师跳操，有的孩子回家后还会主动练上一两个小时，就连一二年级的孩子都会模仿姐姐们练习时的动作，跟着扭动身体。周末加练，不少孩子都会早早从家赶到学校，提前一两个小时守在校门口。所有参加健美操队的孩子没有一个退出的。

阅读节就快要到了，上场名额和经费都有限，只能有12个孩子登台，刘璐开始对队员进行选拔，公正起见，她把全校所有老师请过来一起担任评委。学校的气氛也骤然紧张，每名队员都在竭尽全力地展示自己，有好几次老师喊了停，她们还在跳。一个正要上场的女生突然跪下来不住磕头，嘴里反复念叨："希望我能选上，希望我能选上。"刘璐把她拉了起来。公布上场名单时，几家欢乐几家愁，选上的孩子欢呼雀跃，没选上的或是默默落泪，或是号啕大哭。

阅读节上，济美小学的演出惊艳了全场。孩子们动作齐整，神情自信大方，谁也看不出她们从临时组队到登台表演，只用了两个月的时间。台下学生羡慕、老师兴奋、家长惊喜，许多人高举手机录下整个节目。刘璐同样为台上的孩子们骄傲，只是此时想得更多的，却是那些被淘汰的孩子。

她还记得四年级的嘉敏，小姑娘平时内向胆小，参加选拔时动作和表情都很僵硬，很自然地被淘汰下来。刘璐特意去她家家访，嘉敏一直躲着不见老师，好说歹说才出来。刘璐说了许多安慰的话，嘉敏一声不吭，只是低着头抽泣。她妈妈说，那次选拔过后，嘉敏回到家里每天都在哭。姐姐嘉然被选中了，嘉敏又边哭边跟着她学动作，就这样一直在家里默默练习。刘璐没有吭声，暗自决定再给这些被淘汰的孩子一个机会。

没过多久就是校运会，刘璐每天忙里忙外，却始终牢记对学生暗自许下的承诺。她向学生们宣布，校运会上要再次举办健美操表演，只要之前学过健美操又符合条件，都可以来报名。她还打印了招募通知贴在学校的公告栏里,又附上选拔标准:对健美操有着强烈兴趣;接受老师指导,愿意主动在家练习;尊敬师长,团结同学,认真学习;选拔时要自学一小段舞蹈。惊喜又好奇的学生们立刻围拢过来,公告前很快挤满了一个个小脑袋。有的孩子一字一句地大声朗读,也有的飞奔跑去告诉其他同学。小小的学校很快再度沸腾起来。

第二次选拔开始了。刘璐一直留意嘉敏,果然看到她躲在一旁,神情紧张地盯着其他正在表演的同学。为了节约时间,刘璐把学生们分为五人一组,按组跳健美操,轮到嘉敏那组时却只有其他四个女生,嘉敏独自躲在一旁。刘璐十分纳闷,等这组跳完正准备询问,嘉敏却独自上了场,跳起同组同学刚跳过的那段健美操。

刘璐默默看着嘉敏的动作,孩子跳得其实并不好,节奏总是不对,动作也不到位,只有神情一如既往的专注。她猜到了孩子这样做的用意:嘉敏也知道,凭自身的实力很难通过选拔,如果再和其他同学一起表演,老师很难关注她,那样就更容易被淘汰了。她是在用这种办法尽力增大自己入选的机会。

嘉敏的表演只有不到一分钟。刘璐不知她为了这一刻,花了多少心思才想出这个办法,又是鼓起多大勇气才独自在所有人的注视下完成表演。说到底,孩子平时得到的关爱太少,她渴望被别人看到。加入健美操队,该是她不到十岁的人生中遇到的第一次机会,也是第一次全身心地热爱一件事。可刘璐又很清楚,以嘉敏目前的功底,即便参加了健美操队也肯定跟不上进度,学起来会非常吃力,那样不仅她自己会付出更多的汗水和辛苦,也会拖累整个健美操队的训练进度。

恍惚间，刘璐想到了以前的自己。她一直觉得自己天赋很差，学什么都吃力，尤其是在大学第一次学健美操的时候。同样的动作，其他同学一两遍就能掌握，自己却需要重复很多次，成长道路上也同样充满了挫败。她完全能理解嘉敏之前的伤心、此刻的渴望，成年人或许不觉得这是什么大事，但她还只是孩子。

短短几十秒的表演结束了。刘璐宣布暂停，让学生们先休息，自己借口上楼拿东西，离开了选拔现场。她一边爬着楼梯，一边有些羞愧：支教的意义就是公平，为了让每个孩子享有同样的资源。自己的选拔其实违背了这个初衷，嘉敏这样的孩子确实资质不好，但她们对健美操有着真正的热爱，这次如果再被淘汰，也许刚才那短短几十秒就是她最后一次跳健美操，她这辈子都不会再去学了。

走进楼上的办公室时，刘璐已经打定了主意。她随手拿了个笔记本重新下楼，继续看完剩下几组表演，最后告诉学生们：所有人都选上了。然后挨个给学生量身高、体重和鞋码，准备为她们购置演出服。

远超预定的人数使训练场地再次成为一个棘手问题。原先的教室太小，刘璐在校园里四处寻觅合适的场所，最后总算在学校附属的幼儿园找到一间空教室，仍然容不下所有学生。队员们的基础也参差不齐，即便能同时在教室里练习，进度仍然会被那些学得慢的队员拖慢。

刘璐最后用分班的办法同时解决了这两个问题。她把学生按基础分成两个班，基础好、学习快的学生在"梦想班"，基础薄弱的在"超越班"。两个班的队员也并不一直固定，超越班进步快的孩子可以调到梦想班，梦想班适应不了进度的也可以去超越班。刘璐在周二和周四、周三和周五的下午各自给两个班教学，周一的下午则留给自己。这下皆大欢喜，所有的学生都很开心，只是没人知道，分班教学意味着体育老师要付出不止双倍的时间和精力。

也是定下练习室之后，刘璐向美丽中国支教项目申请到"美丽微基金"，给这里装上了镜子。在老师的一再鼓励下，学生们终于慢慢适应了面对镜子排练。那时正是盛夏时节，当地的气温高达30多摄氏度，又没有空调，每次排练完，师生身上的衣服都好像水洗过一样。可只要音乐不停，学生们仍然一直满头大汗地训练，没人旷课也没人喊累。

有的孩子变得爱笑，有的孩子从不敢主动开口到敢在别人面前大大方方地表演，还有女生告诉老师："我现在觉得自己很好看。""我比以前更爱自己了。"嘉敏一直在超越班，最初的位置也在后排，有一天却主动跑过来问刘璐："老师，我觉得我现在跳得比较好，你能让我站到前面吗？"刘璐满足了她的愿望，学生跳得确实比刚练习时好多了。

阿真之前以不肯交作业而在全校闻名，报名参加健美操队时，刘璐向她强调：参加排练必须按时完成作业，不能因此影响学习；如果有三次没完成作业的情况，就算自动退队。阿真保证以后按时交作业。从那天起，刘璐隔三岔五就向阿真的班主任确认她完成作业的情况，学生果然说到做到，不仅再没有不交作业，连上课都比以前更加认真，成绩也提高了。

有一次，阿真在家不小心扭伤了脚，母亲劝她先养好伤再跳，她怎么也不听。刘璐特意赶到学生家劝说，刚一开口，阿真就哭着哀求："老师，我的脚已经好得差不多了，我也有擦药、有吃药，我会听话的！我就是想学跳操，我慢一点可以吗？"刘璐除了安慰，又耐心解释了许多，终于把学生安抚下来。之后养伤的几天，阿真虽然没能跟着练习，但每天仍坚持来练习室看队友们跳操，脚伤刚一好，立刻迫不及待地重新投入训练。

阿琪是全队的"C位"，本来就有舞蹈天赋，又肯下苦功，每次练习或演出，她都是动作最到位、表情最丰富的队员。之前她经常旷课，更不肯交作业，见了老师也爱搭不理，老师们提起她就头疼，和她要好的同学也很少。加入健美操队以后，刘璐告诉她要有感恩之心，见了老师要主动问好，后来她每次见到其他老师，都会隔着很远就跑过去问好。

校运会上的表演又一次取得了成功。健美操队随后又去了深圳，在美丽中国的慈善晚宴上表演。那次游学，阿琪坚决要求和老师住同一个房间，在深圳的那几天，师生每晚都要聊很多，有时会聊到很深的话题。阿琪问老师为什么要来支教，刘璐给学生讲自己以前的经历，鼓励她："还有很多像我一样的哥哥姐姐来支教，放下自己很好的前途来陪伴你们，希望你们不要放弃读书，以后也要有自己的兴趣爱好。"阿琪问："如果以后我没法再跳操了怎么办？"刘璐告诉她，即便没法走这条专业道路，把爱好坚持下去也会得到很多回报。在她看来，体育课不只是上课，健美操也不只是课外项目，自己要带给学生的更不只是强健的身体，还有运动的快乐和对未来的梦想，这些有可能伴随学生们的一生。

不知不觉间,刘璐的想法已和支教之初大相径庭。她刚来学校时,学生当中流传着"刘老师很恐怖"的说法。她曾因为学生总是不肯复习而把他们留堂,听写不合格不能回家,最晚留到了七八点钟,来学校接孩子的家长大为不满:"老师你不能这样,孩子会饿。"刘璐反问:"我也饿,谁心疼我?他回家了,有你们家长给做饭,我还得自己做饭,还得备课,我也睡不了觉。如果觉得我今天很严厉,请回去督促孩子学习。"

那段时期,刘璐每天都会生好几次气,恼火于学生不理解自己的苦心,体会不到自己的付出。除了教体育,她还要担任六年级毕业班的班主任、负责语文课,经常因此被朋友调侃,她学生的语文课是体育老师教的。玩笑归玩笑,刘璐从不敢掉以轻心,写教案写到夜里10点多是常事,第二天早上6点又爬起来继续做PPT,没有休息也没有娱乐。

国庆节前,她因水土不服而肚子疼,因为不想耽误学生的课,每天咬着牙硬撑,直到实在撑不住,才终于和综合课老师换了一节课,准备去看病。她走进教室时,本来已准备上综合课的学生顿时一片唉声叹气,刘璐勃然大怒:"不想上语文课是吧?那你们自习好了!"她坐在讲台前,肠胃一阵阵地翻腾,更痛的却是内心。

病情比预想的要严重,那个国庆节假期,刘璐是在医院度过的。好在校长、项目主管、队友们轮番前来探望,她并不感到孤单。独自躺在病床上,刘璐盯着天花板,有时坐起来望着窗外,反思这一个月来的支教经历,终于意识到,自己之前有些急于求成，只是一门心思想着如何提升全班的成绩，面对学生总是不自觉地"俯视"，预设他们不肯学习、不肯听话。自己总抱怨学生不体谅自己，却从未想过，学生同样需要理解。

出院后，刘璐的心态已平和了许多，反复默念着"相信什么就会看到什么""放过自己也放过学生"，重新踏入教室。从那以后，刘璐的脾气越来越温和。第二年教新班级的时候，学生们私下里都在议论："上一届学生说刘老师很恐怖，我看并没有啊。"

仅有的一次发火是为了娜娜。女孩乖巧懂事，看到老师会主动问好，在家也会承担做饭、照顾弟弟等家务。直到有一天，刘璐从其他学生那里得知娜娜受了欺负，单独去找她询问，刚一开口，女孩就抱着老师放声大哭了许久。刘璐对孩子好一番安慰，问清事情的来龙去脉，又去监控室调出视频，顿时气得指尖冰冷。让她愤怒的不仅是那几个女生的霸凌行为，更因为她们都是娜娜最好的朋友，成绩在班里名列前茅，班长也在其中；霸凌娜娜只是因为，娜娜不愿跟她们一起去霸凌别的同学。

连着三个夜晚刘璐都不能成眠，白天一边收集几个女生霸凌的证据，一边寻找解决办法：查阅各种校园霸凌的案例和解决方案，向心理咨询教练询问，和校长、当地老师、队友、项目主管沟通，家访，开主题班会。她把那几个霸凌的女生叫来谈话，宣布她们本学期的班级积分全部清零，停了她们的体育课，还用尽可能平静的口吻告诉她们，一个人如果品行恶劣，即便能力再强、本领再大，他也是彻底失败的；如果真的触犯法律，他的人生更是会被整个"清零"。在几个女生低着头向娜娜道歉后，她让她们去做"关爱天使"，要一直关爱娜娜，陪她聊天，放学陪她一起回家。

事情看起来已经解决，但后来在诗歌课上，刘璐读到了娜娜的诗《你在哪里》："过去的你去了哪里/你什么时候可以回来/那个天真，没有阴影的你。"她明白，霸凌过去了，但在娜娜心里，伤害始终还在，从此对孩子多了一些关注，不时找她聊天，更一遍遍向她强调："你没有做错什么。"

每次读学生的小诗，刘璐都能从短短几句中捕捉到那些幽微的情绪，并以此为契机，了解到她们的心事。每首小诗都是孩子们的树洞，藏着她们的成长密码，自己则可以当那个解码的人。成绩优异的梓莲在《蝌蚪的秘密》中写下渴望被父母重视的心愿："小蝌蚪/努力地游/努力地长/想博得青蛙的称赞。"晓蝶在《分工》中写出自己的困惑："女性要做家务/男性要工作/为什么要这么分呢/这个问题从来没有得到答案。"阿真在《雨》中自我开解："嘀嗒嘀嗒/下雨了/天空别伤心/白云和乌云只是吵架了。"刘璐后来得知，她的父母常年在外打工，爷爷奶奶在家又总是吵架，这让孩子一直没有安全感。

2021年，刘璐带着"全国乡村振兴青年先锋"称号结束了支教，她也是汕头市唯一获得这项荣誉的候选人。早在离校之前，学生就一直问老师以后要去哪里，刘璐告诉她们："老师还会在这里工作，你们好好读书，考上高中，还可以看到老师，也可以遇见更多更好的老师。"很快，她就履行了诺言，留在当地一所高中继续当体育老师；还结了婚，连丈夫都是汕头人。阿琪得知消息后，特意在朋友圈发了一条状态：自己要考到刘老师任教的学校，再当她的学生，以后也要走出大山，做自己喜欢的事。另一个孩子曾告诉刘璐,自己没有梦想,如今在作文中补上了后半句:未来没有梦想,因为梦想很快就会实现。

至今,刘璐仍在怀念支教的岁月,也在挂念着学生们。孩子们上了初中,身体的变化比六年级时更加明显,那时她曾在班里开展生理健康课,教她们如何面对青春期、如何保护自己、如何爱自己、如何尊重他人,还让学生们课后以"我爱我自己"为题,各自写一首小诗。娜娜写的是:

> 我爱我自己
> 如同鸟儿爱蓝天
> 如同鱼儿爱水流
> 一刻也不能放弃

另一位学生晓怡也写道:

> 风的第一句是"呼呼"
> 叶的第一句是"沙沙"
> 水的第一句是"哗哗"
> 我的第一句是"我爱我自己"

支教时,刘璐经常告诉学生们:"老师不是因为你们表现好才爱你们,而是因为你们本身就值得爱。"她更希望学生记住:我爱我自己,从身体到心灵。

星空如你的零食店

第一次去学校的路上,刘斌就闻到了馥郁的香气。

车在山路上不知盘旋了多少个圈子,窗外永远是无穷无尽的群山,支教老师们之前已问过许多次还有多久能到,此时都不再开口。刘斌任思绪飘向天外,在心底默默锤炼着诗句。

香气是突如其来的,瞬间的汹涌继之以长久的绵延,周身毛孔张开,如同一头扎入春日下的金沙江,江中流淌的是醴醪,一万双观音的佛手在环绕自己。片刻沉醉后,刘斌茫然四顾,问这是什么味道。一旁的校长呵呵一笑,说:"花椒啊,这可是铁锁乡的金矿。闻到这股味道,就快到学校了。"说罢指了指外面。

不知何时,车窗外的山麓上闪现出大片花椒树,漫山遍野,高低错落,乱糟糟一片却蓬勃着最旺盛的生命力。后来刘斌得知,花椒有青、红两种颜色,让他想到生命之初的温柔和希望,百折不挠的颜色和气味如同春天本身。诗兴大发的刘斌瞬间下定决心,即将在学校创办的诗刊,就用"花椒"来命名。

开学第一课照例要讲梦想。去上课的路上,刘斌满脑子都是"铁锁"这个地名。学校位于云南省楚雄州大姚县铁锁乡,重重大山正如铁锁般锁住了这片土地,从乡里到县城要四个小时的车程,山间的公路只是一条细线,勉强维系着与外界的丝缕关联。

刘斌告诉学生们，铁锁的大山能够锁住他们的脚步，锁住他们的目光，但锁不住他们心中的梦想。下课时，他把学生们写的梦想卡片收了上来，夜里一张一张翻看：医生，舞蹈老师，演员，科学家，宇航员。这些都不意外。

一张三线格子纸闪现在眼前，字迹纤细娟秀：我的梦想是长大后能够开一家小吃店，平平安安地度过这一生。落款是阿敏。刘斌记得她梳着马尾，笑容在温和中透着羞涩。他去翻她的期末考试成绩，数学95分，语文92分，全班第一；再查家庭信息，"七棵树"这个地名跃入眼帘，刘斌明白了几分。

那是当地最偏远也最贫困的村子，坐落在金沙江畔，十几年前才刚刚通电，地方政府原本在别处为村民建了新房，但有不少人不肯搬迁，仍然坚持住在那里。他们的房屋都是用石头砌成的，木头搭建的畜棚好像碉楼，如果有外人到访，村民们就会躲进山里。那里的学生返校要翻越十几座大山，从中午走到晚上，走到最后经常要举着手电筒夜行，他们也往往是各自班里最沉默内向的一批孩子，成绩几乎都是倒数，有的不会说普通话，有的不会拼音和10以内的加减法。

更不必提，阿敏还有着许多当地学生都有的破碎家庭。

第二天晚自习过后，刘斌把阿敏叫到阳台聊天，师生共同望着远处的街道，点点灯火仿佛天上星辰的倒影，偶尔传来几声犬吠。刘斌告诉她，自己被她的质朴梦想感动了，她成绩那么好，完全可以有更远大的梦想。阿敏则对老师讲述自己充满曲折与苦难的家庭，语气平静得仿佛在谈另一个人，眼中闪着泪光，却始终没有淌下。刘斌确认了自己最初的判断，阿敏太懂事了，她在十二岁的年纪已经懂得了"命运"这两个字，明白对自己而言，哪些事是能够实现的，哪些又是无法奢望的，人生的枷锁让她不敢去憧憬更灿烂的人生。

后来的许多天里，刘斌给阿敏写过鼓励的话语，也会有意无意地关注她，越来越发现这个学生身上有一股出奇的平静，仿佛一口幽深的潭水，忧伤也好，快乐也罢，所有情绪投进去都会被瞬间吞没，泛不起一丝波澜。她对老师说话永远用"您"，也从不像其他学生那样亲近自己，当别的孩子围在刘斌身旁，叽叽喳喳争相分享着自己生活中的快乐、悲伤和青涩的悸动时，阿敏都会在一旁微笑着说："我觉得好奇怪啊，她们讲的那些事情。"

开学不久要写作文：《难忘的一句话》。刘斌讲解完题目，其他学生想了一会儿便低头开始写，阿敏不肯动笔，一直盯着刘斌，表情十分复杂。她慢慢举起手："老师，这个作文我写不出来。我没有难忘的一句话。"刘斌把刚才对全班讲过的话重复了一遍："你想想，这十二年来，难道没有一个人对你说过一句令你难忘的话吗？感动你的，激励你的，帮助你做出选择的，告诉你一个道理的，这些都行。"

"没有，从来没人跟我说过这样的话。"阿敏的语气平淡而笃定。

刘斌不知该怎么回答，全班的气氛也好像凝固住了，几十双眼睛在师生之间反复徘徊，漫长的几秒过后，刘斌重新开口："一句难忘的话，未必是让你感谢的话，如果有一句话伤害了你，让你恨，让你恨得刻骨铭心，那同样叫'难忘的一句话'。"

阿敏若有所思地点了点头，开始拿起笔写。刘斌松了一口气,心中却更加沉重,不知道学生心中都装着什么,这个世界在过去的十二年里又给过她什么。

第一学期结束后,刘斌给全班每个孩子写了一封信,写给阿敏的那封是:

你最初让我记得的是你写在纸片上的那个梦想,以后能够开一家小吃店,平平安安地度过这一生。从开学第一天起,我便记住了这个梦想,而我必将永远记住这个梦想。这个梦想如此平凡,但又比世界上所有伟大华丽的梦想更加动人,感人。

可同时,它又是让我心碎的,你还只是一个十二三岁的孩子,为什么已经对生活的真实懂得如此之深?你没有写那些大梦,而只是写了一个小小的梦想,是否因为在你心里知道有些梦想是不切实际的,有些终点是终其一生都无法到达的?真的是这样吗?人确实有各种各样的局限,而你只是一个孩子,在孩子的心中,不应有这些局限,否则,对你来说太残酷,而对于我,总是既为你的懂事感到欣慰,又为你的懂事感到心碎。

你不应该那么早懂事,你应该去享受孩子的无忧无虑。

他还为学生写了一首诗:

木头人

木头人
我能触碰到连你自己都未曾触碰到的柔软吗?

孩子，去看那远处

星空如你的零食店

灯光里有你期待的平安一生

你小小的梦想灼烧着我的肺部

窗外无窗

大山，云朵

我该为你们哭泣

还是该把那一满篮枯萎的格桑花

洒落在你们散乱的头发上

  见过刘斌的人都会觉得，他仿佛还活在20世纪80年代。诗人多多曾来武汉大学做讲座，刘斌负责接待，老诗人一见面就说："你不像这个时代的人。"那时，刘斌顶着一头烫出的卷发，戴着大眼镜，穿着喇叭裤、廉价的皮鞋，瘦成竹竿的身影整天在图书馆晃来晃去，只要不上课就从早到晚泡在这里，沉浸在《悲惨世界》《追忆似水年华》《尤利西斯》和陀思妥耶夫斯基当中，经常深夜写诗写到痛哭流涕，激动时跑上天台手舞足蹈。其他闲暇时间则用来流浪，旅费大多来自参加诗歌比赛赢得的奖金。他曾身背四十斤重的背包，独自在炎热的盛夏徒步走了二百公里，探访禅宗圣地黄梅；在318国道上走了一个月，抵达西藏波密；还曾在湖北钟祥水磨坪村的一棵三千年古银杏树下露宿，整夜听着小溪的流水声，天亮时捡了一颗种子回去。因为坚持从理工专业转到中文系，刘斌的大学读了五年。

  这样一个人选择支教当然不足为奇。刘斌喜欢孩子，因为他们简单纯粹，和孩子接触可以让他无拘无束，展现出真实的自我；他也渴望拥有一段不受打扰的避世生活：白天上课，享受学生们的笑脸、依赖和各种奇思妙想；晚上在群山之间点亮一盏灯，安静地与文字相处。支教开始后，他很快确定，这就是自己想要的生活。在这里，他看到过雨中飘荡不定的雾气，细数过夜晚银河里浮动的繁星，憧憬过散落山间的万家灯火。站在学校的操场上，望着青山从四面八方包围出的头顶一方蓝天，他会想起郑愁予的诗："四围的青山太高了，显得晴空如一描蓝的窗。"这里就是一首具象化的诗，自己正身处诗中，拥有的比渴求的还要多。

一次晚自习，刘斌正在班里讲试卷上的病句修改，学生怡菲突然指着窗外喊了声："刘（学生这样叫老师），快看月亮！"刘斌望向窗外，巨大的月亮正从远处的山上探出头来，映衬着山顶的两棵树影。

班级里一阵骚动，刘斌索性放下试卷，让学生关掉灯、打开窗户，教室陷入黑暗，却又被另一种明亮充满，师生们一同拥挤在窗前，享受着月光和涌进来的夜风。有孩子说，好舒服，风就像在摸着自己的脸。此后，一切变得安静，仿佛月亮伸出手指，对着师生们"嘘"了一声。在那个梦幻的瞬间，刘斌突然理解了王维的"月出惊山鸟"。

他们看了有七八分钟之久，直到月亮完全高悬在半空才重新打开灯，犹如梦醒一般。刘斌对全班说："画画吧，或者写诗，或者什么都不做，趴在那儿，自由地想。这都是月亮带给我们的礼物，无可取代。"

孩子们纷纷交上了作品："月亮让我们看清了彼此。""一道光，是我想要看到的。""悄悄地听月亮的心里话。""月光让我平静。""这是我人生中第一次在教室里，在上课的时候看月亮。"好几个孩子还画了画。怡菲交上了一首小诗：

月

黑夜中，一片漆黑的山上面

有一道光，它圆圆的

我仰望

原来，我想见到的

就在那里

阿敏交了什么，刘斌已经忘记了，但那时他想起毛姆的《月亮和六便士》："在满地都是六便士的地上，他抬起头看到了月亮。"他想，无数人都会说自己想做这样的人，但如果是阿敏，她一定会埋头去捡起那一地的六便士，因为这些能帮助她的母亲和外婆。月光太轻，而她亲人脊背上生活的担子太重。

刘斌决定带学生写诗。此前，他每天都在班里分享一首诗：米沃什、顾城、北岛，学生们已经对现代诗有了基本概念。现在，他又利用每个晚自习的时间，带着全班站在阳台上观察晚霞，每晚19:05到19:15这十分钟内，学生们都会趴在栏杆上，望着金粉橙红的斑斓云霞忽明忽暗，聚散离合。他们可以看，可以画，可以纯粹地发呆或幻想，也可以把看到的、想到的写在"晚霞记录本"上，作文或诗歌都可以。有学生描述："它像一个娇羞的美少女。""这是喝醉了的老爷爷,脸蛋红红的。""披着红盖头的新娘就是这样的。"

刘斌自己也在记录,其中一次是:"没有云时,雾中的村庄有着和云一样的魅力和安详,它们暗淡,却有光芒,大山吞没了落日,散发出橘子般柔和的气味,越往上,越往远处越淡,风同样是橘黄色的,暖暖的。想到春天,想到世间有无数的村庄在雾霭中眯着眼,我们会有我们的炊烟。"

花椒香气再次充盈于铁锁乡的时节,《花椒诗刊》问世了。刘斌联合另外三位支教老师白海伦、庞景龙、刘川江,面向各自的学校征稿,又邀请青年诗人王家铭担任指导老师。诗刊以半月刊的形式刊发,每期登载学生创作的十首诗歌和两幅插画,老师们也会把这些诗打印出来张贴在学校。刘斌还用自己的一部分支教津贴为小作者们买一些礼物。诗刊的定位是:自由、纯真、天然,中国乡村小学里的诗歌。

创刊后的第一件事就是举办诗歌大赛,形形色色的诗歌被发送到邮箱里,老师们不禁感叹,这里蕴含着多少惊人的想象力。娅彤像小王子那样散发着温暖而忧郁的气质,一次在夕阳下的操场上,她脱口而出:"所有的星星都向我举杯,五亿颗铃铛都是我的。"志云是常让刘斌感到头痛的学生,这天交上一首题为"雪"的诗,只有两句,却瞬间击中了老师:"一只白色的猫 / 一下子把地球吃掉了。"

庞景龙称学生锁秀为"诗神附体",她有时很久不写一首,有时又会灵感喷薄而出,一口气写上好几首。她写过一首《石头》:"我想成为一个石头 / 让难过的小朋友踢我 / 让他开心 / 我想成为一个石头/让没有家的生命/在我下面住着/遮风挡雨/我想成为一个石头/让所有人/拿着我胜利/世界就不再有战争。"庞景龙立刻想起，锁秀曾在作文中写道："我希望我长大后能成为一位好母亲，我希望所有无家可归的人都能有一个温暖的房子。"也想到杜甫的"安得广厦千万间，大庇天下寒士俱欢颜"。

白海伦的学生家丽曾因不肯和大家一起违反校规而遭到全班孤立，那段时间她独来独往，却始终云淡风轻，好像明白"我知道我是对的，这就够了"。她的诗让白海伦明白了她为何如此："我是一棵大树/春天我披上了绿衣/小鸟在我身上做窝陪伴我/我不孤独，我不寂寞。"

雪映是刘斌最大的发现，此前他对这个名字全无印象，哪怕自己已经认识了全校大部分学生。她的诗悲伤又清澈，画则带有《爱丽丝梦游仙境》般的幻想与神秘——幽暗的森林，五彩斑斓的房屋，草丛里黑白动物的剪影，寂静而深邃。雪映的班主任说，有一次班里排座位，所有人都不愿和一个男生坐同桌，他不知所措地站在教室后面，雪映一声不吭走过去，把他拉到自己身边坐下。

雪映告诉老师，她想要一张捕梦网。刘斌却觉得她已经有了，她的心正将这些像梦一样的诗捕给自己看。

矢车菊的心情

　　回忆猝然而至

　　这样张狂

开始不知所措

也许什么都没说

却什么都说了

这落下的矢车菊

请你好好珍惜

不要让岁月的风

褪去了

它的颜色

刘斌的学生当中,怡菲是写诗最多的,她的作品也是《花椒诗刊》的常客:

发芽了,又把窗关了／也把门关了／而灯开了／那个样子也可能很快被一滴水冲走了

那一刻终于到了／但还是和往常一样／高大的山没有消失／蓝色的天没有褪色／变成镜子／鸟儿也没有带着声音回来／那到底是什么样的

今夜屋里亮着／院里黑着／我推开窗什么也看不见／只能看见窗前／被灯光照亮的小树／它在黑夜下／夜风吹拂着微微晃动

刘斌曾想为怡菲找几个合适的形容词,思来想去,却只能用最简单的"真实"来形容。刚开学那段时间,怡菲在他面前始终拘谨,在路上相遇时,她不会主动向老师打招呼,也不会在下课

时围在他身边问这问那。可刘斌早就知道，怡菲热爱唱歌，加入了支教老师组织的盛放合唱团，还曾在美丽中国的慈善晚宴上担任主唱，性格明明并不内向。

她第一次主动对老师开口是在一个黄昏，刘斌和她并肩站在教室外的阳台上，身后是其他班的学生在追跑打闹，师生之间却安静得出奇。怡菲突然冒出一句："刘老师，我不太喜欢这个班。"刘斌一愣，问为什么不喜欢。怡菲说不出理由，反正自己不喜欢。刘斌想了几秒钟，回答说："我会努力让你喜欢上这个班的。"怡菲盯住老师，目光中混杂着迟疑、惊讶、询问，但最终还是露出了一丝信任的微笑。

几天后的一个夜晚，刘斌去街上的学生家里家访，怡菲等几个学生也跟着去了。师生们走在高低起伏的街道上说说笑笑，两旁闪烁着灯火，寂静中可以听到石缝里的流水声，草丛里藏满虫鸣，地势逐渐升高，脚下的路仿佛通向月亮。抬起头，树影的尽头是无垠的星空。

刘斌问怡菲："看到这满天的星星，你想到了什么？"怡菲回答，想到了北京，想到了那次盛放合唱团的演出。刘斌又问："北京对你来说，是不是像天上的一颗星星一样？"她眨着眼睛点点头。刘斌告诉她："总有一天你会接近这颗星星的。"怡菲笑了笑说，又想起在北京的日子了。刘斌说，是美好的日子啊。学生低声回答，只是太短暂了，像一场梦。

回来已经很晚了，刘斌还是坐在窗前灯下，听着山里日夜不息的流水声，写了一首诗。

小夜曲

一朵云飘来，星星们盖上被子

一盏灯被童话熄灭，房屋眨眨眼，闭上嘴巴

夜空抱着月亮，睡在树梢上

听我们，在街上讲话

  那次家访后，怡菲与老师逐渐亲近起来。刘斌发现学生有着远超年龄的善解人意，她对班级的感受，也从"一点儿都不开心"变为"我渐渐觉得被分到这个班是幸运的了"。

  有一次，刘斌在学校举办诗歌比赛，设置了奖金，怡菲强烈反对，认为这样一来大家只会为奖金而参赛，不会真正想写诗。刘斌辩解说，只要能写出好诗，为了什么并不重要。怡菲却认为这样一点都不纯粹，反正自己写诗只是为了开心，不需要别人读，更不需要奖金和奖牌。

  看到怡菲那篇《我敬佩的一个人》的作文，刘斌明白了她最初为什么会有意疏远自己。学生描述刘斌："整体看来他是一个还没有毕业的大学生，谁都不想信任他。"转机出现在去金沙江畔的杞拉么家访的那个下午："高高的大山，凉爽的清风。在我旁边的刘老师张口就开始言诗。不论我们走到哪里，他总能把这美丽的风景用他的话语说出来……后来，在和他相处的这几个月里，我忽然觉得刘老师读懂了我们。从那以后，我慢慢的（地）都会把自己的心情说给他听，他会支持我，也会安慰我。就这样，他是我遇到过第一次读懂孩子的心的老师。"

  那些纷至沓来的投稿中，始终没有阿敏的诗。刘斌只能在语文课上看到她的作文,她会用细腻的笔触描述雨中的村庄:"雨细细的,凉凉的,沁人心脾。村庄中的竹,仿佛更绿了……周围一片白,远处只能看到如白色带子的水泥路若隐若现,像在跟看者玩捉迷藏。……村庄中的房屋紧锁着,似乎村庄真的入睡了。"也会回忆童年口渴时误把白酒当成白开水喝下的趣事,以及停电的夜晚,自己如何跟着老师同学在黑暗的操场上又唱又跳,她从未这么开心过。

第一个寒假,刘斌为阿敏联系到了一位资助人,他介绍完阿敏的情况,小心翼翼地问:"如果她以后的成长没能满足您的期待,您会不会因此失望?"那位女士很快回答:"资助孩子的目的不是指望她能成龙成凤,而是希望能够借着这点帮助,让她变得强大。"刘斌语无伦次地向她表达着感激之情,立即带着狂喜的心情把这个消息告诉阿敏,问她新年的愿望是什么,自己要送给她一件礼物。阿敏却并不显得开心,只是平静地回答,自己的愿望是舅舅能够好起来,没有什么想要的。

三天后,刘斌收到了学生的消息:我舅舅去天堂了。刘斌对她安慰和鼓励了许多,阿敏没有回复。在后来的作文中,刘斌读到阿敏描写舅舅去世的场景,文字一如既往的平淡克制,最后一句是:"我明白了,世间没有上天的安排,只有自己创造的结果。"认识阿敏之前,刘斌绝不相信这句话会出自一个十二岁孩子的作文;认识她之后,他明白只有她才会写出这样的文字。

又过了三天,阿敏发来一张照片,山腰上几间红砖瓦房,山顶上空有云朵在飞舞变幻,照片下附了一句话:舅舅安葬后,天上的云彩是多么美丽。那一刻，刘斌几乎能望见她注视天空的眼睛，看到那双清澈眼睛里透露出来的纯粹。一周后，阿敏又突然发来一条消息：刘老师，我今天有想要的礼物了，是溜冰鞋。

刘斌激动地跳起来，阿敏终于敢向世界说出她想要的东西了。寒假结束，他迫不及待返回学校，在铁锁乡的快递点取到了给阿敏买的溜冰鞋，这一路，荒凉的山上出现了密密麻麻的绿色，春天到了。

据说在深山中，世界会变得无比寂静，寂静到能听见几十公里外一朵花开放的声音，而这个女生也像是这样遥远的一朵花。百花几度开放，她却是第一次慢慢去迎接心中的春天。

又一次晚自习，刘斌仍然带着学生在阳台前看晚霞，通红的一片，烧遍了远方那片狭长的天空。阿敏来到老师面前，保持着一段距离，望着老师的眼睛，平静发问："刘老师，请问您热爱老师这个职业吗？"

刘斌的回答不假思索："热爱。"

"为什么？"

刘斌望着远处的云彩："我能在这样的时刻，和你们这一群孩子一起看晚霞，我怎么可能不热爱呢？"

阿敏淡淡地一笑，没再说什么，而是和老师与其他同学一样望着远处，夕阳照亮她的脸。那个瞬间，刘斌觉得她真的成了一个孩子，纯粹的美牵引着孩子的心、孩子的眼睛，重新回到她积满尘埃的心灵上。

英国作家埃莉诺·法杰恩曾写过《什么是诗》：

什么是诗？谁知道？
玫瑰不是诗，玫瑰的香气才是诗
天空不是诗，天光才是诗
苍蝇不是诗，苍蝇身上的亮闪才是诗
海不是诗，海的喘息才是诗
我不是诗，那使得我看见听到感知
散文无法表达的意味的语言才是诗
但什么是诗？谁知道？

　　刘斌的答案是，诗歌是这些乡村孩子的另一只手、另一只眼、另一颗心，它让他们用全新的角度去触摸、观看和感受自己的故乡，重新发现亮点，更了解和热爱这片土地；诗歌也是另一个朋友、另一个老师、另一个自己，它会给他们以陪伴，让他们思索未来人生的方向。他想借着诗歌，把学生们所有的梦想像点灯一样点亮，再放到夜空中如群星般永远闪耀，永不坠落，永不熄灭。诗，是一种守护。

　　就像那封信的结尾，他对阿敏的祝福：
　　星空如你的零食店，灯光里有你期待的平安一生。

在美术课上"乱箭齐发"

"你的教学目标是什么?"

"高兴就好。"

支教后不久的美术课上,刘川江就与来听课的老师有了这番对答。那节课的主题是《小猪佩奇与毕加索》,学生们交上来的人像作品都是把正面与侧面的五官组合在同一平面的脸上,这些"立体主义"风格的肖像以及刘川江的回答,都让听课老师大惑不解。之后在勐库小学的三年支教中,刘川江又经常被问到另一个问题:"你好多课的内容为什么教材上没有?"他总是回答:"我课上用到的一切都是教材。"

在支教老师们承担的所有课程当中,形式最新奇、花样最繁多的永远是美术课,"高雅"时可以是赏析世界名画、描绘上古神话传说、临摹敦煌壁画;"接地气"时也能渗透进日常生活:用随处可见的树叶制成拼贴画,碾碎花瓣制成颜料作画,用废旧的一次性筷子搭建立体建筑;需要与其他科目融合时,则可以画26个英文字母、画从家到学校的地图以演绎数学课的四象限;形式更是不拘一格:摄影、篆刻、拓印、制陶、写诗、绘制明信片……在自己的课上,一位位美术老师从心所欲不滞于物,草木竹石皆可教学。

最开始上课，学生们全然不是这个样子。刘川江上届的同校队友曲兵记得那些千篇一律的画作：上方的角落里悬着一颗太阳，周围飘着两三朵云，几只倒"人"形的大雁，房子都是方块擦三角，树也都是卡通画上的绿色"蘑菇头"。与其说是画，不如说只是符号和概念的堆砌。这让从小习惯在自家粉墙上胡乱涂鸦的他十分惊讶。支教于保山市施甸县太平中学的付一笑在课上问一句："有多少同学不敢画画？"几秒钟之内，全班超过一半的学生都举起了手；再问起原因，回答最多的是"不会画""画得丑""觉得画画很难"……

"不会画"的背后是"不自信"，这是刘川江后来意识到的。勐库镇中心完小所属的双江县是多民族聚居区，有一个全国最长的县名：双江拉祜族佤族布朗族傣族自治县。一次闲聊中，刘川江问学生们的民族，汉族、傣族的学生很自然地分享自己的民族身份，拉祜族、佤族的学生却明显底气不足。他们的民族被称为"直过民族"，几百年来一直维持着古老的生活方式，突然被纳入现代文明当中，需要遵循全新的生活法则，手足无措和不适应都是必然的。刘川江很快开始思考，如何能给学生们带来自信。

付一笑选择用一整节课和学生讨论什么是艺术、什么是美丑。当学生们认为素描、色彩就是艺术的全部时，她找出不同时期各种流派的艺术作品在大屏幕上播放，从达·芬奇、塞尚、梵高到毕加索、康定斯基、罗斯科，乃至完全用自然材料进行创作的大地艺术，幻灯片每切换一次，教室里就响起一片惊叹声，有学生感慨："还能这样画？"也有学生跃跃欲试："这种东西我也能画！"付一笑立刻不失时机地鼓励："对啊，那你去画啊！"

所有孩子的目光都明亮起来。

曲兵则把学生们带到教室外,指了指天空:"你看得见太阳吗?"学生们纷纷眯起眼,吵嚷着:"太刺眼了,看不见。""看不见为什么要画呢?""我想象的。""那你们想想,如果太阳比现在还辣,会是什么样?"在老师的不断启发下,学生们慢慢有了新想法。有学生提到,自己会抬手遮住眼睛;有学生记起,曾看到女老师打着伞,地上的影子拉得很长。曲兵继续启发:"那你们用这种方式来画不就好了?为什么要画自己看不见的东西?"

为了提高学生的感知能力,曲兵又想出了"一分钟扫描式观察法",把一分钟的观察时间分为三段,第一段用来观察事物的整体,中间一段观察细节,最后一段带着这些问题从头看一遍。一分钟观察结束,再凭刚才的记忆开始画。画树皮的那节课,学生起初只能画出一个个简单的圈,曲兵带学生去摸真实的树皮,让他们凑上去闻一闻,甚至试着咬一咬,再问他们的感受,答案顿时五花八门:树皮像抹布,像脱落的墙皮,像砂纸。有孩子觉得,树皮还挺香。

付一笑则选择从摄影入手。她把自己的相机交给学生们,把全班分为几个小组,按次序在校园里随意摄影,每名组员需要提交两张摄影作品,下节课由她逐一点评。这样除了让学生学会观察,还能让他们认识学校和周围的环境。付一笑更希望他们明白,艺术并不高高在上,它同样存在于日常生活中。

起初,学生们没有任何取景、构图的概念,最爱拍摄的也是教学楼、操场之类的全景;但慢慢地,有学生会选择仰拍蓝天下的树梢,有学生抓拍了栅栏前另两位同学的背影。学生增俊更是因此爱上了摄影,他平时沉默寡言,无论课上课下都很少主动开口说话,照片和画作却散发着文艺的忧郁气质,总让付一笑想起《小王子》。增俊尤其喜欢给花拍照,花经常出现在他的画作与摄影作品里,其中有一幅关于月季的作品,殷红的花朵孤零零伫立在幽蓝天穹下,周围的草丛如同密林簇拥着它,凄清而娇艳。后来增俊告诉老师,以前觉得美术和自己没什么关系,如今觉得它已经成为自己生活的一部分,他甚至在考虑,未来从事和美术有关的职业。

支教一个月后是国庆节,付一笑推出了用画作换明信片的活动——想象中的中国。她之前就在聊天中得知,绝大部分学生从未离开过家乡,偶尔有几个学生例外,去过最远的城市也只是学校所在的保山市、德宏州。付一笑很快想到,可以用寄明信片的方式让学生们了解中国,更可以与美术课相结合。

她先在课上播放了短视频《中国超乎你的想象》,让学生对故宫、天安门等各地的风景名胜有了基本印象,再告诉他们:"这节课,你们把自己最想去的地方、对那里的想象画下来、写出来交给老师,国庆节之后,你们就会收到关于那里的明信片。"

一节课下来,学生们交上了各种抽象派风格的画作,大多只能从说明中看出画的是哪里。他们用金黄矩形上的一轮红日象征心目中的故宫,各种绚丽的色块和线条组合来象征上海,有孩子画了一片树叶代表昆明,代表成都的是一只眼睛,樱花盛开的武汉是蓝色、灰色相间的建筑,黄山则是嫩红、鹅黄的大地搭配青、紫色的天空……向往这些地方的原因往往很简单,可能是那里景色秀丽，可能是在课本上见过，也可能是家人或是喜欢的明星、游戏主播在那里。

付一笑随后又通过母校中国人民大学的关系去招募互换人，很快就招到了许多热心志愿者，人数最多时将近600人。那段日子里，管理团队每天中午12点在群里放出60张可互换的画作，一眨眼的工夫就被认领完，拼手速的激烈颇有"双十一"的味道。每位志愿者收到付一笑寄来的学生画作和信件，都会回寄一张与画作主题相同的明信片和给学生的回信。有人一口气认领了十几张画，不仅要回赠同样数目的明信片，更要手写每一封回信。"想象中的中国"换来了"真实的中国"。

那时已结束支教的曲兵也参加了活动，他为学生寄了一组关于大西北的明信片：西夏王陵、敦煌壁画、塔尔寺、可可西里，都是他大学期间独自走过的地点。他在信中讲述了那次旅行，以及自己如何靠做各种兼职攒下旅行的全部费用，告诉孩子："穷苦不可怕，许多事物都可以经过奋斗得来。"学生喜欢绘画，却觉得自己全无功底，曲兵又鼓励她："真正的绘画是用来表达自我感受的，不是被其他人拿来评价的。把自己放开，坚信自己是可以的。"

付一笑的朋友则和学生阿志交换了"草原"，又附赠了两本厚厚的《中国国家地理》杂志，这成了阿志最好的国庆礼物，也给他带来了明显的改变。之前他总是嘻嘻哈哈，喜欢在班上故意捣蛋来吸引大家的注意力，这次他画的是想象中的草原，自述说："我想了解大草原的牛羊的自由。我想让我像那些牛羊一样自由，没有烦恼，没有学习的压力。"也是这句话让付一笑注意到,那些调皮的学生也有细腻敏感的一面。

收到明信片和杂志后,阿志倍受鼓舞,又给那位姐姐写了一封信,介绍自己的校园和家乡:"外婆说,这里的一草一木都是杨善洲爷爷种出来的,起初我不信,六年级时看到校长在杨善洲林场纪念他,我大吃一惊。"也讲自己的现状:"目前我的学习压力好大,生活的压力也在压着我,我没有地方可以放开这种压力,只有和老师一起学美术。"这封信用了整整四张明信片,每一张背面都是他的摄影作品。

国庆节后再上美术课,付一笑在他的课桌上看到了绘画本和一大包马克笔。阿志告诉老师,这是他专门让母亲买给自己的。后来他更是三天两头往画室跑,主动问老师有没有什么需要帮忙的,还加入了美术兴趣小组。有一次参加绘画比赛,他连画了两天,交画时特意写了一句:"老师,我知道画得不好,但这是我尽力画的。"

因绘画而改变的还有曲兵的学生雪辉。他原本在任何课上都难以集中注意力,却唯独肯听曲兵的话,每次交上画总要问老师:"我画的是不是最好的?"支教第二学期,曲兵布置了一次以"海洋"为主题的作业,他又是连画了好几张交给老师。曲兵告诉他:"这些画不错,但都有别人的影子,你既然这么喜欢表达,为什么不能试试和别人不一样的?"

雪辉什么都没说就走了。两天后,他重新敲开曲兵办公室的门,告诉老师自己准备画一条巨大的怪鱼,还讲了具体的绘画计划。曲兵暗暗赞许,嘴上却故意激他:"很难的,你估计画不出来。"雪辉不服气:"我肯定能!"曲兵趁机说:"那你就每天抽时间来画。"之后的一周，雪辉果然说到做到，每天上晚课之前都要来老师的办公室画画。曲兵也用了各种办法鼓励学生坚持，有时会准备一些零食，有时看雪辉画累了，会主动和他聊聊天，共同探讨各种细节的处理方式。他能感觉到，学生在逐渐沉下心来。

一周之后，雪辉完成了自己的作品。那是一条全长87厘米的怪鱼，雪辉在六张纸上各画了鱼身体的一部分，每部分又采用了不同的风格与画法，鱼身上的复杂花纹、鱼鳍的细密纹路，全是他用圆珠笔点出来的，整条鱼因此带着一股诡异而精致的美感。从此以后，雪辉的改变越发明显，他不再为寻求关注而捣乱，而是把更多精力投入绘画中，后来还考上了高中。

那次作业，许多孩子都像雪辉一样交来了亮眼的作品。有的孩子用冷暖色调交替，画出了水墨画《洋流》，一个失聪的孩子用铅笔画出了在海中徜徉的各种鱼类。这些画作都被曲兵逐一整理、拍照存档，然后快递到杭州，去参加在当地举行的一次公益画展。

曲兵早就希望让外界看到学生们的画作，从美丽中国支教项目的工作人员那里得知画展的消息后，他毫不犹豫为学生们报了名，然后在美术课上公布了参展的消息，鼓励学生们参加。展览的主题是"海洋"，自幼在山里长大的学生们对此毫无概念，不少孩子以为是"洱海"。曲兵找来关于海洋的纪录片，在全校各个班级的课上轮流播放，一轮播放完毕，第一批八百多份画稿已经交了上来。

曲兵却边看边摇头，许多学生只是在模仿纪录片中的镜头，自己还要想新的办法。第二次上课,他让学生各自说出自己对纪录片中印象最深刻的东西,然后据此想象它的六种不同变化,每种画一个简单的草稿。这次,学生们果然提出不少让人耳目一新的想法。当天晚饭过后,曲兵又把学生们挨个叫到办公室来画,逐一给出建议,让他们意识到自己作品的特点,再把这些特点放大到极致;之后又指导每个孩子裁纸、改小稿、调整、正稿、涂颜色、整体调整,于是有了那些形形色色的作品。

2018年6月1日,这些作品在杭州的THE 52 SPACE艺术馆正式展出。学生们没能亲自前往画展,曲兵在课堂上播放了现场的视频,他们争相从屏幕上辨认着自己的画作,开心于一位位观众的驻足观看、探讨评析,也对画展的场地和人群感到新奇。曲兵后来在学校又组织了一次画展,还和当地企业合作,把这些画作印到了普洱茶的茶饼上,带到了亚洲微电影节上展出和拍卖,得到的大部分资金用来支持学校的美术活动。

刘川江比两位队友走得更远。从第二学期起,他开始在美术课上给学生讲神话,从古希腊、古埃及、北欧的神话,一直讲到中国的《山海经》,他会先把神话故事讲给学生,再让他们看其他画家的作品,之后就全部由学生自行发挥,自己至多做一些启发。有一节课是画六足四翼的怪兽帝江,许多学生都无从下笔,刘川江告诉他们,书上并没说那些脚和翅膀长什么样,这意味着它们可能是任何动物的样子,于是有学生为帝江画上老鹰、蜻蜓的翅膀,又配上象腿、猪蹄、狗爪,最终的画作显得光怪陆离。

刘川江曾重点关注过一个学生的变化。女孩在一年当中画了

20张画，最初还是儿童画的常见套路：太阳、云彩、房子、树。两三次作业之后，她就画起水中的鱼群、飘浮在空中的汉堡；第二学期进入"神话与传说"主题后，更是画起自己想象中的怪兽"肥蠹"、诸神之黄昏，以及九大行星出现在城市上空的景致，与最初那张相对比，完全看不出是同一个孩子画的。

这样的作业并不是所有学生都能完成，真正能画好的则更少，四十多人的班级往往只有五六个学生的画作让人满意。刘川江认为，美术课也和语文、数学这些科目一样，必定有学生表现出色，也会有学生感到吃力，没有证据表明学习艺术就比学习文化课更容易，艺术创作是一件需要"天赋"的事。他用"乱箭齐发"形容自己布置的课堂作业：学生的画作中，可以一眼看出谁能"射中常人射不中的靶子"，谁又能"射中常人看不见的靶子"，但更多的学生则"射不中任何靶子"。

他还记得小学的音乐课上，老师给全班播放圣·桑《动物狂欢节》的一些片段，让学生们猜分别描绘了什么动物。在老师的启发下，大家很快猜出大象、狮子、天鹅等动物，幼时的自己却听得满头雾水，一个都猜不出来，也不知道猜出答案的那些同学是如何想到的。后来回忆起来，他觉得那就是一种天赋。每个人都有自己的天赋所在，但只能由学生自己去发掘，而自己作为教师，最需要做的是怎样给予不同学生以不同的信息和引导。

讲完各种神话之后，支教的第二年，刘川江又把目光投向当地的少数民族史诗，做出了更加大胆的尝试。

> 世界之初天地未分，
> 是连姆娅和司么迫啊把它们分开。
> 接着世界进入了水时代，
> 又是司么迫啊——神奇的火石，
> 扑向大水不让它满世界，
> 蘸起海水飞扬成雨。

这是《司岗里》的片段，"司岗里"有多种解释，其中一种意为"人从洞穴里出来"，它是佤族最古老的创世史诗，记载了开天辟地、创世造人、战胜洪水猛兽、佤族先民定居迁徙的过程。刘川江准备引导学生把这里的故事画出来，以此引导他们去观看艺术品，观看脚下的土地和生长于斯的文化，更重要的是观看人、观看自己。想要消除偏见，最好的办法就是了解。刘川江相信，当学生们对少数民族的故事、历史有了更丰富的了解时，或许会对其自身和他人的民族身份产生全新的认识。

他先从史诗中挑出三个章节——天地开辟万物生、妈侬学习生娃娃、人类走出司岗里，把它们讲述给学生，并根据故事中出现的山水、树木等元素，提供现实中的形象参考；然后由学生们各自发挥想象，将听到的故事画出来；再从众多画稿中提炼出最富有想象力的那些作品，做进一步的修改；最后准备把它们转化为版画语言，以便统一风格。

这次绘画的难度可想而知，它几乎贯穿了一个学年，用去了将近三十节美术课，许多画作都前后经历了四五版草稿，有的从将近二十张草稿中提炼而来，几乎所有的画作都经历了反复推敲和修改，甚至推倒重来。学生们第一次将注意力长时间集中于一件事，这对他们的耐心和意志力都是极大的挑战。有的学生虽然画得很好，但因风格不兼容而没能入选版画稿，刘川江安慰学生："其实你只是不擅长画我在课上布置的作业而已。"

这也是学生们把天赋与努力发挥到最极致的一次绘画。没人见过史诗中描绘的种种人物和场面，这意味着学生们可以不受任何观念上的约束；又有之前画神话的基础，他们不再像刚开始绘画时那样茫然不知方向，也由此创作出各种令人叹为观止的画作，几乎全新演绎了这部史诗。看到那些作品，刘川江把一个问题留给学生思考：神灵是人类发现的还是创造的？

在作品最终入选版画的二十名学生中，阿寅是唯一的男生。他平时在美术课上毫不起眼，但那张《磨外扑烈跳塌山崖》画得格外出色。

"正在这时啊正在这时，磨外扑烈开始四处作乱，它们乱跳又乱踢，跳踢得山摇地也动。"

磨外扑烈是传说中的怪物，它跳塌山崖，把人类困在山洞中。阿寅笔下的磨外扑烈站在棕褐色的山顶，通体漆黑，独眼和双角都是红色的，在他身后，燃烧的陨石雨从血红的天空中坠下，使整个画面极富冲击力。

刘川江公布名单后，阿寅有些不满："怎么就我一个男生？"听老师表扬完自己，这才不再抱怨。之后两天的版画创作中，阿寅包揽了很多脏活累活——倒垃圾、洗版、帮忙印画，最后几乎成了老师的助理。

"是画眉鸟先听见了那个声音，……它于是'咕哩咕哩'吹起芦笙,飞遍山林去传播这新闻。"

华慧的《画眉听见人类被困司岗里》极尽明丽,淡蓝的天空下,嫩绿的藤条与枝叶、紫红的花朵一同旋涡般环绕着画面中心的鹅黄色小鸟。她在美术课上永远是静悄悄的,不回答任何问题也不发出任何声响,直到支教快要结束,刘川江才能把作品与作者对上。美术课从不强制要求交作业,刘川江却每次都能收到华慧的画作,他之前觉得它们细致有余、天赋欠佳,可到了最后一学期,学生的进步却让老师刮目相看:原来天赋是可以靠坚持与努力发掘出来的,有些人只是埋藏得更深一些。毕业时,刘川江特意送给她一本诗集,扉页上写了一句杜荀鹤的诗:时人不识凌云木,直待凌云始道高。

不过,在老师看来,天赋最高的还要数凤芹。她个子很小但有一双水灵灵的大眼睛,头发有些卷。之前画拉祜族史诗《牡帕密帕》时,她就是全班为数不多画出整个故事的学生之一。这一次,难度最高的《人类被困司岗里》和《猫头鹰向安木拐报信》交给了她来完成。安木拐是《司岗里》中的人类始祖,地位近似汉族神话中的女娲,但目前没有任何图画资料可以作为参考,刘川江有些担心凤芹能否画好。没想到,凤芹交上来的画作出乎他的意料。

"大家又去把夜鹰叫来,请它连夜去请教安木拐,由安木拐决定人是否应该出来。"

凤芹笔下的安木拐一身绿裙,只在画面中留下一个背影,猫头鹰向她飞来,嘴里叼着信件,还在角落里用类似分镜的形式画出了小鸟听到人类求救的消息。刘川江曾对这个画面做出过各种假设，却没料到凤芹巧妙地采用了这一方式；"画中画"的嵌套方式同样超出想象，刘川江觉得自己都画不出来。他问凤芹为什么没有直接画安木拐的面貌，凤芹回答得格外痛快："因为我也不知该怎么画啊。"

凤芹渴望以后能当一名美术老师。刘川江逗她："这个目标不够明确，应该是当一名和我一样的美术老师。"凤芹笑他自恋，师生间经常这样互相调侃。但凤芹的父母反对女儿在绘画上花太多精力，认为会影响文化课的学习，这让她十分纠结。刘川江告诉凤芹，"喜欢"不是一定要以此为专业，只要以后绘画能一直给自己带来快乐，那就足够了。毕竟，能早早发现自己喜欢什么事，本身就是一种天赋，有多少人穷极一生也没能找到。

经历了一整年，《司岗里》基本创作完成，只剩最后一步。在美丽中国支教项目的邀请下，中央美术学院版画系教授武宏，艺术家李岳、高平、方禾、史文心一同前来访校，指导学生们将《司岗里》制成版画。

武宏教授为学生们演示了版画的做法。他用滚筒给学生刻好的胶版上色，再将它放上压版机，盖上白纸和用于固定画稿的毛毡，摇动手柄，学生们瞪大眼睛、屏息静气望着压碾一寸寸滚过毛毡。武宏揭开毛毡、高举起纸张，黑白的《人类被困司岗里》像变魔术一样出现在眼前。一团漆黑的山洞中亮着许多双形色各异的眼睛，头顶的山岩上盘踞着一只大猫，诡秘中带着一丝蛮荒气息。学生们的惊叹声瞬间响成一片，随后是更加热烈的掌声。

雪彩捧着自己这幅作品供大家拍照，她戴着眼镜、梳着马尾，显得文静内向，在班里担任美术课代表兼学习委员。她显然还不适应这样的场合，镜头前的表情有些僵硬，听到老师们喊"笑一笑"，才腼腆地抽动嘴角，之后郑重其事地将版画贴到黑板上。

教授们对这些画作赞不绝口，"没见过这样的画"是他们说得最多的。刘川江知道这不是客套，他自己也没见过。在他看来，这是对学生画作的极高评价。无论他们还是他自己，鉴赏画作从不关注技巧，因为只要肯花心思，技巧总能打磨出来。刘川江最看重的评价标准是有没有新奇的表达。平庸之作只是作者在重复自己学过的内容，美术专业的人甚至能通过画作推断出作者本人的知识结构；但真正的好作品是难以辨认出处的，只有看不出教学痕迹的作品，才是学生真正将知识与经验内化后的真实表达。在这点上，学生们反而比自己这个老师要强，就像毕加索所说："我14岁就能画得像拉斐尔一样好，之后却用一生去学习像小孩子那样画画。"

回首三年支教，刘川江从未要求学生一定要实践他的"教学目标"，但所有的教学都指向一个更遥远的目标：培养学生拥有独立的审美。随着时间的推移，学生早晚会忘记老师讲过的大部分知识，甚至忘记老师本人；但也总有一些无形的东西会留下，就像吃过的食物融入身体，变为骨肉的一部分，"拥有独立审美"正是刘川江在支教期间希望给学生留下的品质。

其他美术老师也抱有类似看法。在付一笑看来，美术课为学生提供了表达自我的出口，这门课程不必遵循单一的评判标准，学生们也因此得以真正自由地探索和创作，从而释放出不同个性。对于家庭、学校环境普遍压抑的农村学生来说，这样的表达机会弥足珍贵。

　　当年支教之初，她带学生们在秋日的暖阳下写生，大到一棵树，小到一朵花、一片叶，大自然的各种细节在铅笔下、绘画本上逐一复原，付一笑用《论语》中的"绘事后素"来评价这些作品——人有美质，才能饰以文彩。两年后，付一笑同样以写生来结束自己的美术课，学生们的作品变得更加摇曳多姿，有学生更把绘画当成生活的一部分，学生飞豪每次上下学途中看到独特的事物，便会立刻掏出铅笔、随手画下来，还经常把自己的新作发给老师看。付一笑离开时，阿志给她写了长长一段话："再见了老师，这几年你给我们带来了快乐，我会把它一直保留下来。"

　　曲兵则认为，美育不仅是画画，更是对世界上的美的感知与思考。他问过学生："你们什么时候开始觉得世界是美好的？"学生们思考了很久，七嘴八舌地给出各种答案："上小学之后。""上美术课之后。""遇到你之后。"

　　曲兵摇摇头："都不是，从你们出生那一刻就知道了。"他进一步解释："出生之后，如果拉了尿了，你们就会又哭又闹。甚至还在妈妈的肚子里时，听到刺耳的声音都会动一动。但是妈妈给你们洗完澡，用干爽的毛巾把你们包起来之后，你们就不会哭闹了，那时就是美好的。人最初就是这样感知世界的美好。"他还告诉学生："要相信自己、表达自己，因为这是你自己感受到的，每个人的感受都属于自己，都是对的。"

　　无论表达自我、感知世界还是拥有独立审美，最重要的都是引导学生重新认识自我。刘川江感叹："不是我教会了学生画画，是学生们教会我怎样成为一名老师，我只是没有阻碍他们成长，没有成为他们长大过程中的绊脚石。"

　　他一直记得约翰·列侬的那句话："我五岁时,我母亲一直跟我说,快乐是人生的关键。我上学后,别人问我长大后想成为怎样的人,我写下'快乐',他们说我没有理解题目,我跟他们说,是你们没有理解生活。"

用三万天去观察昆虫

2023年2月1日,潘珂和学生们登上了中央电视台科教频道。

镜头前的他戴着眼镜,穿着印有"喜欢支教"字样的黑T恤,有条不紊地向主持人和观众介绍身后整排的昆虫标本:翅膀呈艳丽蓝色的大蓝闪蝶、长相相近却又有着差异的蜻蜓和豆娘、外表像是棕褐色土块的螳螂卵鞘……这些都是学生们在自己指导下动手制成的,种类达到120种以上,涵盖了14个目。

双叉犀金龟(独角仙)是潘珂最喜欢的昆虫,讲起来滔滔不绝:它们强劲的头部肌肉可以轻易给其他昆虫对手一个"过肩摔",坚硬的鞘翅能承受自己体重数百倍的重量,本身又有着飞行能力,钩爪还能用来爬树,简直是能飞行的装甲战车,十项全能的空中堡垒。

介绍这些知识时,潘珂神情专注,语气平静,好像是在学校上自己的科学课,哪怕对面的主持人是张腾岳——潘珂从小看着他主持的节目长大,一直视他为自己在科学领域的启蒙者。

潘珂身处的自然观察室,是整所百叟小学最吸引人的教室。窗外挂着几盆茂盛的绿萝,推开绘着卡通画的教室门,里面仿佛自然博物馆与生物实验室的混搭。四面墙被粉刷成不同颜色,到处摆放着仪器、模型与标本,从软体动物到脊椎动物的模型按照生物演化的进程来排列，还有以地质年表为脉络展示的化石模型、天文望远镜、显微镜混在一起，冰箱里藏着喂养昆虫的甲虫果冻。最醒目的是角落里的生态缸，茂密的绿植与苔藓使它看起来像一座微型的热带雨林，几条小鱼在水中游动。

黄色那面墙是整个房间最核心的区域，墙上绘着假面超人和一只巨大的姬兜，潘珂就是坐在这里向《科学动物园》栏目介绍那些昆虫标本。水槽旁的架子上则整齐摆着一只只不透明的塑料罐、塑料箱，里面藏着各种真正的昆虫，活的。

潘珂是这里的主人，他的学生们也是。观察室的木贴板上贴着值勤表，上面列举了值勤学生每天要在这里做的全部工作，还用碳素笔写着：白星花金龟喂食，每次一个。老师建立这间自然观察室的时候，学生们也都参与了进来。

在百叟小学，潘珂一个人就包揽了五、六两个年级的数学、科学、音乐、美术、信息等课程。但他自己最看重的还是自然教育。支教后不久，他便带学生一起伐竹子做鱼竿，在水塘里钓鱼，在村道间观察鸟类，翻地时观察蛴螬，晚上还经常带住宿生们用天文望远镜观测月亮。一起种凤仙花时，学生们种出来的远比老师的茂盛，枝干和成年人的食指一样粗。他还把学生们带到操场上，大家用自然界的生物给自己起名字，女生喜欢用花卉的名字，男生则更青睐猛兽，有学生自称"旋齿鲨"。老师一声令下，学生们就在操场上互相追逐，每个人都要记住自己代表的物种可以追哪些物种，又必须躲避哪些，以这种方式来模拟食物链。

潘珂把自己的教学理念归纳为一个词：丰容。这是一个与动物园有关的专业术语，指在圈养条件下，除了保障动物日常的生存，还要尽力维护它们原有的天性，使其展示出更多的自然行为。潘珂同样希望通过丰富学生的生活内容，帮助他们展现这个年龄该有的天性，进而相信自己的可能。

这与老师的童年有关。潘珂的故乡位于陕西农村，小时候的老宅有一片桃园。每到春天桃花绽放，幼小的潘珂就会一头扎进大片粉白的桃林，观察菜粉蝶、蓝灰蝶如何授粉；夏季，红艳艳沉甸甸的桃子垂在枝头，他又会观察鳃金龟如何啃食桃子，从那时起，观察昆虫就成为潘珂最大的爱好。许多个周末，爷爷或者母亲都会带他去陕西省图书馆看昆虫展，他在那里见识了世界各地的昆虫，还把在那里买的一张昆虫挂图垫在桌子下面，每天看着这些昆虫写作业。在大学读环境科学与工程专业之余，潘珂也始终对生态学保持着浓厚兴趣。如今成为支教老师，他希望能让学生们也拥有类似的童年。

自然观察室就是在这种想法下建立的。潘珂起初只打算建一间标本室，当地的物种与自然资源丰富多样，他想指导学生进行生物采样、养殖观察和标本制作，以此激发学生对自然科学的兴趣，也能进一步了解家乡的物种。支教第一年的暑假，他在上海实习之余，自学起普通动物学、普通昆虫学这两门课程，还撰写了一份科学教学活动方案，准备开学后发起项目。

也是这个夏天，另一位做自然教育的支教老师提醒他：标本只有展示作用，自然观察却能让人类去体会自身和自然之间的联系。潘珂又想起，学生们平时喜欢钓鱼、掏鸟蛋，还不懂得敬畏生命，如果能让他们亲历生命从诞生到死亡的整个过程，他们一定会更加理解生命的意义。计划最终变为建一间自然观察室，囊括昆虫博物馆、地理地质展馆、生物实验室、昆虫饲育室等多种场室功能。潘珂也几乎同时决定，要带学生们一起建设这里。

暑期结束，潘珂回到学校，一同带来的还有修改后的活动方案、通过"哔哩哔哩快乐奖学金"项目获得的项目资金。他向学校提出自己的打算，校长十分认可，学生们更是反应热烈，自然观察室项目很快就启动了。

场地不用发愁，学校有不少空教室，潘珂选定了二楼一间闲置的会议室。在那之前，里面堆满了杂物，墙面还有孔洞，有的潮湿角落甚至长有青苔，但在潘珂眼中，房间的高度、大小很适合防潮防晒、展览参观等需求，尤其是还有一个小隔间，里面适合摆放实验器材。唯一的麻烦是不通水，无论做实验还是饲育昆虫，水都是必备条件。后来校长联系水电工敷设了水管，把楼下的水引了上来，最大的难题迎刃而解。

大扫除开始了，每到课后、周末，冷清许久的会议室都大敞着门，学生们拿着扫帚拖把簸箕水盆，说笑吵嚷着进进出出，跟着老师把一批批杂物垃圾清理出来。潘珂自己更是忙得团团转，白天，他要照常担负两个年级的教学工作，晚上则一头扎进自然观察室里，测量教室的空间、设计平面图、选购物资、调试器具。

学生们的动手能力比老师还强。为实验室装水槽时，潘珂没有看懂说明书，反复尝试也没能组装成功，最后反倒是学生摸索着组装好的。用来粉刷墙面的滚筒刷手柄很短，每次刷到墙壁的高处，潘珂都是站在桌椅上刷，学生们却把滚筒刷绑到扫把棍上，站在地上就可以粉刷。做工具墙时需要锯木块，学生觉得老师的普通手锯不好用，推荐他用线锯，效率果然提高了许多。

往墙上装木架时需要先打孔，潘珂被难住了。学生菁豪找爷爷借来了电钻，潘珂从没用过，满心壮志地通上电、打开开关，巨大的噪声让学生们纷纷皱眉捂耳朵。潘珂硬着头皮把飞速旋转的钻头抵上墙面，却因后坐力而难以控制，钻头上下左右乱跳个不停。一旁的菁豪忍不住笑出声来，教老师先把钻头抵上墙面，然后再通电。潘珂按照他的指导操作，终于在欢呼声中成功打下第一个钻孔。

老师很快也证明了自己。墙面粉刷好之后，潘珂提出要在上面画卡通画，还给学生们看假面超人的图片，学生们面面相觑："这么复杂，我们怎么画得出来？"潘珂满脸神秘地打开投影仪，把假面超人投影到墙上："在墙上照着描不就行了？"学生们恍然大悟。潘珂看着他们手举画笔在墙上卖力描着，心里暗自偷笑，这个办法是其他支教老师教自己的。学生们就这样在墙上先后"画"出了假面超人、姬兜、海绵宝宝与派大星，这些形象都和这间教室里蕴含的知识有关。它们分散在不同颜色的墙面：黄色墙面是昆虫展区，蓝色墙面是生物进化树展区，其余墙面和教室门窗用的是粉色涂料。

收集标本是更重要的步骤。潘珂之前并没有野外采集的经验，既担心采不到标本，也担心知识储备不够，为此把几乎所有的业余时间都投入学习当中，观察室书柜里那厚厚一摞与昆虫和生物相关的书，都是长期积累下的成果。他还经常看科普视频，也因此认识了许多科普博主，在他们的微信群中或是参与讨论，或是向他们求助。

为了积累经验，潘珂先后尝试过培育姬兜、鸡冠细身赤锹甲，或是没孵化出来，或是不小心破坏了虫蛹。直到培育起白星花金龟才取得了成功，看到那些蛋壳一样的"土蛋"破裂，成虫探出头来，潘珂长出一口气，仿佛在产房外听到新生婴儿啼哭那样如释重负。后来，白星花金龟成了自然观察室中饲养最多的昆虫，足有200多只。

向学生发出采集昆虫的号召后，潘珂很快发现，这一过程没有自己想象中那样难，学生们隔三岔五就为老师带来新收获，经常有学生跑来报告找到了某种虫子，潘珂赶过去后却发现，观察室里已经有了这个品种，这时就会建议学生把它放生。天气转凉时，昆虫动作迟钝，学生甚至不需要捕虫网、诱虫灯这些工具，直接上手就能捉到。潘珂往往只需要提醒他们先在手上垫一张纸巾，以免破坏蝴蝶等鳞翅目昆虫的翅膀。

这也让他感叹，当地的自然资源太丰富了。学校位于广东省河源市连平县，地处粤北的九连山区，有着东江、北江两大水系，山林、农田、溪流，到处隐藏着惊喜，就像语文课本所说："满园子都是草木竞相生长弄出的响动，窸窸窣窣窸窸窣窣片刻不息。"鲁迅的百草园、史铁生的地坛公园也不过如此。潘珂都不必去校外，只要在操场上逗留得足够久，便可以守株待兔捉到许多昆虫。他还特意统计过，昆虫当中最具观赏价值的13个目，自己和学生都在操场上捕到过。

他也因此意识到，只有乡村才有这样的条件。在城市，大部分土地都被封上了水泥，许多生物都缺乏繁育生存的条件；行道树也是人为选择的一些固定树种，只是为方便管理，却无法实现物种多样性。生态发展的新思路、生态文明的希望，还是要在乡村寻找。

许多昆虫都是无意间的收获。潘珂去学生智博家家访时，师生俩在一棵树的树干上发现了一些小拇指大小的黄褐色凸起，戳破其中一只，有液体流淌出来。潘珂回去翻书才知道，这是螳螂的卵鞘，第二天又回到原地，带着学生用锯把它们锯了下来，小心翼翼带回观察室孵化。智博起初怀疑老师的判断，直到春天来到，卵鞘里钻出了一只小螳螂，只有草茎般粗细，外形却和成年螳螂几乎一样，他才惊喜地叫起来。

潘珂顺便把《黑猫警长》里母螳螂在交配后吃掉公螳螂的故事讲给学生，也告诉他："人们很容易会觉得螳螂凶残，但看看这些卵鞘，它是母螳螂体内分泌出的黏液形成的，体积和母螳螂自身差不多大，如果没有足够充分的营养，它无法形成这样的卵鞘。所以公螳螂的牺牲是有必要的。"

有一节科学课讲变态发育，潘珂给学生们展示甲虫幼体蛴螬的照片，它们的形态与成虫完全不同。他边讲边想，要是能找到一些活的蛴螬，肯定能让学生们有更深刻的认识。这时下面就有孩子举手："老师，这种虫子我在自家的地里见过很多次，家里人都拿来喂鸡！"几天后，学生的外婆就送来一只塑料杯，里面装了许多雪白的肉虫，正是蛴螬。潘珂喜出望外，谢过外婆。他带着学生细心饲养，这些蛴螬最后变成了翘角姬兜。

这些昆虫会在养虫皿中饲养一段时间，自然死亡之后，学生便把它们制成标本：将它们放到泡沫块上进行软化处理，以防体内液体蒸发、只剩脆弱易碎的外骨骼；用昆虫针固定住身体，六条腿挑开到左右对称的状态，然后插针、干制、滴胶、填充，成为展墙上的作品。潘珂还带着学生用松香制作"鳌虾虫珀"；制作植物夹片标本，塑封成借书证；将生态缸生长的藻类放在载玻片上，用显微镜观察；画下昆虫的形态，撰写观察报告。

课余时间，学生们刷短视频、玩游戏的时候少了，钓鱼、观鸟、捕虫的时候多了，活泼好动的学生会在山野间探索，采集新奇的物种；安静沉稳的学生会留在自然观察室里，制作标本、饲育昆虫、写和画观察笔记。好几个之前在数学课上不敢回答问题的学生，如今能向老师侃侃而谈养鱼的经验；一个看起来对任何事都提不起兴趣的学生，也能轻松记下"鞘翅目"这个名词。

学生志凌还记得，老师教会了自己用显微镜看蚊子的嘴，它吸血是用六根针。以前他一直觉得蚊子有百害而无一利，如今才知道它的幼虫孑孓为大部分鱼类的幼体提供了食物。有一次连下了几天的雨，学校停课，学生怡琳一大早就从家给老师打来电话，潘珂以为她想问什么时候能回学校，怡琳却告诉老师，自己和姐姐养的白星花金龟有一只羽化了，"七彩的，很好看"。三年级的奕赟更是沉迷于观察昆虫，家长向老师抱怨，孩子在家时一声不吭，一大早就跑出去，太阳落山才会回来，一天到晚见不到人影。潘珂一边劝家长，孩子如果确实有兴趣，可以往昆虫研究方面发展；一边和学生谈心，让他注重均衡发展。尽管如此，他还是帮学生报名了青少年科技创新大赛，内容是观察和记录中国大锹形虫的生活史。

菁豪是兴趣最高的学生之一。潘珂记得，菁豪之前上任何课都不说话，每次课堂上被点名回答问题，从没有答上来的时候，数学课更是永远眉头紧锁、苦着一张脸。但潘珂在家访时发现，菁豪对养鱼养花都很在行，自己曾在各年级教室外面摆上花架，号召学生们如果家里养花，可以把花带到学校，起初应者寥寥，菁豪却从家里带了好几盆，每天都认真浇水。

自然观察室建好后，菁豪没事就跑过来，眯起眼睛盯着潘珂养的金鱼和乌龟："老师，你这样根本不行啊。"他提了许多建议，还送来几颗表皮硬邦邦的种子，说是文竹的，但师生俩谁也没种出来。

那时，潘珂正准备选几名学生布置生态缸，于是邀请菁豪加入。学生一口答应，手脚麻利地和几个同学锯好木板，在玻璃缸里搭起架子、喷上发泡胶，又粘上石块，模拟出自然山石的环境；然后栽种上多肉植物、空气凤梨。那些天，村里的邻居们总能看到他四处跑来跑去，或是挖苔藓，或是捞鱼，还经常给潘珂出主意："老师，尽量不要把方块的口堵住，以后过滤棉脏了要拿出来洗。"生态缸布置好之后，菁豪又帮着老师浇花和养乌龟，脸上的笑容从此越来越多。

转眼到了暑假，潘珂要去参加培训，校园里空无一人，自然观察室的那些绿萝和昆虫却必须有人照顾。潘珂最先想到的人选就是菁豪，他家距学校不过300米，平时参加活动又积极，唯一的问题是有些粗心，寒假时自己把生态缸搬到菁豪家，却被他家的猫往里面撒了尿。但此时潘珂别无选择，和校长商量后，还是把维护自然观察室的任务交给了菁豪，对他千叮咛万嘱咐。从潘珂手中接过钥匙，菁豪雀跃着去向每个同学炫耀："老师说了，整个暑假,我都可以随便进来!"

这个夏天,菁豪成为全学校唯一的主人,也严格履行了对老师的承诺。每天,他都会按时到校,打开自然观察室的门,一丝不苟地完成各项任务:喂食白星花金龟,给门外窗外的绿萝和番茄浇水,给生态缸加水、喂鱼食;打开冰箱,给里面原本生长在深山、习惯低温的昆虫透气;检查温度计、湿度计,以免过大的湿度导致标本发霉、养虫皿里滋生螨虫。每完成一项任务,菁豪都要用碳素笔在值班表对应的位置上打钩,师生也始终保持着联系,菁豪每天都要告诉老师那些小生物们的近况,遇到问题也会询问潘珂如何解决。一个暑假过去,值班表已经被许多个"√"填满,潘珂也回到了学校,菁豪把钥匙还给他,自然观察室的绝大部分生物都安然无恙。

2022年11月,潘珂带领学生们参加了第17届河源市科技创新大赛,和老师上电视一样,学生们也站在自然观察室的标本架前,面对镜头前的评委,介绍自己的实验项目《蛴螬对番茄生长促进作用的研究》《对四种常见甲虫的观察和生活史记录》:"我们假设蛴螬对番茄生长是有帮助的,就把它们养一起看是不是这样。……从番茄叶片和生长速度来看,有蛴螬一起生存的番茄确实长得更好,这可能是因为蛴螬粪便对土壤的保水性和透气性有帮助。"

两个项目都获得了科技创新成果竞赛一等奖,同时也都获得了市生态环境局评选的生态环境科技创新奖。潘珂的《乡村里的自然学家》项目也分别获得青少年科技实践活动、科技辅导员教学方案的一等奖。他本人还被评为全市十佳科技辅导员。五个月后，潘珂和学生又在第38届广东省青少年科技创新大赛终评活动中分别荣获"科技辅导员科技教育创新成果竞赛一等奖"和"青少年科技创新成果竞赛二等奖"两个省级荣誉。

老师最在意的仍然是学生们从中的收获。镜头前的孩子们都有些紧张，表达起来也不够自然，但他们能完整讲述下来，本身已经突破了自我；能在老师指导下独立完成实验、形成报告，更是一项了不起的成就。当他们亲眼从望远镜里看到更加清晰的月亮，白鹭和翠鸟从语文课本里的文字转化为真实形象，自然会涌起"这个我知道"般的得意；得知泰坦天牛、长戟大兜虫的存在，也会质疑课本里"独角仙是世界上最大的甲虫"的说法。

学生们学到的也远不只是自然知识，更能通过观察自然得到细微的体验，学会更加深入的思考。潘珂会从学生捉到的鱼讲到生物的雌雄二型性，再到性别平等；讲解食物链、生态位的知识，使学生意识到保护环境的重要性；结合时事，从不同生物的生殖策略过渡到饲料转化率，以及西方国家对中国摄取动物蛋白的无端指责……这些，都在潜移默化地影响着学生。

潘珂更相信，人类能从昆虫身上学到很多。这是一个与人类社会截然不同的世界：昆虫中普遍存在变态发育，幼虫与成虫是完全不同的两种形态，那些节肢动物还会生长着外骨骼，用坚实盔甲来保护自己……类似情形如果发生在人类身上，那么多半会是科幻电影中才会出现的场景。这样一个既细微又浩瀚的领域，足以吸引着人类不断探寻下去。

上百年来，人类也正是这样做的。仿生学推动了科技的进展，农业生产离不开生物传粉，物质循环离不开生物分解。还有新中国历史上那些生物学家做出的重大贡献：马世骏等学者通过对蝗虫的研究，号召人民用修建堤坝、控制水位等方式转变蝗虫生殖繁衍的条件，终于根治了绵延千年的蝗灾；出版《鲤鱼解剖》《鲤鱼组织》的秉志先生，通过培育出更加肥大的鱼类，为中国人提供了更多的动物蛋白。

为学生们讲述袁隆平先生的事迹时，潘珂忍不住在全班面前落泪，那是他心目中最伟大的人物之一。那个瞬间，他也不知道自己为什么如此动容，如今已明白，自己仍然是当年在外婆家坐在马扎上、顶着太阳观察蚂蚁的那个小孩，仅此而已。

支教第一年的许多个夜晚，潘珂都是在《三体》广播剧的陪伴下入眠的。三体人把人类称作"虫子"，可"虫子"从来就没有被真正战胜过。了解生物的生活史就能明白，人类能够一代代生存下来，是依靠了社会、集体的力量以及祖辈的呵护，这本身就是了不起的奇迹。探索昆虫世界，最终是在探索人类的未来。

在自然观察室结项报告的结尾，潘珂写道：

"人生只有三万天左右，我们抬头看天空的机会并不多，多去看看日月星辰、花鸟鱼虫，相信我们一定会开始热爱生活。从显微镜下看到一只草履虫的凋亡，也足以生出悲悯和震撼。世界从来不归哪个物种所有，生命都同等伟大。"

所以对那些小小的生物来说，"努力生长，努力化蛹，努力羽化，最后，努力展翅吧！了不起的，唯一会飞的无脊椎动物"。

向左走，向右走

雨水敲打车窗发出有节奏的滴答声，寂静中只能听到校长在说话，口音浓重："我们这边不如城里，你们刚毕业能来，真的很伟大……"

黄长德在副驾驶的位置上调整了坐姿，额头移开窗玻璃，不再有冰凉的触感。他微睁开惺忪的睡眼，眼前的雨刷器正在不断摇摆，雨点还是使车外的天地一片影影绰绰。湿漉漉的柏油路时而蜿蜒时而笔直，路旁屡屡闪现出灰色的喀斯特山岩，都是几乎不生草木的整块山石。一切都与东北的故乡大相径庭。

轿车停下，黄长德打开车门，深深弯下腰，迈出一条长腿，这才整个钻出轿车，在雨中舒展开魁梧的身躯，伫立在加让宣明小学的校园中，如同格列佛来到了小人国。他的目光最先扫过操场上的篮球架，那是他最熟悉的物件；然后落到眼前的一排平房上。墙面新粉刷过，画了几个卡通人物，这让黄长德对这里的第一印象还不错。但他也注意到，窗玻璃的左下角缺了一块，草草地被贴上了塑料布。

校长还在滔滔不绝，黄长德和两位队友听不懂方言，只能从零星几个词推测出，他应该是在为安排他们住在这里而感到不好意思。三位支教老师连声说着"没关系"，保持着礼貌的微笑，轻轻推开房门，潮气扑面而来，笑容同时在三个人脸上凝固。

那是2016年8月末。时隔多年，第一眼看到宿舍时的震撼，依旧长久镌刻在黄长德的记忆里。

他还记得，自己当时放下行李，尽可能小心地坐到床上，身下的薄木板发出不堪重负的"吱嘎"声，"会不会把床板睡塌"成为经常萦绕心头的顾虑。四周的墙面没有任何粉刷，直接裸露着石灰岩磨碎后混杂水泥粘成的灰砖。一张学生课桌、一张椅子和身下的木板床构成全部家具，空旷的房间能响起回音。这时他发现还有一扇后门，推开之后，眼前是一个充当储物间的凉棚，一堆废弃的窗户堆积于此，借着光线能看到角落里有蜘蛛网在颤动。棚子前是一道水渠，成为支教老师们未来的露天浴室。

入住一个月后，三位老师把各自母校的校训抄到了宿舍门上，黄长德写的是：允公允能，日新月异。这是南开大学的校训。

从故乡鞍山到天津再到广西的乡村，从准职业球员到重点大学毕业生再到支教老师，人生的前二十余年里，黄长德接连经历了几次巨大的人生跨越。他从初中开始接触篮球，凭借远超同龄人的身高、强悍的身体素质而一度入选辽宁男子篮球队，但此后队内两次测骨龄，他的未来身高都没能达到预期，不得不退出辽篮。回到学校不久后，黄长德又被鞍山市鞍钢高级中学男子排球队主教练看中，改打排球，参加全国比赛、省内比赛近十次，曾作为辽宁排球队主力队员征战第三届全国中学生运动会，还曾获得辽宁省中学生排球联赛第一名、全国最佳副攻等荣誉。

高考前，包括中国人民大学在内的四所重点大学同时录取了他,黄长德选择了南开大学,他不愿因体育特长生的身份享受额外照顾,而只有这所大学对他们一视同仁,期末考试时不会把体育成绩折算为文化课的分数。临毕业时,黄长德选择加入美丽中国支教项目,随后便来到了这里,广西南宁马山县加方乡加让宣明小学。

绝不能退缩。球场上一旦退缩,就注定要输掉比赛。黄长德的教练们都曾这样反复强调过。他也相信,两年的支教不可能比训练和比赛还要艰苦。

在薄木板床上辗转了一夜后,黄长德起床、穿衣、洗漱,推开房门。雨停了,充沛的阳光洒在校园里,孩子们围拢过来,叽叽喳喳说着老师听不懂的方言;走上讲台,原本身高就有1.96米的他又高了一截,满教室的学生也随之一同仰起小脑袋,仿佛在看升旗,整齐响亮的"老师好"让他心潮澎湃,第一次体会到"老师"这个词背后的责任。

开学没多久,黄长德把课表贴到班级的墙上,学生们一股脑围上去指指点点,个子矮的还会踮起脚、跳起来看。黄长德转身走出教室,满脑子都是明天的英语课。他在暑期学院时就向培训主管邓婉馨提出,不要安排自己去教英语,生怕误人子弟。但学校老师人手有限,课程实在排不开。黄长德只能硬着头皮接下任务,始终对这门课心里没底。

刚来到操场,身后就响起一个稚嫩的声音:"黄老师,黄老师,你等一下!"转过身,班上一个小姑娘跑过来,满脸通红,喘着粗气:"老师,你是不是要教我们英语?"

黄长德点头:"是啊,怎么了?"

"你不会不教吧？"

黄长德有些意外："课表都写上了，为什么不教？"

"以前每次课表上都有英语课的，可老师从不给我们上。黄老师，你会不会也这样？我想学英语……"孩子的声音低了下去。

黄长德没有立刻回答，而是仰起头，掩饰心头的酸楚。在自己到来之前，学校里没人懂英语，当地老师只会教语文和数学这些基础学科，即便如此，也只能勉强维持着教学。

小姑娘轻轻拉住黄长德的衣角："老师，你一定要教我们英语，你不要忘了，明天第二节课是英语课。"黄长德蹲下身，语气郑重地告诉她："你放心，老师一定教，英语课明天正常上课。"小姑娘绽放出笑脸，转身冲向伙伴们，连声喊着"上英语课啦"飞奔而去。

黄长德的目光顺着她的背影移向校园外，学校四面被大山围得严严实实，看不到山背后一丝一毫的样子，果然如当地人所说，三分地七分山。光秃秃的喀斯特山岩没法种植经济作物，又长期处于阴雨天气，积水很深，植物的根不等扎进土壤就会被雨水冲走淹没，第二天一早，积水又不知跑到哪里去了。气候也是潮湿闷热，四周的大山围成一口巨大的笼屉，生活其间的人们就像终日被熏蒸的包子。

这里属于南宁市马山县，学生们却从不以南宁人自居，更习惯自称马山人，几乎没有孩子去过首府。校门口就是515县道，向左走通向马山县，向右走通往加方乡。黄长德曾把学生们带到马路边上，问他们愿意往哪边走，孩子们统统选"向右走"。

也是从那一刻起,黄长德明白,这片土地需要自己,也暗自下定教好英语课的决心。之后的两年里,他每节课之前都要先学一遍授课内容,不厌其烦地模仿着音频里的英语发音,尽力矫正自己浓重的东北口音。后来他开玩笑说,自己的英语水平就是学生学到哪,自己会到哪。

挑战远不止于此。学生们一周要上30多节课,黄长德自己就要教25节。他刚接手三年级时,全年级的语文平均分48.3,只有9个学生能及格,考试时前几道题是最简单的看拼音写汉字,几乎所有学生都空着,只有个别孩子能写出其中一两个字。他们连洗澡之类的卫生习惯都没能养成,在水龙头下伸脚匆匆冲一下就算洗脚,每次查寝都会成为巨大挑战。

这天,实在看不下去的黄长德宣布了自己的决定:"从今天开始,男生每天晚上七点半在宿舍集合,我和你们一起洗漱;女生由班长看着!下次查寝,我看哪个屋子还有这么大的味儿!"

晚上,他准时提着水桶、脸盆、洗漱用具来到男生宿舍,学生们也手里握着牙缸或站或坐,个个憋着笑,其他年级的学生围拢在宿舍门口好奇地张望。黄长德板着脸,吼出一句"现在开始洗脸洗脚",第一个跨坐在床边,双手捧水,低头洗了把脸。再抬头一看,男生们也纷纷模仿老师,只是大多不得其法。有的孩子伸出胖胖的小手,蘸了一点水就往脸上蹭,整张脸只有一小块是湿的;有的孩子双手在桶里不住地画圈,左顾右盼打量着老师和其他同学,不知该如何开始;有的孩子一动不动,看着大家傻笑;最小的那个孩子干脆把双脚踩进桶里,双手从桶里舀起水往脸上泼,手、脚、脸一块洗。

黄长德强忍住笑意，一脸严肃地逐一纠正学生们。一时间，宿舍里除了哗哗水声，只能听到老师低声而短促的指导，外面张望的学生们也不再说笑，出神地望着同学们忙碌。脸和脚都洗完之后，黄长德又带学生们去刷牙。再次走进男生宿舍时，空气里终于飘荡起香皂的气息，学生们争相大张着嘴向老师吐气，证明自己刷完了牙，一个孩子说："老师，洗了脚真舒服啊。"

很快老师又立下另一项规矩：早读。学校每天早晨都会有时长二十分钟的例行扫除，一般不超过五分钟就会结束，剩下将近一刻钟都是空白时间，全校的学生们总是在操场上追跑打闹，黄长德却要求本班的学生回教室早读。每当扫除结束，在操场上撒欢的学生们都会看到二楼走廊出现黄老师的魁梧身影，然后是他特有的大嗓门："三年级回教室！"

起初没几个学生肯把老师的命令放在心上，黄长德必须亲自下楼"捉拿"，他们才会磨磨蹭蹭跟着老师回到教室，拖着长声懒散地读起课文或英文单词。其他班的学生经常守在教室外围观，哄笑声不绝于耳，不少学生因此感到难为情，连队友都问："天天卡着点，你不累吗？"黄长德不为所动，依旧每天坚持喊学生、"捉"学生。

以身作则和不厌其烦的重复，都是黄长德重要的支教心得。在他看来，想教出什么样的学生，自己要先成为什么样的老师。父亲是军人，始终保持着军队里雷厉风行的习惯，黄长德从小记得，父亲每天很早就会起床，用五分钟时间洗漱完毕，然后迅速开启一天的作息。黄长德自己当球员时，同样每天保持着高强度的训练，改打排球之后，教练要求他每天必须打满100个直线球，更立下各种清规戒律，其中一条就是，高中三年不能再碰篮球。

起初黄长德没忍住，偷偷去打篮球，左手不小心骨折了。他在医院接好骨头、打上石膏，惴惴不安地去见教练，教练一脸平静："你的手都这样了，我就不削你了。从今天起，天天练习对墙扣球，别想回家休息。"之后的整整三个月，黄长德继续负伤训练，伤手没过几天就肿起来，一旁的母亲心疼得掉眼泪："教练，让孩子休息两天吧，消肿了就回来。"教练冷冰冰地拒绝了她："不行，就在这里打下去！不这样，他不长记性！"

三个月后手伤痊愈，黄长德重新上场后发现，自己的扣球技术比以前有了明显提高，也领悟到教练为什么禁止自己打篮球：排球和篮球的起跳方式完全不一样，如果同时打两种球，很容易搞混技术动作。那次受伤也给了他一个深刻教训：只要决定做一件事，就必须全身心地投入。

坚持慢慢见了成效。随着黄长德日复一日的重复，有学生听到老师的喊声就会停止追跑打闹，主动上楼回教室，起初只有几个，后来主动回去的越来越多；到了最后，黄长德不用喊更不用下楼，只要往走廊一站，学生们就会互相提醒着回去，三年级的教室里很快响起齐整响亮的朗读声。有几次，黄长德因为前一天备课太过疲惫而迟到了一会儿，匆匆赶到教室却发现，学生们已经在自发朗读课文或英语单词，这时他便不再进教室，而是静静站在门口听着，那是他最有满足感的时刻。

两年后，黄长德结束支教成为项目主管，像邓婉馨、王晓东、梁佩佩这些前辈们支持自己一样支持起新的支教老师。有新老师提到，同样的问题自己已经反复强调两个月了，仍不见学生有变化。黄长德告诉他,不要说两个月,哪怕是坚持两年,甚至坚持十年、二十年,可能都不会有变化,但老师还是需要坚持。

带学生早读的那些日子里,总有孩子抱怨老师管得太严,黄长德从不会批评他们,而是先倾听他们的想法,再解释清楚。除了上课时一脸严肃,日常生活中黄长德从不以老师自居,平时经常带着学生们打球、做游戏。学生们的个头往往只到老师的腹部甚至腰间,老师总是或蹲或趴地和他们打牌下棋,为跳皮筋的女生撑皮筋。学生有任何心里话也愿意告诉老师,即使犯错误被批评也不会产生抵触心理,明白这只是因为自己不懂,老师的批评也只是把自己不懂的地方指出来,告诉自己该怎样做。

班里有个叫阿蓝的孩子,上课时经常不肯进教室,坐在教室里也不听讲、不写作业、不回答提问;课间其他孩子热火朝天地打着篮球、乒乓球,他却独自在一棵树下静坐。无论老师是批评还是讲道理,他都充耳不闻,近乎空气般的存在。

黄长德找了个课间,来到阿蓝身边坐下,有一搭没一搭地问了他许多问题:你为什么坐在这里?怎么不去和其他同学玩?起初阿蓝不肯理睬老师,始终是黄长德自言自语,但坚持了几天后,阿蓝终于有所回应。他告诉老师,自己不愿交朋友,是因为不愿接受离别。黄长德再问为什么,阿蓝又不肯说了。

谜底过了一段时间才揭晓。这天黄长德听其他学生说起,阿蓝连续三天只吃了学校的免费午餐,早餐和晚餐都没有吃,家里没有给他做饭,他也没有零花钱可以去买东西,早就饿得受不了,又不想让任何人知道,只是一直在硬撑,课上饿极了就趴着睡觉,什么也不说。

黄长德把阿蓝叫到办公室，递去一只蛋黄派，阿蓝怎么也不肯要，坚称自己不饿。黄长德撕开外包装，故意用蛋黄派蹭了一下阿蓝的嘴，大喊："你碰了这个蛋黄派，老师不要了，你不吃我就只能扔了！"硬塞到阿蓝手中。阿蓝低头纠结了片刻，这才转过身对着墙角，边哭边吃起来。望着孩子不住颤抖的肩膀，黄长德也没能忍住眼泪。

放学后，他陪阿蓝回到家里，才知道孩子为什么会"不愿离别"：他从小父母就不在身旁，以前在幼儿园、在学校也有过几个好朋友，却都陆续转学了。如今身边只有经常喝酒的爷爷和年迈的奶奶，可阿蓝很清楚，他们不可能一直陪在自己身旁。这让他觉得，无论是多亲近的人，早晚也会离自己而去。这些想法他没法和父母说，不想和老师说，更不想对同学们说，只有闷在心里。

回去后的那个夜晚，黄长德又一次在宿舍的木板床上辗转反侧。阿蓝的眼泪让他心疼，他又不知怎样才能帮到孩子：饭卡没钱，自己可以陪他回家要，也可以买给他吃，但阿蓝心里的委屈、烦恼与悲伤，那些不愿意对老师和家长说的话，又该向谁倾诉？

他进一步想到，阿蓝的情况并非个例。和绝大部分农村学校一样，加让宣明小学80%的学生都是留守儿童，七岁就要离开家人来住校。一年级刚上学的一个小姑娘，几乎每周都要哭上几次，小小的背影趴在两扇高大沉重的校门之间，撕心裂肺地喊着："我想奶奶，想回家。"新年时黄长德和孩子们聊起愿望，回答也大多与父母相关："希望爸爸妈妈可以多回来看我，不要去那么远。""想去南宁见爸妈,再看看商场有多大。""元旦想让妈妈回家。"一年到头,孩子和父母见面的次数一只手就能数过来,许多孩子夜里会躲在被子里偷偷流眼泪,他们的童年只有爷爷、奶奶、外公、外婆,有的连这些长辈都没有。

之后的许多天里,黄长德都在思考自己该怎么做。那段时间,校长想让他负责学校的心理咨询室,他又正好在读东野圭吾的《解忧杂货店》:僻静的街道上坐落着一家小店,迷途的人们把困惑和烦恼写成信投进它的卷帘门,第二天就会在店后的牛奶箱里得到陌生人的回答。这样的故事使他着迷,很快就决定在学校里也发起这样一个课外项目,项目名称同样借用那本小说。

黄长德用快递的纸盒做了个信箱,在上面贴好花花绿绿的海报纸,把它抱到班里,学生们好奇地围拢过来,他故作神秘地告诉他们:"这是个神奇的信箱,你们只要写好信投进去,第二天就会收到回信。"有孩子不知道写什么,也有孩子以为老师在布置作业,黄长德强调,平时生活中开心、不开心的事情都可以写,还可以写自己的梦想;无论写还是不写、无论写多少,自己都不会管。

从那天起,信箱再没有空的时候,每天少说能收到七八十封信,把信箱塞得满满当当。黄长德写了几天回信,根本回复不过来;他又拉上两位队友参与,情况仍然没有改善。宿舍里很快积攒起一大摞信,壮观如《哈利·波特》里魔法学校寄来的录取通知书。三位支教老师商量,不如联系学校之外的朋友,一对一地与学生们通信,从而让信箱成为真正的解忧箱。这样既可以让学生排遣寂寞、倾诉烦恼,也能开阔他们的视野。

他们对校长提起这个想法，校长大为赞赏，还亲手用木板钉了一只新信箱，挂到学校的墙上。支教老师们随后分头联系自己的同学、朋友来当"解忧人"，黄长德联系了南开大学的同学，许多人反响热烈，这些同学大多参与过社会实践活动，但普遍时间很短，希望能和农村学生有更多接触，更深入地了解农村现状。大家踊跃报名之下，原定的名额很快满员，黄长德最需要考虑的反而是如何筛选报名者。

他为此特意制定了一份笔试问卷，前两部分包括基本信息与性格、沟通风格的测试，第三部分更列出几道情境模拟题，给出学生在生活中可能遇到的种种状况，要求答题人据此拟定回答：孩子被好友冷落该如何开导？长期厌学，该如何引起学习兴趣？有了喜欢的人，怎样处理这份感情？因为与家人关系不好而想要出去打工，该如何应对？心里有梦想，但感觉离自己太遥远，该怎么办？……设置这些问题是为了考察报名者是否真的在乎学生、是否有耐心，答题者如果只是简单写几句，多半会被刷下，那些通过考核的解忧人无不动辄答上几百字。

笔试的最后一个环节是要求亲手写一封信，然后拍照发给黄长德，他会逐一检查笔迹，筛掉那些字迹潦草的信。这也是黄长德对解忧人最关键的要求：信件必须手写，而不能打印或是发电子版。在他看来，纸质信件比其他任何媒介都更有仪式感，这也是其独特的魅力。

小时候，黄长德和舅妈极为要好，舅妈和舅舅约会时经常带上他，幼小的黄长德总是跟在两人身边跑前跑后、大呼小叫。小学升初中时，已经结婚的舅妈提出和他互相通信，这让黄长德大为新奇。舅妈教他按格式写信，带着他去买信封和邮票，并很快寄来第一封信。黄长德好奇地研究牛皮纸信封、邮票与邮戳，读着舅妈三五天前写给自己的话，总有种穿越感，很快也有模有样地回信、封信封、贴邮票、投入绿油油的邮筒，仿佛在完成一系列仪式。上初中之后，各种资讯手段越来越发达，他和舅妈也就停止了通信，但始终对那种感觉记忆犹新，也一直珍藏着舅妈的那些信件。

2016年10月27日，"解忧杂货店"正式开张。学生们和当年的老师一样写好信，装入信封，投进"解忧信箱"，由黄长德和队友整理后寄给解忧人；解忧人阅读完毕、写好回信，再寄回学校，仍然由支教老师整理后交到学生手上。学生寄信的信封、邮票，则是由解忧人随信附上。

学生当中很快掀起一股写信的热潮。他们对书信另一头从未谋面的解忧人一无所知，不知他们是什么人，长什么样子，身处何方，身份和经历如何；唯一知道的是，他们都是值得信赖的哥哥姐姐。孩子们在信中和解忧人分享校园和乡村生活，问各种千奇百怪的问题，倾诉成长的烦恼，谈未来的理想，然后从对方那里得到回应、解答、安慰、鼓励。很多学生还会在信纸和信封上画画，或者附带自己的画作、亲手折的千纸鹤和心形卡片。

收到回信是最快乐的时刻。孩子们从老师手中郑重其事地接过回信，躲到不被人看到的角落里小心翼翼地打开，一口气读完，有时还会反复读上好几遍，直至能背下其中的语句，再将这些信珍藏起来，以后还会不时打开信重温。信上的每个细节：手写的文字，墨水的气息，不小心蹭上的墨迹，某一道折痕、水痕、褶皱，他们都可能反复研究。

一位解忧人在国外留学，信件很久都没有寄到，孩子急得不行，几次来问黄长德："老师，信不会是丢了吧？"黄长德安慰他："真寄丢了也不要伤心，这也是通信的魅力之一。生活总会有各种意外，我们必须用平常心来面对。"两个月后，孩子终于收到那封漂洋过海回到中国的信，信封上的地址、邮戳都是英文的，他兴奋得好像得了大奖，挥舞着信满校园跑："我的信是英文的！"

据黄长德统计，全校200多个学生，有170多个都写过信。书信往来的高峰时期，当地的邮递员每天都要来学校，拉回再运走一大袋信，他和黄长德开玩笑："我给你们学校单独放一个邮筒吧。"

解忧人同样投入了感情。一位上海交通大学的研究生回忆，写第一张明信片时，自己满心忐忑：孩子不喜欢自己怎么办？没有共同话题怎么办？孩子不愿意敞开心扉怎么办？收到回信后，一切疑虑都烟消云散，女孩问："姐姐你是研究生吗？我爸爸看了你的回信都高兴坏了，高兴得都快不跟妈妈说话了。"姐姐赶忙把第二封信换成长信，又附带一张自己以前的绘画作品，就这样和孩子成了笔友。

不少解忧人想给学生们寄一些礼物，黄长德统统谢绝，不希望让孩子借机索要礼物或互相攀比，他只接受寄书，把这些寄来的书集中放在心理咨询室，供所有学生看，还规定只有毕业后，收到书的孩子才能将它们带走。也有学生提出想和解忧人通话或者加QQ，黄长德同样劝阻了他们，他不希望有任何互联网的元素掺杂进来。两年来，黄长德只为一个学生破过一次例，这就是阿蓝。

　　解忧杂货店开张很久后，阿蓝才参与进来。黄长德从未见他来过心理咨询室，更不用提找自己投信；但每次整理邮箱，总能在一大堆信件中发现他悄悄投来的那封。黄长德为他对接了一位在哈尔滨读大学的解忧人，把阿蓝的情况简单告诉她，叮嘱她认真对待孩子的信。后来解忧人告诉黄长德，孩子在信中倾诉了很多，对她讲了家里的事情，看不到亲人的苦闷，每一次自己都会感动到落泪。为了让孩子得到更多的鼓励和安慰，黄长德破例把阿蓝带到心理咨询室，让他和解忧人做了一次视频聊天，那次聊天时间很短，两人也只是说了些很寻常的话，阿蓝的激动却还是溢于言表。

　　那次视频聊天也成为阿蓝转变的契机。慢慢地，他不再逃课，开始认真听讲，也能尽力回答老师的提问，集合时成为班里站得最端正的孩子，还会因为单元测试里不能拿满分而焦急。他尤其对英语课感兴趣，这是三年级才开设的课程，所有的孩子都站在同一起跑线上，也让他收获了一丝信心。一个学期后，阿蓝成了班里的英语课代表，每次考试几乎都是满分；语文成绩也从四五十分进步到95分，连卷面都工整了许多。

　　其他很多学生也都有了变化。有的孩子会主动用英语写信，尽管只是课堂上学到的"早上好""认识你很高兴""非常感谢"这类日常短句。有的孩子会反过来关心解忧人："姐姐，我感觉你好心疼我，到时候你遇到很难的事情，我也会觉得很伤心的。""姐姐如果你有什么难过的就要和我说哦，姐姐我是你的快乐球！"一个成绩优异的女生有一天突然冒出一句"我想考清华"，她的解忧人在那里读书，寄来的明信片上印着清华大学的校门。班里个子最高的男生想当篮球运动员，在解忧人的鼓励下一直坚持打篮球，还对黄长德发起挑战："老师，我和你单挑。"

随着影响力逐渐扩大，"解忧杂货店"项目也扩展到了其他学校。位于云南大理的南涧二中最先参与进来，支教老师陈菲在黄长德的基础上做了许多创新；此后项目又陆续扩展到广西、云南、广东和甘肃的16所乡村学校，学生参与人次近千位；解忧人也由国内各大高校的校园团队直接对接，身份更为广泛：支教老师，在读的大学生，海外留学生，企业白领，社工……一位解忧人提到，自己备战考研时读到"解忧杂货店"公众号的推文，顿时在图书馆里泣不成声，觉得那些故事给孤身奋战的自己带来了温暖。另一位解忧人王庆屿索性在2020年也加入了美丽中国，同样被分配到加让宣明小学，重启了一度中止的"解忧杂货店"。

在黄长德看来，每个人在生活当中都需要慰藉，这是"解忧杂货店"能取得成功的原因；而自己创办这个项目，也是因为相信人与人之间联结所产生的善意和力量。

他还记得从小到大对自己影响最深的那些人。当年从辽宁队回到学校后，因为落下了将近一年的功课，他的成绩一落千丈，父母已经做好让他留级的准备，是班主任白丽丽老师坚持留下他："不用留级，只要孩子肯学，补一补就上来了。"老师特意把黄长德的座位安排在讲台边，黄长德很快就从全班倒数回到了中游。孙琳琳教练则发掘出他在排球上的潜力，使他得以凭借排球特长考入重点高中，更发自内心地喜欢上这项运动。还有自己的母亲，母亲对于儿子考大学抱有深刻的执念，告诫他："就算有国家一级运动员证，你也得参加高考。"黄长德之所以不愿享受体育生的优待，正是来自母亲的影响。

"在我的人生每一次被推向未知、遭遇巨大挑战时，总有人在恰当的时机出现，帮助我、影响我、改变着我。"黄长德回忆。若干年后，扮演这样角色的换成了他本人。

2022年夏天，黄长德回到马山县去看望曾经的学生们。他们大多在县里的几所初中读书，其中成绩最好的学生还考入了马山县中学，这是加让宣明小学有史以来零的突破。当年带着学生们站在校门口的公路前时，黄长德曾指向左边通往县城的方向："只有向左走，才能看到更广阔的世界。"他结束支教的那次期末考试，全班成绩在马山县几百所小学中排名第一。

那次重逢，学生们惊喜地围住老师，叽叽喳喳说个不停。黄长德和他们说笑着，不经意间一抬头，阿蓝正站在人群外圈。孩子长高了，穿着白衬衫，帅气了很多；开口打了声招呼，嗓音也变了。他没有像其他同学那样扑上来抱住老师，只是远远望着，笑容腼腆。

黄长德也向他笑了笑，突然感觉学生长大了。

一直在这里

2014年9月。

上山的公路挤满了身着墨蓝色校服的学生，13岁的毕会丽拖着大包小包的行李在公路一旁走着，身旁屡屡驶过摩托车，不时能看到后座上坐着认识的同学。她停下脚步喘口气，抬起头，已经可以看到校牌上"五印中学"的字样，自己已在此度过了一年的初中生活。

和许多乡校一样，这座初中坐落在半山腰。它位于云南省大理州巍山县，在此就读的大部分学生都是彝族，离学校最近的村子洋基宗坐落在对面的山上，来自那里的学生要走两个多小时才能到学校，而最远的村子骑摩托需要八个小时才能到。学校的操场只是200米的土跑道，每到上体育课就尘土飞扬，遇上刮风还能扬起沙尘暴。等到风停了，天空却比任何地方都要蓝，白云就在眼前。下雨之后操场一片泥泞，但能看到巨大的彩虹跨越山谷，连接起两座大山。

签到，交学费，回班里领新课本，打扫宿舍，一切都和过去两个学期的开学没什么不同。毕会丽向见到的每一位老师问好，不时停下来回答他们的关心和鼓励，保证这学期会继续努力、保持原有成绩。在五印中学，没有老师不认识毕会丽，过去的一年里她全校闻名。

无论从哪个角度看，毕会丽都符合传统印象中的"寒门贵子"。父母都是地道的农民，姐姐因为家庭困难早早地辍学去外面打工、结婚生子，家中还有一个小侄子。一家五口住在最简陋的土坯房里，直到许多年后才翻修为轻钢结构的房屋。全家的收入来源主要是种庄稼和养猪养牛。烤烟是最大一笔收入，一年大概能卖到1.2万元。每到种烟的时节，一家老少都要抓紧时间抢种烟苗，否则烟苗有可能会枯死。毕会丽也要负责为烟苗浇水、拉上地膜，忙到夜里11点都是常事，全家在月光和星空下的烟田里彻夜忙碌，是毕会丽最深的童年记忆。父亲去集市上卖烤烟则是她最期待的事情，因为每次卖完烤烟回来，家里都能吃上一顿肉，父亲还会给自己带回一些零食，给上几元零花钱。

更多同学家里则种红花，它是五印乡为数不多的经济作物之一，磨成的红花粉可以入中药材。每年五月红花开放，漫山遍野如火如荼，但这幅外人眼中的美景，意味着当地村民没日没夜的劳累，红花收割不及时会影响下一批作物的播种，所以在那些天里，他们要忍受着毒辣的太阳进行收割，双手一不小心就会被红花的刺扎伤。

和大部分农村家长一样，父亲沉默寡言不善表达，什么事都是闷头去做，很少和孩子有交流，最常说的是"需要花钱找我要"。母亲外向一些，家中的事情大多是她拿主意。夫妻俩的学历一个是初中，一个是小学二年级，但都教育女儿要成为正直的人，也深信知识改变命运，为此全力支持女儿读书。绝大部分农村学生在家都要帮父母干家务，但只要毕会丽说自己要学习，父母无论多忙都不会打扰她。毕会丽认识的所有同学，没一个在家能享受这样的待遇。

受他们的影响，也早早体会过生活的压力，毕会丽从小就发奋读书。小学时，学校安排住宿生上晚自习，毕会丽也想参加，但她是走读生，学校出于安全考虑不同意，母亲为此向校领导请求了很久，最后把女儿安排在校外一户村民的家里住宿。直到后来，毕会丽用成绩证明了自己，学校才破格允许她住校。小学六年连同刚过去的初一，无论哪次考试，毕会丽始终是年级第一。

视野里出现了一位陌生老师，毕会丽停住脚步，好奇地打量他。新老师和当地老师并肩坐在一起，忙着给报到的学生登记信息，他穿一件深蓝色卫衣，戴着帽子，圆脸上一副黑框眼镜，皮肤比当地师生白净很多。毕会丽知道他一定是城里人，也不由得感叹："好年轻，像个学生。"当地老师大多四五十岁，他看起来却只有二十出头。近十年后回忆那一幕，毕会丽意识到，老师当时的年纪和现在的自己差不多大。

短暂的好奇之后，毕会丽继续向前走，并没把新老师放在心上。那一刻她没意识到，这位老师将会在自己成长的道路上扮演重要角色，他带来的影响，有可能贯穿自己的一生。

2014年9月。

新学期第一节英语课，新老师站到了119班的讲台前。

这次他没有戴帽子，留着寸头，发际线很高，脸圆圆的，双眉很淡，面向全班做自我介绍，说话慢条斯理，书生气十足："我叫李书豪，来自重庆。本科毕业于外交学院，硕士毕业于香港中文大学。……"

座位上的毕会丽瞪大了眼睛。五印中学的老师大多毕业于云南的地方师范院校,最好的学校是云南师范大学。即便如此,学校也奇缺任课老师,初一教她们英语的那位当地老师曾经代过数学课,本人的专业是地理。

李书豪告诉学生们,自己来自一个支教项目"美丽中国",将在五印中学度过两年时光,教八年级116、119两个班的英语。毕会丽不明白美丽中国是什么,也不懂支教,只是看出讲台上的李老师显得十分紧张,汗珠不住从脸颊上淌下来,他需要不时抬手擦汗。之后两周的每一节课,李老师都是这样满头大汗,而入秋的天气明明很凉爽,他又是重庆人,早该习惯了炎热。毕会丽在下面都替他担心,心里默默鼓励他"不要紧张",其他成绩好的同学也耐心听着,尽力积极地回答问题,好为老师多增加一丝信心。

李书豪确实压力不小。支教之初,因为担心自己的教学水平,他申请教七年级,但由于师资紧张,学校还是把八年级分配给了他,这意味着支教第二年他就要去教毕业班。在香港读研究生时,他觉得分数没那么重要,应该让学生成为更好的自己。然而听到校长说,每年全校只有30%的学生能考上高中,其他学生要么回家务农,要么外出打工,李书豪不得不放弃了最初的打算,把"让尽可能多的学生考上高中"作为目标。然后他就发现,所有的学生都是初一才开始接触英语,不少学生别说音标,连汉语拼音都不会。

英语课上,有的学生呆呆地望着他,有的趴在桌子上睡觉,一个特别调皮的男生还在课上用手电筒照老师。李书豪曾给全班每人发了一张纸，让大家分析英语差的原因。有学生写自己懒，有学生写没有学英语的环境，还有学生写："我听不懂老师在讲什么。"

毕会丽是全班英语最好的学生，但她朗读单词时，李书豪经常会听得满头雾水："你刚才读的是哪个词？"给她纠正一遍发音，下次读单词又会纠正。反复几次之后，毕会丽心里开始打鼓，有些不敢回答问题了。

很快她就意识到李老师和其他老师的不同，其他老师上课先讲单词，让学生一遍遍背诵和听写，李老师却先教音标。学习新课文时，他也不直接讲单词的意思，而是让学生根据故事情境去猜。有时他会把软球带到课堂，提问谁就扔向谁，让对方接住，同学们因此全神贯注。慢慢地，英语课上有了笑声，更多的学生敢于主动回答问题。有一节课，课文里出现了"milkshake"这个单词，中文是奶昔，全班都不知道那是什么，李老师干脆带学生们买了水果、酸奶，现场制作了一杯。他还自掏腰包给同学们买英语辅导书，为大家准备很多小礼物：名校校徽、书签、笔记本、徽章、零食、贺卡……，鼓励他们各种小小的进步。

可李老师还是从来不听写。毕会丽坐立不安，和另一个班委一起去找他："老师，我们以前上英语课，都是要听写的。"李老师却回答："我的课不用，你们只要按照音标去记，就会记住了。"毕会丽更着急了："这怎么记得住？"后来她才知道，李老师的教学方法是"自然拼读法"，只要学会音标，就可以掌握拼读的规律，看到单词就会读，听到就能拼出来，远比死记硬背效率要高。

时间长了,毕会丽慢慢明白支教是怎么回事,只是仍然不懂,李老师这样优秀,为什么要来到条件艰苦的五印乡。其他同学也这样问过,李老师总是用"希望"这个词来回答:"我想让你们对未来抱有希望。你们122名学生,就是122个准备盛开的希望。"

他为116、119两个班设计了共同的班徽,两只手捧着"5""4"两个数字。李老师解释说,"54"是116、119两个班级号的尾数乘积,他希望自己的学生能够互相帮助,达到做乘法那样的效果;同时它也代表着自己推崇的"五四精神",希望学生们也能像五四运动的先驱们那样,带着勇敢与善良的心去开创自己的未来。

班徽的上方则是李书豪制定的班规:勇敢,诚实,善良。之后的许多年里,所有学生都记住了这三个词。

2014年11月。

初二上学期的期中考试,毕会丽考砸了,没能拿全年级第一,只得了第二。

这是毕会丽在学生时代第一次遭遇重大挫折,此前她从没尝到过失去第一的滋味,那一刻才意识到,"年级第一"是光环,也是压力。学校里所有的老师都对她格外关注和优待,同时要求也分外严格。各科之中,毕会丽的语文略微逊色,如果某次考试语文成绩没能达到预期,教语文的副校长会亲自把她叫到办公室,为她分析试卷中出现的问题。毕会丽视力不好,又没有配眼镜，上初三后，班主任特意把她的座位安排在教室正中央的讲台前，无论全班如何调座位，她的位置总是保持不变。她在班里一直担任学习委员，初三便不再负责具体事务，所有工作都由其他班委分担。如今，她自觉对不起老师们。

一整天，毕会丽都在强忍着眼泪。晚自习结束后，李书豪留了几个学生补习英语，毕会丽也在其中。这是她头一次听课心不在焉，心里一直转着一个念头："李老师刚来，我怎么就考砸了？"

这个想法让她更加痛苦，她忍了又忍，终于起身夺门而出，在操场上痛痛快快哭了一场。好一会儿才止住眼泪，红着眼圈回到教室、默不吭声坐到座位上，李书豪吓了一跳，一时不知该说什么，只好继续给其他学生讲解知识点。结束之后，他又送学生们去水池前洗漱，自己举着手机为她们照亮。

第二天的英语课上，李书豪讲课讲到一半，忽然讲起自己学生时代考砸的经历：那时他在班里经常考第二名，有一次掉到了第五，原先排在后面的几名依次递补上来，他当然也难过，但更会分析自己哪个地方出了问题。毕会丽默默听着，那一周的周记中，她第一次向老师倾诉起自己的苦恼。

周记本发回来了，李书豪回复了满满两页纸，告诉她："第一名带给你的不应该是压力，偶尔一次考试失利是正常的，不用紧张，只要找出问题，再想办法。"从那以后，师生经常通过周记交流，李书豪会鼓励她："过去发生的已无法改变，只能去总结，而将来是未知的，是可以改变的。""成绩的意义不在于和别人比较，而是自己的追求与对自己的检测，不论别人怎么样，都要朝着自己内心的目标出发。""学习是为自己。保持好的成绩,是因为这样可以让自己拥有更多的选择空间,过自己想要的生活。好成绩不为让老师安心,不为让同学羡慕,我的自信与快乐都源于自身,而非别人的肯定。希望你可以常常自省,发现自己身上的闪光点,并且对自己坚信不疑。"

这些交流让毕会丽觉得,不同于其他的许多老师,李老师不是因为自己成绩好、能为学校争光才关心自己,而是真的在意自己的成长。其他老师无形中都在给自己施加压力,只有李老师在为自己缓解压力。对他来说,当老师远不止是一份工作,而是真的把它当成了事业。

两个月后的期末考试,毕会丽回到年级第一的位置,之后的整个初中时代,她再没有过失手。

2015年1月。

李老师支教的第一学期即将结束,他和许多学生都成了朋友。毕会丽后来听说,那段时间,李老师在自己朋友圈发的照片、视频几乎都与学校和学生相关:今天学生约他一起去放牛,明天学生终于听他的话把头发剪掉了,每晚看着女生用凉水洗脸洗脚特别心疼。学生在学校里表演,他能一口气发十多条小视频,还要事先知会各位好友:"我要开始刷屏了啊,各位选择性屏蔽。"一起长大的表妹看了他的朋友圈问:"你现在心里还有我和外婆吗?"

新年到来时,李书豪在班里组织了一场联欢会,这也是毕会丽和同学们第一次参加联欢会。李老师买来零食和饮料,带领学生们布置会场，那些开学时还不认得几个英文单词的学生，在李老师的指导下用英文表演了短剧《地球君的独白》，还自制了道具。一个胖乎乎的男生出演主角"地球君"，他英语成绩不好，但整天笑呵呵的，李书豪给他安排了最少的台词，演出结束后，全班公认"地球君"演得最生动。

　　李书豪还教大家用纸折成小红帽戴在头上。他自己其实也不会，先在网上找到教程跟着自学，再教给学生们。不少学生都给自己的帽子加上了装饰，毕会丽想起李老师说过的话：他是为推动教育均衡来支教的，要让学生们拥有自由选择的权利；也依稀从他口中明白了自己的家乡、学校与城市的差距。她想，等自己长大后，那些不公平的现象也许会消失；如果没有消失，自己就尽力为此做些什么，于是在自己那顶帽子上写下一句英文："We can make this world better." 第二年的联欢会，李书豪又给了每个学生一张许愿卡，让他们写下自己的愿望。当时班里一位同学病休学，毕会丽于是在许愿卡上写：祝愿他可以早日康复，回到班里。

　　她并不知道，自己这两个小小的举动也落在老师眼里。李书豪后来这样描述学生："全年级成绩最好的学生在我任教的班级里，年级第一的宝座几乎一直由她坐着，她的努力与踏实超过了我此生遇见的所有人。在我的记忆中，我的学生时代里像她这样刻苦的人一个也没有。她的优秀也不仅仅止于学习与成绩，她总会用心地去领悟我所说的每一句话，会在帽子上写下'We can make this world better'，也会许愿同学早日康复。她所拥有的不仅是顶尖的成绩，更有济世的情怀与对同伴深重的情意。"

新学期开始了，李书豪叫毕会丽去办公室，送了她一张贺卡和一小块糕点。毕会丽吃了一惊，第一反应却是：难道李老师要走了？李书豪哭笑不得，赶忙保证自己不会走，送贺卡只是因为，新学期是新的开始和起点，他想鼓励一下学生们。

回到教室，毕会丽这才发现其他同学也都有贺卡；走出教室，路过同样是李老师带的116班，那个班同样人手一张。毕会丽更加惊讶，两个班的学生加起来共有125个人，李老师给每个学生都送，每张贺卡都要手写一两句鼓励和祝福的话，这该是多大的工作量？

这也是毕会丽和同学们第一次收到贺卡和礼物，之前无论老师还是同学，彼此从没有送贺卡的习惯。她把这张贺卡收藏至今，连同以后的每一张。从此每个新年，李书豪都会给学生们送贺卡，即便是学生们毕业以后。那时毕会丽独自在大理市上高中，李书豪会在年底过来看望她的时候顺便送她贺卡。其他上高中的同学大部分都留在巍山县，李书豪会把厚厚一摞贺卡寄给其中一位学生，再由她转交同校其他同学；即使是那些不再上学、选择去打工的学生，李书豪也会把贺卡寄给他们同村还在读书的同学，由他们转交，从不因学生身份、现状的不同而对他们区别对待。

2015年7月。

初二结束时，李老师又宣布，要在学校办一次夏令营。

他在全年级选出60名学生，学习成绩只是考量的标准之一，日常表现良好的同样可以入选。从学期末开始，他每天都忙得不可开交，除了带领学生们复习考试，还要负责筹备夏令营：筹款、招募志愿者、设计课程。他希望让学生们在埋头苦读之外，还能接触到更丰富的世界。

夏令营开营了，口号是："把美好的东西坚持到底。"那是话剧《恋爱的犀牛》的最后一句，李书豪读大学时就是话剧迷。支教第一学期，他曾回过北京，看了话剧《一个陌生女人的来信》，谢幕后还特意找到主演黄湘丽，请她为学生们写一句话，黄湘丽写下了这句。此后的许多年里，李书豪一直用它来鼓励学生。

对毕会丽来说，夏令营里的一切都是新鲜的。每一天从校园华尔兹开始，上午的趣味课堂同样是语文、数学、英语等科目，却一反上课时的单调枯燥，设置了各种游戏、互动和体验环节；下午的实践活动更是走出教室甚至学校，由学生自己动手、动脑；晚上则是由各位志愿者自行设计的兴趣课或分享讲座。夏令营结束时，毕会丽收到李老师的又一张贺卡："第一名不是给你带来压力的，这次夏令营，对你的要求和对其他同学不一样，就是让你在这里快乐玩耍，放下学习压力。"

这次夏令营也让毕会丽意识到，除了课本知识，自己要学习的还有太多。很多活动都是她第一次接触，经常感到无所适从。艺术课上，学生们需要用颜料在画布上作画，其他同学画出山水、动漫人物，她却什么都不会，只好画了一本书。在村里进行调研，毕会丽从没做过采访，惴惴不安地按照提纲向一位老人问了一个又一个问题，老人始终不吭声。带队老师悄悄提醒，这样的问法不对，她只是在机械地索要答案，而不是在沟通交流，应该先和老人聊天以拉近距离，之后再自然而然地询问。

毕会丽同时注意到，许多同学尽管成绩不如自己，却能在各项活动中大放异彩。班里一个总爱捣乱的男生，原本只是递补成为学员，却在团队活动中格外活跃。艺术课上，同伴们想不出创作什么主题，他就跑到其他团队那里"偷听"老师的建议，回来告诉大家；社区探索时下着雨，他会主动给女生们打伞，提醒老师"路面滑，小心点走"，还走在最前面开路，赶走村子里狂吠的狗。体育课更是他的强项，任何运动都很擅长。看到他的种种表现，毕会丽真切体会到李老师平时常说的：每个同学都有自己的长处，衡量一个人不能只看成绩。她暗自下定决心，在学习之外的其他方面自己也要尽力做好。

最大的挑战还是校园华尔兹。在五印中学，青春期的男女生从来都是各玩各的，彼此之间极少有来往，老师们更是严防死守。过去的两年里，毕会丽和男生说话的次数都屈指可数。可是跳华尔兹需要男女生手牵手，所有的学生都羞红了脸。当李书豪要求大家各自寻找舞伴时，仍然是男生找男生、女生找女生。李书豪只好自己为学生们分配舞伴。

毕会丽第一次和对面的男生跳舞时，两个人谁也不好意思抬眼看谁，手更是不敢碰到一起，只是互相揪着衣襟，动作僵硬得好像提线木偶。一曲跳完，他们各自交换舞伴，相同的尴尬局面又会再次上演。直到两三天后，男女生们才逐渐习惯这项活动，敢把手牵到一起，动作也自然了许多，互相之间有了说笑。毕会丽也是从那时起开始明白，男生身上也有许多优点，应当尊重性别差异，从此与男生相处也自然很多。

其实，整个夏令营最兴奋的还是李书豪自己。其他老师上课时，他经常坐在教室后面听课，总是会听到热泪盈眶。看着学生们上课时不再愁眉苦脸、一声不吭，而是大声唱着英文歌，大声朗诵诗歌，满怀自信地站在讲台前讲解项目方案，李书豪的心中一次次翻滚起暖流。他写道："一个老师的幸福，莫过于看着学生一步步成为更好的自己。"

2016年7月。

毕会丽没想到时间过得这样快，自己好像昨天才步入校园，一眨眼就要结束初中生活了。

中考就在眼前，紧张忙碌的复习间隙，三年时光仍不时从记忆中泛起。许多同学都有了改变，那个三天两头气李老师的男生，不再整天叫嚣"汉子人，什么都不怕"，每次见了李老师会恭敬地喊一声"老师好"，还养成了阅读的习惯，帮班级管理起订阅的杂志。那个在课上用手电筒照李老师的男生，有一次因为在走廊打篮球被李老师批评，下意识扭头就走，但走了两步就停下来转过身，第一次说了句"对不起"。一个女生总把"诚实，勇敢，善良"挂在嘴边、写在作文里，那是李老师经常讲的。另一个女生在许愿卡上写："希望这个世界上的每一个人都有一颗乐于助人、善于宽容的心。"

铃声响起，整座五印中学陷入沉寂，中考开始了。毕会丽郑重其事地打开第一门语文的试卷，暗自祈祷这回的作文题不要太难。

同一时刻，李书豪待在自己的宿舍里，没有参加监考。这是他特意向学校申请的，为的既是陪学生们走完初中最后的时光，也是利用考试的时间收拾行李准备离开,他要结束支教了。

对于未来,李书豪没想太多,只是准备先休息一阵子,再考虑申请读另一个研究生或者博士。此时,他想得更多的还是学生。整整一天他都在收拾行李,兼缅怀过去的两年。眼前的每一样东西都能勾起回忆:学生的手工,学生给自己写的信,没收的学生用来整蛊自己的道具。本以为这是一段轻松欢快的经历,但当艰难地拆卸掉晾衣架时,心里还是有什么东西跟着一起散了。那一刻李书豪呆在原地,第一次真切意识到,自己马上就要走了,好像一场沉沉大梦终于醒来。

离别本已司空见惯。从小到大,李书豪经历了五次毕业,每次都要离家更远,也要和一批志同道合的朋友告别。太多人在他生命中来来去去,一切发生得自然而然。上学期末的语文考试,阅读材料里写道,父母只能目送子女的背影渐行渐远,而孩子的背影也告诉父母:不用追。李书豪早就明白,终将告别的远不止父母,人生道路上,很多路都只能自己一个人走,离别才是常态。

可是最后这个学期,他还是难以平静。每次走在校门口的山路上,望着对面的大山,李书豪眼前都会浮现出每个山头在日夜之间、四季转换时的不同模样。他想起自己喜欢的编剧廖一梅,她有了孩子后会写下:"因为你,我害怕死去。""平生第一次,我对死亡产生了恐惧。"李书豪如今能体会到她的心情。对另一个生命的在乎会改变自己,何况120多个?

"一旦一个人在乎一件事,就发现自己不得不开始在乎一

切事。"① 他最终还是坐在书桌前、打开电脑,在寂静中敲击起键盘:

  特别不喜欢提"爱"这个字,哪怕是中考都不能激情昂扬地跟你们说一声"加油"。可是即将分别了,我还是脆弱地承认了吧,孩子们,我爱你们。
  我像爱我的家人一样爱你们,我希望你们平安快乐,希望在你们需要的时候,我都能在你们的身边;我像爱我的爱人一样爱你们,我希望你们能在流逝的岁月里成为最好的自己;我像爱我自己一样爱你们,我希望你们回望过去时,对于每一天都不会感到后悔。
  常常会有人问,你给孩子们花钱、花时间、花精力,到底是为什么?谈过恋爱,或者明白亲情的你都知道,当你足够爱一个人的时候,希望能尽自己所能,把自己所能给的最好的一切都交给对方。
  ……

"还有十五分钟收卷。"

讲台前响起监考老师的声音,毕会丽先是一愣,抬头瞟了一眼挂钟,周身彻骨的冰凉。自己看错了时间,以为还有半个小时收卷,作文才刚开始动笔。

一颗心几乎要跳出胸膛,字迹在眼前变得模糊,毕会丽望向

---

① 出自加·译文《岛上书店》。

手中的钢笔,笔杆在不听使唤地晃动着。她咬咬牙,"学霸"不会因为这点小事就失手的。一行行字继续从笔中流淌出来,不像往常的一板一眼,而是微微舞动着。

晚自习就要结束了,毕会丽盯着数学习题集,满眼都是白天考试的情形。铃声响起的最后一刻,她终于完成了作文,刚松一口气,又开始惴惴不安。语文本来就是自己的弱项,不知这次作文是否会失分,一整天她都魂不守舍。

熟悉的身影走入教室,全班同学的目光集中在李老师身上,一片静默。毕会丽发现,李老师神色间居然有些大义凛然。

他向全班环视一圈,仿佛已经做出了什么重大决定,只是利用这片刻最后再确定一次,然后开了口,语气斩钉截铁:"我不走了,今后三年我一直待在大理,我要陪你们直到高考结束。"

教室沸腾了,学生们的欢呼险些掀翻屋顶。毕会丽没有参与其中,只是愣愣盯着老师,整个世界都好像明亮起来。那一刻,她心底只剩一个念头:"一定要考到大理。"

一个月后中考放榜,毕会丽查到自己的成绩:585分。她曾担心的语文是116分,与数学、英语两门的分数一样,第一志愿大理一中稳了。她迫不及待拨通李书豪的电话,和老师分享自己的成绩。那一刻,沉浸在欣喜中的师生二人都没意识到,这个分数意味着什么。

大理全州2016年的中考成绩统计出来了。实考全州590分以上的有三人,最高分592;但如果算上加分,590分以上有五人,毕会丽是享有加分的两名学生之一,她属于高寒地区少数民族。她的中考总分由此达到595分,成为那年的全州状元。

得知这个消息，李书豪在朋友圈发了一条信息："是的，那就是我的小学霸，这就是为人师表最骄傲的一刻了。"

2016年7月。

走出火车站时，扑面而来的是滚滚热浪，到处是嘈杂的响动和烟尘，密集的车流缓缓驶过。这样的景致却是毕会丽和同学们第一次见到，尽管疲惫至极，她们却依旧痴迷地望着眼前的一切，就像这一路走来最常做的那样。

第一次得知有机会去北京游学，还是在中考复习的时候，李书豪把毕会丽叫到办公室，悄悄透露这个计划，毕会丽激动得要跳起来，此前她从不敢想象，书本里和电视上看到的情形将变为现实。李书豪反复叮嘱，不要把消息泄露出去，尤其不要因此影响复习。毕会丽连连点头，此后直到中考，一直守口如瓶。

支教结束前的最后一个月内，李书豪瞒着其他学生，在朋友圈发出游学的项目策划书，募集游学经费。几乎是学生们参加完中考的同时，李书豪成功募集到了61000多元、超额完成目标。中考结束、填报完志愿的次日，毕会丽和同学们便换上统一的制服，踏上了前往北京的旅途。

从五印乡到巍山县，从巍山到大理、昆明，再从昆明动身前往北京。为了省钱，李书豪只能选择带学生们坐火车，这意味着他们要在车上度过将近40个小时。即便如此，学生们丝毫不觉得厌倦。这是他们第一次出远门，一路上最常做的事就是把脸贴在车窗上，对外面的风景百看不厌。

李书豪的母校提供了免费住宿。在北京的五天里，学生们还受到各界爱心人士的关照，一家金融机构在之前的众筹中提供了一笔最大金额的资助，另一家教育机构的辅导员提供了讲解服务，一个话剧的剧组则提供了免费观看话剧的机会。除了天安门、故宫、长城等必去的景点，学生们还经历了无数个第一次：看话剧、看京剧和杂技、吃烤鸭、坐地铁、看北京的夜景。这些对城市孩子来说司空见惯的事物，无一不令乡村学生们激动和兴奋。

毕会丽记忆最深的却是前往中国青年报社的经历。李老师大学时就是这家报纸的忠实读者，还曾在这里实习。如今，他的学生们又来到这里，和他在报社的前同事们一起座谈。

直到那时，毕会丽才得知李老师的过往：大学时就办了一本颇具影响力的校园杂志《外交青年》；在香港读研究生时，读到好几本做中国农村现状研究的书，发现和童年的老家差异颇大，从此有了支教的念头；原本只打算借机做个课题研究，然后继续求学，却在接触到学生们之后完全改变了想法；这些年许多媒体都要采访他，李老师却统统谢绝了，觉得支教只是个人选择，和其他做着自己想做的事的同龄人并没有区别，还在朋友圈里写："我不伟大，也不想变得伟大。"

当晚，毕会丽在日记中写道："李老师为我们付出了太多，无法用语言形容。如果没有他，现在我们也许在农田里吧。那一刻我在心里告诉自己，无论自己去到的高中压力多么大，竞争多么激烈，都不要放弃，无论如何也要走出大山去。"

她还记得那一晚，自己登上了中央电视塔、俯瞰整个北京，灯火璀璨的海洋又是自己平生第一次见。

2016年10月。

高中生活开始了。毕会丽独自去了大理一中,全州最好的高中之一,学习压力比初三还要大。州状元的光环迅速褪去,身边的同学一个比一个优秀,那些城里孩子的见识更是远远超过自己。在他们面前,毕会丽不禁自惭形秽,头一回意识到自己其实也只是个普通学生。

月考的失利更加重了心理落差。看到分数的那一刻,毕会丽好像又回到了初二那次考砸的期中考试,这次打击更大,李老师也不在身边,自己连个能说上话的朋友也没有。周六的上午,毕会丽忍不住给家里打了电话,话筒那边响起母亲声音的那一刻,她已泣不成声,匆匆说了几句就把电话挂上。

几个小时后,手机铃声重新响起,毕会丽泪眼婆娑地接通手机,刚听到对面的声音就大为惊讶,向校门口飞奔而去,在约定地点只等了一会儿,就看到李老师匆匆赶来。

李书豪还在喘着粗气,话也说得断断续续:"你妈妈刚给我打过电话,用方言说了一大通,我什么也没听懂,只听懂一句'孩子哭了',所以赶紧来看你。还好过来很方便。"

毕会丽收住眼泪,勉强压抑住啜泣,不知该说什么,担心李老师会批评自己,都这么大了还哭。李书豪却把她带到一家小店里吃饭,安慰了她许多,又仔细询问原委,为她分析考试失利的原因。毕会丽很快彻底放下心来,李老师一点都没变,她把几个月来的失落和苦闷统统向他倾诉。李书豪继续开导学生,帮她制订学习计划,还问她想去哪个大学看看,建议她给自己定一个目标，下次考试如果能考到多少名，自己就带她去那里。

李书豪每个月都会过来看学生。那次过后，毕会丽每到快要见老师，都会事先整理好自己没搞懂的知识点，见面后李书豪先解答问题，再带学生出去吃饭，听她讲讲学习生活中的困难和烦恼，安慰她，为她出出主意。整个高中三年，李书豪与毕会丽，以及其他所有还在大理的学生，一直保持着这样的联系。

李书豪留在了美丽中国支教，成为大理巍山团队的项目主管，负责为新一届支教老师提供支持。向机构提出申请时，他说："除了巍山地区的主管，其他的职位我都不做。"在大理租好房，他把学生的照片贴满了宿舍，喝水的时候，起床的时候，出门的时候，回家的时候，抬眼就能看到那一张张笑脸。结束支教几个月后的某个清晨，李书豪在睡梦中隐隐听到闹钟响起，下意识地起床准备去上早读，撞到卧室的门才反应过来，自己已经不再是学生们的老师，再也不需要担心晚起迟到。重新倒回床上，他既庆幸又感伤，庆幸不用再挣扎着早起，感伤再也不能走进学生们的教室，不能再去守着他们读课文、背单词。

想起学生们，尤其是那些远走他乡去打工的学生，李书豪心头则是一边担心一边欢欣，担心他们能否照顾好自己，生怕他们生病受伤；欢欣他们勇于承担起生活的重担，早早地去见识世间万象。与学生重逢时，每个人的变化都逃不过他的眼睛：阿建长高了，自己已经不得不仰视他，在车站相逢，他会主动帮自己搬东西；阿吴开朗了，会主动打来电话讲述近况，也能大方地和自己聊天了；阿梦开心多了，还会主动提醒老师很久没有去看大家了。有一次美丽中国支教在巍山职中举办活动，好几个学生过来帮忙，搬物资，吹气球，打扫会场，有两个学生还请老师吃了盒饭。2019年，在巍山中学就读的学生们参加成人礼时，李书豪特意赶过去，目睹他们走过那道象征成年的气球门，不禁有了桃李天下的骄傲。

2017年的新年，李书豪在自己的微信公众号上发布了给学生们的致辞，这个习惯从2016年开始，之后坚持了许多年：

> 初中时给你们推荐过《草房子》，像书里的桑桑一样，人可能就在某一次大哭一场以后就长大了，所有的厄运与困境就在这一场泪水的洗礼中变成过去，我们也在这场大哭里成为更好的自己。
>
> 过去的一个学期，或许你们遇到很多在彼时觉得无法攻克的困难，这一切的一切都会过去，所有的挫折都会成为成长路上的一座座纪念碑，标志着我们每一次进步。希望你们保持着心中燃烧的熊熊烈火，向着你心中的那道光一直前进，走向更广阔的天地。一个人的行走范围，就是他的世界。

高考前一周，李书豪又一次来看毕会丽。学生长高了，曾经个子只到老师的肩膀，如今已可与老师并肩前行；也戴上了眼镜，谈吐举止和城里的同学毫无差别。李书豪送给她一根红绳，那是外婆从重庆寄来的，他即将参加高考的学生，每个人都有一根。

李书豪带她去了大理古城的文庙，游客很少，幽静的院子里回荡着师生俩的脚步声。他们共同穿越缭绕的香烟，走过一座座朱漆的明式建筑、一棵棵青松翠柏。在这里，毕会丽不去想近在眼前的高考，也不再默记任何知识点，更不去想考上或考不上大学会怎样，摒弃了一切杂念，内心澄澈得仿佛五印乡的天空，平静如洱海的水面。走出文庙后，她把红绳系在自己手腕上，肃穆郑重如同完成一项仪式。

高考分数公布了，毕会丽考上了西南大学地理科学专业，师范生。学校位于重庆，刚好是李书豪的故乡。

2019年9月。

"重庆的兄弟姊妹些有没得离西南大学近的哟，帮我做个紧急联系人之类的嘛，万一哪天小学霸生个病有个急事撒子的，帮我过切看一哈。"2019年的秋天，李书豪在朋友圈里用重庆话询问。

大学期间，毕会丽特意去过李书豪的故乡武隆县，想象老师在这里度过了怎样的童年。四年来，李书豪没有回重庆找过毕会丽，倒是毕会丽每次放假回云南后都去找他。师生如今见面的频率少了很多，无论现实中还是在网络上。毕会丽看不到老师的朋友圈，也不会随便找老师闲聊，但她知道，如果自己真的有事求助，李老师还是会毫不犹豫地提供力所能及的帮助。

在大学里，毕会丽一如既往地努力。前四个学期，她在系里成绩排名前四，拿到了各种各样的奖学金和个人荣誉，还在学生会担任干部。她也加入了美丽中国在西南大学的"校园大使"团队，主要负责宣传支教；如果项目要在学校召开宣讲会，她们也会帮忙联系场地。她还参加了梦想导师、陪读项目等课外活动，希望像李老师帮助自己那样，帮助更多和自己一样的农村学生。每次见到美丽中国的支教老师、工作人员，无论是否认识，毕会丽都会有莫名的亲切感，她知道他们和李老师一样，都是善良的人，也都真心想为乡村教育做些事情，至今她仍习惯称自己为美丽中国的孩子。

她的老师则离开了美丽中国支教项目，也离开了巍山县，比原计划延迟了三年多。他来到昆明，加入了朋友创办的一家英语培训机构，负责课程体系的搭建和设计工作。和毕会丽一样，起初李书豪也遭遇了种种不适应，但与之相伴的是眼界的开阔、思维的转换，至今他仍庆幸离开了原本的舒适圈。

如今，他在朋友圈里不时能刷到学生们的近况，有的学生结婚了，有的为家里盖了新房，有的甚至有了自己的孩子。李书豪对此大多保持沉默，至多点上一个赞。他并不相信"一日为师终身为父"，觉得随着学生们的长大，自己能教他们的东西越来越少，学生们也越来越不需要自己，以后自己很可能会和大部分学生相忘于江湖。

但是，告别不是失去，他和他们始终会带着美好的回忆，在变化中成长，去开拓更美好的人生，成为更美好的自己。

这些学生当中显然不包括毕会丽。2023年夏天，毕会丽大学毕业，回到高中的母校大理一中任教，成为一名地理老师。去读师范生原本只是听从母亲的意见，但真正接触到专业课之后，她很快就决定要把它学好，还在一次分享的PPT里写道："做你热爱的事，如果不能，热爱你所做的事！"

展望未来的教师生涯，她准备以李老师为榜样，尽力公平地对待每一位学生，不因为成绩的好坏而区别对待。更准备像老师一样，用爱去影响更多的孩子，在他们人生中的每一个关键时刻，守在他们身旁，一直坚持下去，不因环境的改变而改变。

一年前，她还给李书豪写了一封信，回顾了八年来老师对自己的付出、师生相处的瞬间，向他表示感谢：

现在回想，中考，高考，高中学校举办的成人礼活动，现如今的大学生活，人生中的每一个关键时刻您都在我们的身边。就如同您每年的新年贺词里写的"我一直在这里，陪伴着每一位奋斗的你"。即使现在我们身处各地，但我相信我们的心一直在一起。无论走到哪，我们都会记住我们的约定——诚实，勇敢，善良。

作为一名公费师范生，我也开始去思考如何走好今后的从教之路。我希望能像李老师一样，用爱影响更多的孩子。也期待感召更多优秀的青年志愿者站上乡村讲台，到祖国乡村孩子们最需要他们的地方去！We'll be here. Always and forever.

被科技聚在一起

第一次得知学校还有一间创客教室时，镡方婧吃了一惊；跟着队友来到教室后，这震惊更是加了倍。

明亮的教室充满设计感，洁净的木地板仿佛能映出人影，桌椅书架都是全新的，3D打印机、机器磨床、天文望远镜分门别类摆放，镡方婧还在清理教室时发现了一台飞行器，这些高科技设备连同气派的教学楼、整洁的操场都让她难以想象自己身处的是一所乡村学校。

她同时也注意到，教室里堆放着一大摞机器人的套装，上面蒙了一层灰。

后来，队友唐舒琪上STEM课的时候，总会带来一个巡航机器人小图作为"助教"。它只有手掌大小，通电后充当"脸"的屏幕会亮起一双"眼睛"，双腿是履带，可以利用灰度传感器检测黑线，在平面上前进、后退甚至转圈。每节STEM课，学生们都要帮小图完成一个任务。镡方婧发现，原本在其他老师的课上从不肯吭声的学生们，一到STEM课上就变了样子，争先恐后举手发言，STEM课成了全校最受期待的兴趣社团。

一年后，镡方婧也创办了自己的STEM社团，她带着小图的同伴小艾到各班展示，当小艾在讲台上像人类一样伸展开四肢，按照设计好的程序表演跳舞、做俯卧撑时,所有学生都发出了惊叹,许多孩子忍不住从座位上站起来,要不是正在上课,早就一窝蜂围到了讲台前。这样的反应让镡方婧暗自窃喜,小艾只在各班之间巡回演出了一圈,编程社团就在隆安县粤桂小学大张旗鼓地成立了。

STEM课有着和传统课堂截然不同的形式,学生们四人一组围坐在一起、各有分工,队长协调全组成员、分配任务,资料员负责领取器材、保管材料,计时员计时,主讲人需要在分享环节介绍作品。每组会分到一个物料包,学生们按照老师的要求彼此协作,把里面的元器件组装成各种电子小物件,再利用数据线把计算机上写好的程序导入主控板,一个个极简版的红绿灯、小风扇、智能车、智能门铃就这样完成了。

学生们经常会在这一环节加入自己的想法。做智能门铃时,镡方婧给了学生们15分钟组装时间,有一组很快就完成了,她本想让学生利用剩余时间看看拓展知识,但两个男生又用其他元器件给智能门铃加上了四条"腿",做成了电子狗的样子。做"小车快跑"时,有男生把小车做成了坦克的外形,有女生给小车的泡沫板外壳画上各种卡通画。这些小车本来只能按不同速度沿直线行驶,学生们自己却利用编程研发出倒车、前进等不同功能,一个孩子的小车甚至实现了转弯,镡方婧十分意外,后来发现是编程系统本身的问题。

作品完成后的展示环节往往是课堂的高潮。各组主讲人依次上台分享本组的作品,其他同学会提各种意见,即便是内向的孩子也会在此时尽力表达。"智能保温杯"的展示环节,一个平时很少说话的男生把作品的构思一口气阐述了好几分钟,并不忘强调,特意做得小了一号是为了给妈妈每天上班用,她的包很小,大的保温杯不方便携带。"游行花车"的课上,最后一个小组不敢发言,其他组的同学纷纷鼓励说没关系,我们刚才也紧张,战胜就好了。这个组最后一起在座位上读完了稿子。还有学生说:"我做的时候一直担心花车会翻车,但是想想上面凝聚着全组的心血,就相信它不会翻了。"

唐舒琪、镡方婧支教的学校位于广西南宁隆安县,属于易地扶贫搬迁学校。2019年,县政府把居于深山的数千家贫困户搬迁到隆安县的震东社区,这所学校就是为解决他们的子女受教育的问题而建立的,近两亿元的建设资金大部分由负责结对帮扶的广东省化州市承担,学校因此被命名为"粤桂小学"。

初来乍到,除了堪称"豪华"的硬件设施,更让几位支教老师惊讶的是,粤桂小学的师资力量并不弱。这里既有从南宁市、隆安县抽调的骨干教师、特岗教师,也有化州市派遣过来支援的老师,日常教学完全不必担心。不过,始终闲置的创客教室一直让校长黄启义耿耿于怀,这里的设备一应俱全,全校上百位老师却没人会用,黄启义本人已经是全校科学素养最高的人,之前他出于兴趣,曾自学过计算机技术和编程,在学校兼任信息课老师。经过黄启义与美丽中国广西团队的沟通,从镡方婧这一届开始,支教老师们承包了全校48个班、2400多名学生的科学课。

科学课上,镡方婧会表演各种"小魔术"。把水当着全班的面倒进杯里,再让学生翻转水杯,却没有一滴水流出来,原来杯里放了造雪粉,能把水全部吸收;让学生们分别戴上写有

"水""冰""水蒸气"的头饰,讲述这几种物质的不同特性;讲蒸腾作用那节课,学生不信植物的叶子上有气孔,镡方婧特意买来菠菜叶、浸入水里,让学生对着叶梗吹气,果然看到水中的叶面冒出许多小气泡。唐舒琪则带学生把鸡蛋泡进醋里,体验坚硬蛋壳被泡软的过程;让学生回家统计每天的用电量,从而计算出每个月的用电度数。她还在课堂上播放神舟十三号的"天宫课堂",带学生了解北京冬奥会中的那些"黑科技"。也是唐舒琪在粤桂小学建立了第一个STEM社团,把创客教室彻底利用了起来。

第一节STEM课上,唐舒琪举起一只金灿灿的小奖杯,向学生们交代任务:学校举办运动会,要给获得第一名的运动员颁奖,大家需要为奖杯搭建一座展台。她给每组学生提供30张硬卡片、20厘米长的胶带、一把直尺和一把剪刀,要求他们在35分钟之内,利用这些物品搭建一座高30厘米以上的展台,展台能平稳放置在桌面,奖杯也能在展台上放置超过5秒。看似简单的任务,不仅考验学生的动手、沟通、协作等能力,还涉及力学知识。

这正是整个STEM课程体系中的"导入课",通过完成这样一个简单作品,让学生对工程设计流程有一个初步概念。

提问:想要什么样标准的结果,面临什么样的限制

构想:有哪些可行的解决方案

计划:选择解决方案,思考用什么样的技术方法实施

创建:动手操作创建

改进:测试是否可行,怎样能够让它更好

这就是STEM课程。STEM是科学(Science)、技术(Technology)、

工程（Engineering）、数学（Math）四门学科的英文首字母缩写。有别于传统的理科课程，它不是把四门不同的学科知识简单叠加到一起，而是更侧重以项目的方式培养学生的创新精神、实践能力，尤其是培养学生们解决问题的能力。在美丽中国广西团队的运营经理潘淑宇看来，STEM课程最重要的是培养学生解决问题的能力，每件产品的成功问世都可能伴随着许多次失败，只要不断继续改进就好，这门课程就是在鼓励学生们不怕困难和错误。

2021年，潘淑宇的团队完成了"设计鸟类栖息地"跨学科课例的开发，需要找学校试课，她临时找到了隆安县粤桂小学。当时唐舒琪不在学校，潘淑宇只能自己带学生们做这个项目。走进试课教室，潘淑宇心里一直在打鼓，除了之前听过几次课，自己从没和学生们磨合过，担心他们无法完成作品。想不到真正开课后，学生们却是轻车熟路，组长带着组员们讨论应该选用哪些材料，哪种方案能将作品更好地呈现出来，有的学生还反过来安慰潘淑宇："没关系的老师，只要按照工程五步法，我们都做得出来。"按计划，作品全部完成需要八个课时，很多组却只用了三四个课时就完成了作品的雏形。

最活跃的是那个叫阿继的学生，潘淑宇之前听课时就注意到了他。他一直有学习障碍，任何一节课都无法集中注意十分钟以上，有时还会突然离开座位，在地上打起滚，每次考试成绩总是个位数，在班里也经常被其他学生欺负。可是在全天的试课当中，阿继除了偶尔坐不住，其他时间都在积极参与动手，配合小组一起完成作品。

一年后，阿继升入六年级，又报名参加了镡方婧的编程社团。按规定，社团原本不招收毕业生，但阿继软磨硬泡，还拉来班主任求情，镡方婧还是破格录取了他。阿继延续了之前参加社团的热情，每次老师提问，必定第一个把手举得老高，目光中满是期待，课间还隔三岔五跑来找镡方婧，把自己的各种小手工、小制作分享给老师。

从2020年起，美丽中国开始在广西、甘肃两个项目地推广STEM课程，潘淑宇是负责人之一。她正是广西隆安人，2017年在广东潮汕地区支教时，她和三位队友各自在学校成立了几个兴趣班，起名为"第二课堂"。这些兴趣班不仅学生喜欢上，老师也喜欢教，每到开班的日子，沉寂的校园里就充满了久违的欢声笑语，但好景不长，随着队友支教期满离开学校、潘淑宇又被调去教毕业班，"第二课堂"仅仅持续了一个学期，这成了潘淑宇不小的遗憾。后来她成为美丽中国支教项目的片区管理人员，发现许多支教学校都存在同样的问题，那时就开始思考如何使这些课外项目延续下来。

李翰哲为此提供了成功经验。他从小的志向就是科学家、工程师、玩具设计师，上初中时最想成为的人是乔布斯；在西安工业大学就读期间，他策划了多场知识分享，负责邀请各领域前沿创新者、实践家。在隆安县那桐镇那元村小学支教期间，他是广西地区最早开设STEM课程的老师之一。

2019年支教开始后，李翰哲很快感受到了挫败。学生们会在他的课上随便离开座位四处走动，高兴或者不高兴都会直接跑出教室。第一次期中考试过后，李翰哲独自坐在球场上郁闷，学生们笑嘻嘻地跑过来："李老师，你怎么了，是不是咱班又没考好？

很正常，你别往心里去。"他形容，自己的支教是用微弱的火苗，不断去尝试点燃被大雨浇过的烛芯。

支教第二年，李翰哲开始在数学、英语两门科目的教学之外，带学生们做一些科学实验，这原本只是他自己的兴趣所在，做的也都是水火箭、航模、太阳能小车等最简单的基础项目，效果却好得出人意料，走在学校里，认识不认识的学生都会围上来，对社团课问个不停。李翰哲大为意外，第一次意识到，自己与其绞尽脑汁地去设法解决学生厌学的问题，倒不如去思考学校的教育本身能否吸引孩子，能否给他们一份对校园生活的期待。STEM课程就这样开设了。

"搭建展台"的第一节课上，李翰哲告诉学生们："我们在一艘行驶的海盗船上，旅途中得到了一个酒杯，船长现在发出悬赏令，船员们要给它制作一个展示台。"并以"船长"的身份引导学生：船长要求船员不能坐在桌子上，要在座位上坐好；也不想再看到不合作的小组；船长讲话时不准七嘴八舌地讨论，要认真听。他更会带学生思考：展台应该搭多高？能承受多重的重量？是否能够摇晃？使用的材料是什么？多长时间搭完？几个人一起搭？材料的使用有没有限制？

两年支教结束，李翰哲又主动申请多留了一年，除了对STEM课程进行更加细致的打磨，还有了更宏伟的目标：在镇上的几所支教学校里推广兴趣社团，不光自己办，还要鼓励当地老师也加入进来。那时，当地老师们对兴趣社团全无概念，大多认为这只是一份应付差事的行政任务。李翰哲等了一周也没几位老师报名，他只好在办公室里四处走动，逐一讲解什么是兴趣社团。大部分老师都觉得"我哪有什么特长",他就帮助他们发掘:有老师会写毛笔字,他就游说对方带学生练习书法;有老师接触过拓纸艺术,他就劝对方带学生做美术拓纸;有老师没有任何特长,李翰哲却发现她会织毛衣,劝对方带学生做一些毛线手工。

终于说动几位老师一起开办兴趣社团后,李翰哲特意为这些社团各自绘制了海报,张贴在学校里。不仅学生们在海报前好奇驻足,连之前犹豫的几位老师也主动找过来,小心翼翼地问:"我要是开社团的话,会有自己的海报吗?"李翰哲连忙制作了更多的招生海报,统统贴在学校门口的小黑板上。老师们纷纷过去拍照"打卡",再在朋友圈中郑重地分享,这还是他们教师生涯中第一张关于自己的海报。李翰哲才明白,这些对支教老师而言寻常的操作,当地老师却从没经历过,人是需要仪式感的。

三周过后,学校里开办了13种兴趣社团:篮球、舞蹈、音乐、书法、线描、跳棋……它们由学校的17位老师开办,其中14位都是本地老师。一个学期后,兴趣社团模式在那桐镇的4所支教学校全面铺开,为当地的学生们提供了34个不同主题的兴趣社团,有26名当地老师主动参与其中。

这一模式很快在广西地区所有支教学校推广开来,同步展开的还有"美丽乡教"计划。为在有需求的支教学校更好推广兴趣社团,潘淑宇和同事们制定了《学生兴趣社团课程工作手册》,用简练的语言梳理了举办兴趣社团的基本流程,从筹备、项目选择到招生、开展活动,再到最后的作品产出一应俱全,还提供了兴趣社团开办方案的模板。有些课程如STEM需要专门进行研发,潘淑宇一边联系北京师范大学的课题组，对课程进行研究改进，使之更适合广西地区的支教学校；一边设法解决物料包的问题。

"美丽乡教"则是针对当地老师开展的培训，目的是在当地学校中普及推广核心素养教育理念和方法，通过帮助老师掌握例如STEM、戏剧教育等直接指向学生素养能力培养的课程，丰富当地学校兴趣社团、课后服务的内容。在支教老师们看来，真正能影响一所乡村学校长远发展的不是自己，而是学校校长和长期扎根乡村的当地老师们，很多事情要想做成，需要先让他们接触到新的教育教学方式。只有调动起当地老师的积极性，各种课外项目才能在支教学校真正扎根，即便支教老师离开，影响力也可以传承下来。

广西团队赢得了隆安县教育局的大力支持，他们向全县所有学校发文，动员符合条件的老师来参加培训，还帮助参训学校协调老师们开课需要的时间、场地，培训得以顺利开展。但和李翰哲一样，他们面临的最大问题同样是，如何让老师们理解这些兴趣社团的意义。许多当地学校的校长、老师都不明白STEM是什么，有的老师不明白为什么自己要在授课之余再搞兴趣社团，有的老师担心自己能力不行，搞不起来。就连部分支教老师也认为，只要把自己的学生带好就可以了。

广西团队先对老师们进行了线上培训，主要教授核心素养教育理念、STEM教育的理论知识，以便让大家对相关概念有基本了解。潘淑宇也会向当地老师解释STEM等课程的意义，强调兴趣社团并不是要办成精品课，不会是投入门槛很高的课程；更会告诉支教老师们：我们不是只做支教，还需要去发挥更大的影响力，要从自己的班级辐射到学校，乃至所在的社区。兴趣社团的课程在各校开展起来后，潘淑宇和同事们更是担任起"客服"，随时解答开课老师们的疑问，为他们提供各种支持。

在她们的努力下，134位当地老师、46位支教老师参与了这次培训。2021年1月，老师们集中到线下工作坊，以学生的视角实地学习如何开设STEM课程。潘淑宇的团队邀请到专家进行示范授课，教老师们学习实践"工程五步法"；此后老师们分为不同的小组，选择不同的课例去准备，一起说课、试讲；再根据项目组提供的教师手册、参考教案进行备课；听取其他组的反馈后，根据自身情况对教案进行修改调整。每个阶段的培训结束，项目组还向老师们颁发专属证书，坚持到最后的老师可以积攒起厚厚一摞，所有证书都受当地教育局的认可。培训结束，68位当地老师回到各自学校开设了STEM课程，他们被称为"种子教师"。

韦莉莉就是这样一位"种子教师"，她所任教的隆安县古潭乡中心小学并不是美丽中国支教的项目地，但她看到县教育局发布的培训招募通知，对STEM课程产生了兴趣，抱着试一试的心态联系了美丽中国，还按照潘淑宇的建议，拉上同事宋碧珍一同报名。两位当地老师在培训中一起备课，回到学校便带着学生们开始设计"游行花车"。

在韦莉莉看来，自己在STEM课堂上不再是"满堂灌"，做得最多的是提问、引导学生思考，不仅不怕学生犯错，反而要不断鼓励学生大胆尝试；学生们不仅在STEM课上感受到乐趣，就连在自己的语文课上也活跃了许多。她自己同样喜爱这样的课堂，不必紧抓学生的成绩，也不必操心行政任务，只是纯粹地享受与学生的相处和交流。

宋碧珍的最大收获在于自己和学生都超越了自我。刚接触到《设计制作游行花车》的课程，她的第一反应是："真是个大工程。"担心自己教不好、学生无法完成，教案课件一改再改。韦莉莉和她互相打气，她也向项目组和其他种子教师求助，终于鼓起勇气开办了自己的STEM课程。她带着学生观看七十周年国庆大阅兵游行花车的视频，画出游行花车的设计稿，用橡皮泥捏出"花车"的装饰部分，用螺丝刀把车身组装起来。

为花车设计动力系统时，学生们没了主意，两位老师也犯了愁，联系到卖花车的店家，对方也没有组装的视频，她们这才知道按原本的设计，花车就是摆件。最后韦莉莉想出办法：把渔线系在车身上，用牵引的方式拉车。她们按这一思路带领学生测试，一辆辆花车模型果然在渔线的牵引下缓缓行进起来，有几辆花车虽然有晃动，但改进后同样行驶平稳。那一刻，宋碧珍心中的激动不亚于正在欢呼的学生们。一年以后，她和韦莉莉又报名参加了美丽乡教的新一期培训。

2021年6月21日，美丽中国和隆安县教育局共同举办了一次项目成果交流会，教育局领导、各校的校长与骨干教师们齐聚隆安县粤桂小学，在此见识了美丽中国支教六年来在广西地区的种种成果：美丽影院，解忧杂货店，励志游学，趣味运动会，教育戏剧……也亲身体验了STEM课程，还见识了学生们制作的游行花车模型。那些用五彩缤纷的橡皮泥捏出的穿着壮族服饰的小人，具有地方特色的米粉、铜鼓，用药瓶粘上纸条做成的"壮家酒"，无不出自学生之手。有参与过的孩子说，就像参加了一场花车的盛会。

一年后的六一儿童节，隆安县粤桂小学又举办了一次以"环保"为主题的科技节。校长致辞环节，黄启义走上舞台，发现自己"忘了"带讲话稿，操场旁升起一台无人机，缓缓飞上讲台，将稿件送到他手中。这个精心设计的新奇开场成功引起了所有学生的好奇。在那之后，孩子们戴着废旧物品制成的环保帽子在舞台上走秀，小艾等三个小机器人在舞台上摇摆、翻滚、表演舞蹈，一只只水火箭冲向天空。三位学生身着白色防护服、戴着手套登台，在唐舒琪等支教老师的指导下，把不同类别的试剂倒进烧瓶中，伴随着全场"三、二、一"的倒数声，几只烧瓶各自喷涌出五颜六色的泡沫，足足有两米多高，欢呼声停息后，唐舒琪向全校学生们解释了这个"大象牙膏"实验的原理。

在学校专门开辟出的"科学活动体验区"，学生们在空气炮、泡泡池、平衡术和音乐铅笔之间流连忘返，吸引了最多目光的是那个3D打印的粤桂小学模型，它长2米、宽1.3米，还原了学校的主要建筑：三栋教学楼、食堂、宿舍和花园。唐舒琪带着新成立的3D打印社团完成了它，从最初的观察学校、绘制草图、计算尺寸、完善图纸，到计算机建模、3D打印机打印、零件上色、组装，用了整整2个月，整个模型的零部件超过6000个。

第二年支教即将结束时，李翰哲与队友们联合全镇四所小学，在那桐镇社区球场组织了一届全镇学生篮球联赛，轰动了全镇，周围的村民都围坐在球场旁的石阶上呐喊助威，一位总是穿着迷彩服的大爷每天不到7点就早早守候在篮球场旁。李翰哲和他一聊才知道,这是镇上退休的老支书。他家在十几公里以外,为了不错过比赛才来得这样早。老支书不停地告诉李翰哲,要多办活动、多办比赛,球场的意义就是为了让大家能有机会常聚在一起。

在如今的隆安县,无论学生、支教老师还是当地老师,都被科技聚在了一起。

罗正清宿舍里的剑桥毕业照与学生照片

罗正清参与县级英语教师培训

杨敬兴前往学生爱香家家访

秋海津乐团

刘璐和健美操队成员

刘斌和学生一起读诗

刘川江与学生

完成民族史诗《司岗里》系列版画的学生

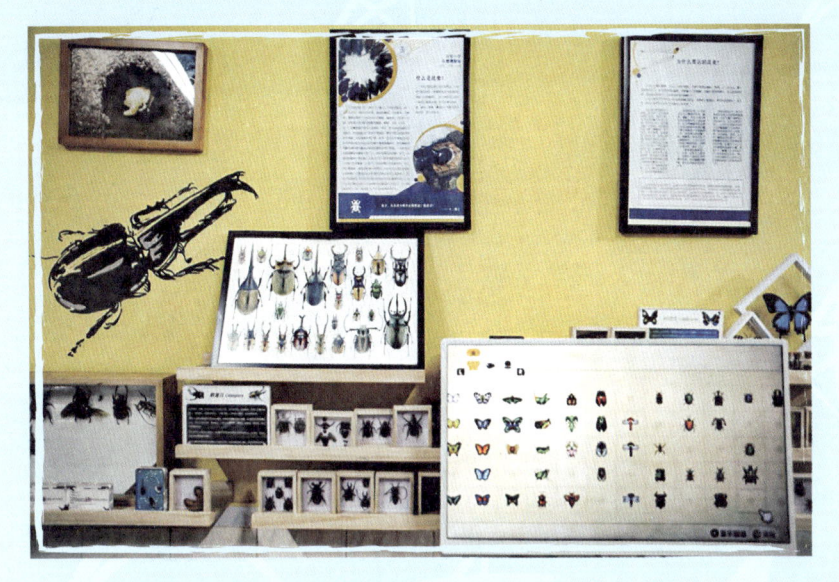

潘珂在学校建立的自然观察室

机器人编程课上的学生

黄长德与学生

早期的解忧信箱

李书豪的学生在北京游学（1排左1为毕会丽）

长大后成为教师的毕会丽与她的学生

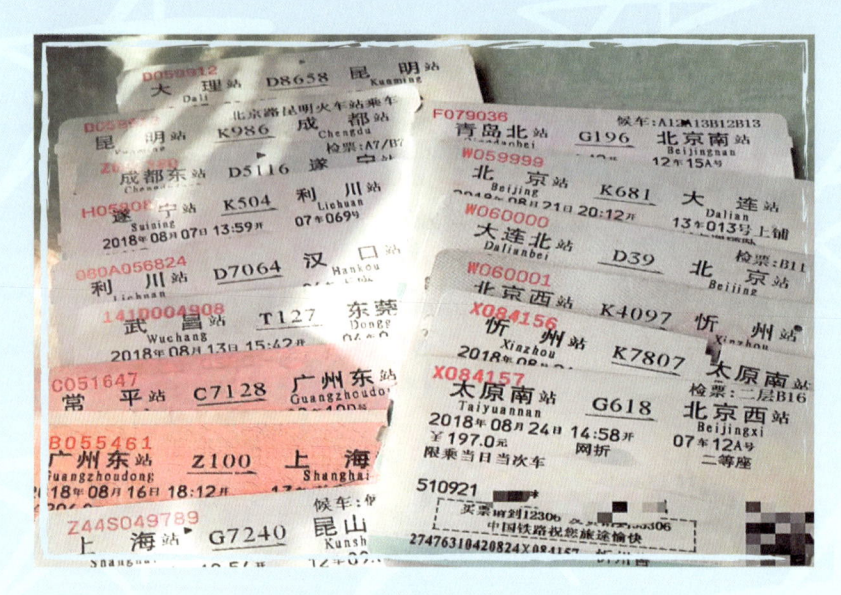

范雪飘寻访途中的部分火车票

严钰萧与罗恒忠校长

王祎蕾与学生

石嘉与学生

李薇薇在课堂上

刘泽彭夫妇在广东访标

美丽小学的学生在校园内观察植物

美丽小学校友会

让所有中国孩子

无论出身

都能获得同等的优质教育

遇自己篇 ◎ 一片冰心在玉壶

两年来和学生的朝夕相处则让自己多了一些感性，也使如今的自己更喜欢和人打交道，更能在这一过程中感受到内心的充盈；也只有从事这样的工作，自己才能获得源源不断的精神动力。

寻路中国

2018年7月22日，云南省德宏州芒市，累计行程164公里

我了解了这里真切的生活，真实的学生，没有诗意，没有高深的哲学，只有实实在在地活着。

碎石堆成的小径，黄白相间的不知名野花，草丛中闲逛的水牛，红漆斑驳的旧庙，还有自己身处的苍翠幽深的山谷，头顶的天空分外高远。范雪飘回望身后寂静的秋山村，登上长途客车。

这是家访的最后一站。她用了一个学期的时间，走访完班里49个学生家所在的2镇13村26个村组。瓦窑镇，大蒿，小蒿，浪田坝，田尾巴，小浪坝，小水井……一个个雷同的村名已是如数家珍。范雪飘如今对这片土地的熟悉不在学生们之下，更对每个学生和背后的家庭了然于心。

镶嵌在山峦间的水稻田倒映着明亮的天空，绚烂晚霞一点点在天边堆积，仿佛色调渐浓的油彩。范雪飘望向窗外，回想着今年走过的山路。三访大蒿小浪坝，两入阿石寨西河，再到学校所在的老营镇，涌上心头的远不止旅途的辛苦、一路所见的风景，更有不同的学生家庭，乃至这一整年苦乐交融的支教生活。

和几乎每位新老师一样，在保山市隆阳区老营中学度过的支教第一学年，范雪飘身心俱疲。正常教学之外，她经常要把大量精力花在处理学生们的种种状况之上：连续迟到，不写作业，不听讲，校园霸凌，打架斗殴，辍学。她更见到好几个原本性格开朗的孩子变得情绪消沉，上课睡觉、回家沉迷于手机游戏，她每次问学生是不是家里发生了什么事，得到的回答总是，父母很久没回来了，自己想他们。

阿昆是范雪飘最早记住的学生之一。他皮肤黝黑，长得又高又壮，比老师高出一头，总是一副漠然表情，范雪飘觉得他就像一头小水牛，总在暗自担心能否管住他。开学不久，阿昆就闹起胃疼，在家休息了一周回来，发现自己跟不上课堂进度，便索性每次上课都睡大觉。又过了几天，他因胃疼去卫生院打了针，之后直接回了家，只给范雪飘打了个电话："老师，我不想读了，我在（坐）不住。"声音有气无力。

范雪飘和队友陈胜寒各自在电话里劝了许久，又给阿昆的母亲打电话，当晚，阿昆终于冒着细雨回到学校，同来的还有母亲和妹妹。范雪飘和阿昆母亲在雨地中聊了很久，得知她家里出了变故，欠了一大笔钱，阿昆母亲只能把全部精力都放在"苦钱"还债上，这是她难得在家的时候。好在她也赞同老师：阿昆只要能好好留在学校，有一些校园经历也好。在那之后，范雪飘接连去过阿昆家三次，一谈就是几个小时，和他聊母亲打工的苦衷、打架的危害，经常说着说着自己先落泪，总算把他留了下来。

去过的学生家越多，见识过的家庭问题就越多，范雪飘的心情也就越发沉重。她一直想为此做些什么，这个学期快结束时，她心头终于浮出一个新的计划。

路边的建筑逐渐密集，车速也减缓下来。范雪飘拖着旅行箱下了车，身影融入旅客、摊贩和往来车辆汇成的人流车海。在她身后，客运站屋顶"芒市"两个金属大字，高高矗立在渐暗的天空下。这个夏天，她没有马上回家过暑假，也没有回到支教的老营中学，而是踏上了更加遥远的旅程。

长达一年的家访不是旅途的结束，是新的开始。

2018年7月23日，云南省德宏州盈江县，累计行程315公里

长长的寻路之行就这样开始了。孩子们的懂事出乎我的意料。那些小小的承诺对于这个世界来说，很重要吗？但对于不善表达的他们自己，这很重要。这样的奔波会有收获吗？不管了，走吧，去尘埃中的山谷！

"这个暑假，老师有机会去见你们的爸爸妈妈。"上学期结束前的最后一次班会上，范雪飘告诉学生们，"你们有什么想要给他们分享的，有什么平时说不出来的感受，请都写成一封信，老师会把这些信带给他们。"

很快她就收获了厚厚一大摞信件。学生们写给父母的信让老师想笑又想哭："在我的童年记忆中，父亲这个角色可以说是可有可无的，因为你一会儿出现在我生活中，然后又莫名其妙地消

失了，这样的重复。""我真的不愧是您的儿子啊，遗传了你那不爱表达，只会默默承受的习惯。"她把这些信分头装进一只只信封，在信封上写下学生们的名字，封好后统统塞入旅行箱，一同塞进去的还有一台相机，这是队友陈胜寒借给自己的，它在旅途中发挥了重要作用。

走访完所有学生家之后，范雪飘打算利用这个暑假，再把家长们都拜访一遍。这是个更加艰难的任务，他们大多散落在一座又一座城市，从事着类别不同却同样艰辛的体力劳动，只有过年才能回家，有的一两年都回不来。范雪飘打算当一只信鸽，为他们带去孩子们的问候，再把他们的嘱托带给孩子们。她逐一向学生问起父母在哪个城市打工，把它们记录下来，对照地图设计行程。最后发现，想要把全部家长走访完，自己需要跨越大半个中国。

抵达芒市的当晚，她找了一家小旅馆住下，又掏出手机联系学生阿杰的父亲，确定他的工作地点和见面时间，次日一早就出了旅馆坐上车，中午时分来到一处偏远的工地。刺耳的车床声响个不停，满眼都是脚手架、绿纱帐和蓝底白字的安全标语，钢筋、木板和各色建筑材料堆积在黄泥地上，带着红、黄色安全帽的工人们往来忙碌。

阿杰的父亲还在劳动，顾不上和老师多说话，范雪飘坐在工地控制室的塑料凳上等了一个小时，重新出现在老师面前时，阿杰父亲已经换了一套干净的衣服，显然是为迎接她而特地穿上的。他把范雪飘带到自己住的廉租房，一大家子人挤在狭小逼仄的空间里，都是一同出来打工的亲戚们。范雪飘和他们聊搬运工的工作，聊阿杰在学校的表现，把阿杰的信读给父亲。阿杰父亲不善言辞，大部分时间都是听老师在讲，也对她的到访感到惊奇。范雪飘告诉他，自己是出来玩，顺路过来看他的。在这里待到下午，范雪飘向他道别，再次坐上长途客车，又是四个小时过后，她到达了盈江县，学生阿桂的父母在县城当小贩。

同样是父母平时不在身边，阿桂却是留守儿童当中的特例，她的学习成绩总是全年级第一，各方面表现也很突出。范雪飘对她放心之余又有些好奇，直到如今见了学生父母才明白原因。夫妻俩经济条件相对宽裕，在县城租了三间平房，还有一辆大卡车，一放暑假就把阿桂接到身边。他们本就性格开朗，也对女儿照顾得无微不至，一家人其乐融融，家里永远充满欢声笑语。

范雪飘为这个三口之家照下了许多互动的镜头，把照片洗出来送给一家人，第二天还跟着出了一天"街子"（摆摊）。他们清晨五点起床，开着大卡车来到集市上，在一顶顶红色防雨棚下支起摊子，音箱里反复播放着口音浓重的云南普通话，向往来顾客推销着老鼠药。收摊之后，阿桂的父母开着卡车回家，范雪飘和阿桂坐在卡车的敞篷后厢里，一边说笑一边晃着脚聊天，回去后共同吃着阿桂父亲买的"撒撇"。在阿桂家的那几天，是范雪飘整段旅途最幸福的记忆之一。离别时她感叹："我看到了'家'最美好的样子。平凡，简单，幸福，满足。"

7月27日上午9:00，她在最后一秒赶上了长途客车，带着一书包阿桂家为自己准备的路餐，开始了前往大理下关的旅途。

2018年7月28日，云南省大理市下关镇，累计行程703公里

这是一位沉默内敛的父亲，在铁路桥旁日夜肩扛着千万斤的重量，撑起一个零落的家。……父亲您好，祝愿您在外一切安康。

长达九个小时的车程让人疲惫不堪。盈江、怒江、澜沧江，和顺古镇、高黎贡山、潞江坝，窗外接连闪过一个个耳熟能详的地名。炎热的下关风迎面而来，范雪飘下了长途车，无心关注苍山洱海和大理古城，匆匆找到一家每晚70块钱的青年旅社住下，和阿立的家长取得了联系。上学期家访的第一站正是他家，范雪飘与陈胜寒坐着三轮车，一路颠簸碾过坑坑洼洼的土路，灰头土脸地来到阿石寨，当地的一个白族村。她和阿立的奶奶从家里种的玉米、养的猪，聊到阿立的生活和学习，得知阿立在村小时学习很好，也找到了阿立在学校经常打架的答案——要么是有人骂他的母亲，要么是侮辱到了他和他的朋友。阿立从不对老师提起父亲，只在信里提到父亲平时不爱说话，自己和他很像。这也让范雪飘更看重与阿立父亲的见面。

这是波折最多的一次见面。电话里，阿立父亲的普通话讲得磕磕绊绊，范雪飘自己又不懂白族方言，只听到他说在大理的火车站当搬运工。第二天中午十二点，她如约赶到那里，在游客集散中心等了整整一个下午，阿立父亲始终不见踪影；打电话也联系不上，他工作时不能带手机。

直到傍晚五点，范雪飘才接到阿立父亲打来的电话，又是

好一阵连蒙带猜,才知道他是在相反方向的另一座货运车站,赶忙在手机上查找线路,又经历了一个多小时的颠簸才到达。货运站本就位置偏远,范雪飘到的时候,工人们都已结束了一天的劳作,四下里一片空旷寂静,与繁华喧闹的大理古城仿佛两个不同的世界。事后回忆起来,范雪飘有些后怕。

在这里,她终于见到了阿立的父亲,身材高大,略微驼背,面目淳朴。两人的沟通有些吃力,范雪飘把阿立的信读给他,有意放慢了语速。阿立在信中没说什么特别的话,只讲了家中的近况,问候父亲的生活,盼望他早点回家。范雪飘却越读越慢,她的嗓音开始颤抖,举着信的双手也是,泪水不住沿脸颊滑落,几次因哽咽而停顿。她心想,自己在阿立父亲眼中一定很狼狈。

信读完了,范雪飘抬起朦胧的泪眼望向对面的父亲,看到他泥塑一样呆坐着,不说也不动。范雪飘也不知该说什么,两人相对沉默了许久,她终于看到他的眼角缓缓盈出泪水。这个白族汉子艰难地说出也许是那天最清晰的一句话:"以后我会常回家看看。"并轻轻擦掉眼泪。

范雪飘把信留给他,请他带自己去他工作的货仓看看。脚步声在寂静中回荡,本就即将消逝的日光只能抵达门口,货仓深处不开灯就漆黑一片,连空气都仿佛被凝固。巨大的空间里塞满了各种货物,一直堆到房顶。站在它们当中,两人就好像在积木迷宫间穿行的蚂蚁。范雪飘不知这里有多少货物是阿立父亲搬运堆起的,又不知他每天要这样往返穿行多少次,只知道他每搬运一两吨货物,只能挣十几元钱,全年收入几千元。她用相机记录下自己看到的一切，与他一前一后走出昏暗的仓库。

天色黯淡下来，阿立父亲的背影逐渐模糊，范雪飘想起那句"父爱无言"。沉默只是因不善表达，父亲是这样，儿子也是这样，他们对彼此的思念和其他父子没什么不同，这思念甚至可能是支撑着父亲在外操劳、儿子在家乡留守的唯一慰藉；但父子间也很可能是第一次互相说出这思念，还是借助薄薄一张信纸，相隔千里之遥，儿子的一声问候甚至要等待多日才能让父亲听到，如果没有老师的到来，这声问候又不知要等到哪年哪月。

车窗外暮色深沉，灯火从稀疏变得密集，熟悉的街道名称接连从路标牌上出现，市区就要到了。范雪飘的思绪却仍久久留在那个空旷的货运车站，眼前总晃动着那个沉默远去的孤单背影，泪水洒满了一路。所有打工者都面临这样的两难困境，为了支撑起这个家、给家人更好的生活，他们外出打工，代价是与妻儿的长久分别、孩子的成长过程中因亲情缺失而留下的心灵缺口。如果一家人始终都无法聚在一起，这样的家还能否称之为家？长年累月的劳碌中，原本的目标也随之模糊，就像在茫茫大海中向着浮标奋力泅渡，浮标却漂得越来越远。

客车到站了，范雪飘擦干眼泪下了车，也暗自下定决心，不仅要把学生教好，即便他们以后毕了业，也要继续关爱他们，全力帮他们解决任何困难。

自然，也更坚定了走完这趟旅途的决心。

2018年7月31日，云南省昆明市，累计行程1033公里

想想这几天、几个小时、几次谈话，对生活会起到什么巨大的作用吗？会让明天的星星更亮吗？至少勇敢地袒露了真诚。

"亲爱的爸爸，你在外面吃得饱、穿得暖吗？妈妈经常去采茶，家里就剩我一个人，我很想去你那里工作，但很可惜，假期工太多了，他们要不完，所以我就只能在家里闲着了。家里一切都很好，妈妈每天能采七十多元钱，每天回来都已经八点过了，我说要和她一起去采茶，她又不给去，怕我支不住。我们家又买了三条猪，190元一条，白皮的，只要有人在院子里，或听到一点儿说话的声音，它就开始叫了。……

"你的胃还疼吗？上次打了针之后就不疼了吧？白天虽然热，但是晚上还稍微有点冷，所以你要穿外套哟。你现在那么辛苦地供我读书，你放心，我一定会好好努力学习。你的手还疼吗？多注意点自己的身体，少抽点烟，烟对身体只有坏处没有好处。如果戒了更好，还可以多看这个世界几年。我哥经常和你联系的话，就告诉他少用点钱，不要老去外面闲逛。……说了那么多，总之就一句话，你要注意身体。……"

午后的充沛阳光从玻璃窗投进来，还未营业的火锅店里多了份静谧。范雪飘为学生阿瑞的父亲读完这封信，又与他聊了许多孩子在学校的情况。阿瑞有着一双大眼睛，平时爱笑也爱和老师聊天，她在班里担任劳动委员，三天两头闹着要辞职，但最后总是会继续留任。范雪飘再没见过像她这样能干的学生，和几个同

学一起做值日，一转眼就能把教室打扫得干干净净，看得出在家没少做家务和农活。

离开火锅店时，身后的店内已经亮起了灯，三三两两的客人开始往店里走。不远处能望见滇池的水面，在加深的暮色中泛起波澜，昆明的夜生活即将开始。范雪飘长出一口气，在这个7月的最后一天，她已全部见完在云南省内的学生家长，第一阶段的寻访至此宣告结束，短暂休息之后，将是更加漫长的旅途。

> 2018年8月16日，广东省广州市花都区，累计行程2126公里
>
> 历时近半个月的改签、退票、换中转站，损失高达近百元，此刻终于在武昌火车站出发了，去到哪都是硬座。重走南下之路，感受一场有力量的迁徙。

8月的上旬，范雪飘在四川遂宁的家里休息了一周，又去武汉参加了陈胜寒策划的培训。8月13日，她重新踏上旅途，也是从此刻起，旅途向全国范围扩展。

在火车上坐了一整夜，历经14个小时的车程，范雪飘在清晨时分抵达东莞，出站后就马不停蹄赶往常平镇去见两位家长，之后又在当地登上火车前往广州，去见那里的另外几位家长。他们各自在不同地区的不同工厂打工，却有着不少相似之处——打工地点大多偏远，从事的也是简单的重复劳动：给塑料碗抛光、粘贴纸盒、做模具，有人一天要工作14个小时，工厂加班也不好

请假，见面时间十分有限。

花都区一家皮革厂里，六组架子床把员工宿舍挤得满满当当，学生的父亲、叔叔、哥哥们都住在这里。范雪飘提到孩子在学校的苦闷和烦恼，讲起对她可能会辍学的担心，一遍又一遍地强调，一定要把初中读完，父亲只是撂下一句："没办法，只能靠范老师你了。"类似的表态，范雪飘在之前的家访中听到过无数次，与对自己的热情款待形成鲜明对比："麻烦你了，范老师。""辛苦你了，范老师。""孩子都交给你了，范老师。"……

每次听到这样的话，范老师都会不厌其烦地重复："家长对孩子的影响才是最大的，教育孩子得靠咱们一起合作。"可她也能理解他们。这些家长单是维持生计就几乎用尽了全力，实在没有多余精力放在孩子身上，更不知如何教育子女。

范雪飘谢绝了家长留自己吃饭的邀请，只在街边花十元钱买了一袋龙眼，提着它上了广州的地铁站。正是下班的晚高峰，地铁里没有空座位，奔波了一整天的她又身心俱疲，实在想歇一歇，只好在地铁车厢里找了个安静的角落席地坐下，然后剥起龙眼。几口甘甜多汁的果肉下了肚，范雪飘缓过一点精神，心情也好了很多。车窗上倒映出自己蓬头垢面的样子，那一刻，她觉得自己很像流浪汉，除了自由和快乐一无所有。

龙眼吃完，广州东站也到了，范雪飘把果核果皮丢进垃圾桶，出了地铁站。当晚18:00前，她登上前往上海的列车，又是16个小时夕发朝至的车程，这一夜又将在火车上度过，仍然是硬座。

2018年8月18日，江苏省苏州市昆山区，累计行程3623公里

爱是永恒不变的，和身份、地位、文化水平都无关，谁都能体会到。

范雪飘是在昆山一家工厂见到自己父母的。与女儿久别重逢，他们并未流露出太热烈的情绪，但范雪飘明白，他们其实也开心，只是和这一路见过的大部分家长一样不善言辞。小时候自己和父母为数不多的沟通就是每周一次的打电话，除了自己的日常生活、学习成绩，几乎没什么可说的话题，往往聊上几分钟之后，电话两头就不约而同地沉默下来。

范雪飘自己也出身农村，同为留守儿童，爷爷是当地的乡村教师。相似的成长经历，使她可以理解学生们身上出现的种种问题，也能理解家长们的状态。一天半的相处唤醒了诸多关于过往的记忆，范雪飘觉得是在和童年的自己对话和解。

她也想起前些时见到的阿梅姐姐。学生阿梅的父母其实都在家，只有姐姐在上海打工，范雪飘本不必特意过来，但她觉得不仅是学生的父母，他们的亲人也应该见一见；再说自己和阿梅妈妈也很熟。她家所在的小浪坝村是当地一处交通枢纽，范雪飘去其他学生家时，经常会路过这个村，也就习惯去她家看看。姐妹俩的母亲是一名司机，还开着小卖部，在村里出了名的能干；父亲因为几年前的意外有了残疾，一家人没什么钱，但都善良真诚。阿梅妈妈后来还送了老师一副手工绣的鞋垫。

阿梅的姐姐在上海读中专，当时在一家餐馆实习当服务员，

范雪飘把家访时照的那张全家福送给她。女孩怔怔地望着照片上的父母和妹妹，先是红了眼圈，随后泪水扑簌簌落下，她想家了。范雪飘给女孩递去纸巾，想安慰却不知如何开口。她能理解她，女孩只比阿梅大四岁，说到底也不过是个十几岁的孩子，却孤身一人在大城市打拼，被迫过早开始体验世态的炎凉。可自己又帮不上她什么，能做的只有守在她身旁，静静地陪她哭一场。

后来范雪飘觉得，那一刻自己也不必再说什么，任何话语都显得多余。自己能理解女孩对家人的思念，女孩也能明白自己对她的善意，正如自己和父母能互相感知到对对方的爱。爱是永恒不变的，和身份、地位、文化水平都无关，谁都能体会到。

2018年8月20日，山东省青岛市，累计行程4344公里
学生家长说："今天和你聊天很舒畅轻松。"这是最大的褒奖，我由衷地为此感到高兴与满足，这一趟值得。

从上海到青岛路途实在太远，坐火车要多花很多时间。范雪飘咬咬牙买了一张机票，这也成为那个夏天唯一一段坐飞机的旅途，好在也是最短的旅途。两个小时内，她跨越了长江、淮河、黄海，抵达了山东半岛。

学生阿斌的父亲有着农村家长身上少有的健谈。他对老师的到来分外热情，范雪飘抵达青岛后已找到旅馆住下，他仍想帮老师安排住宿，第二天见了面，还想带她去崂山风景区，范雪飘明

白，家长以为自己是来旅游的。与阿斌父亲相处的这不到24小时内，她反复说了不知多少遍"谢谢您，真的不用"，强调只要在海边走一走就可以。

她先去了学生父亲打工的那家食品加工厂，那里的主要产品是丸子、虾饺、鱼豆腐等各种火锅配料。因为卫生原因，范雪飘没能进厂，只是在外面看了看。两人又来到崂山下的黄海边，这里海风拂面，涛声阵阵。学生父亲坐在海边栏杆外的石头上，和老师聊了整整一个下午，从孩子的教育与成长讲起，再到云南的家乡，现在和曾经的打工生活，最后变为回忆自己的青春。

那个下午，这个中年男人的一生从范雪飘眼前快速流淌而过，没有惊心动魄也没有感人至深，只有辗转流离，为生存而奔波忙碌。看到范雪飘的相机时，阿斌的父亲借过来摆弄了很久，还给范雪飘拍了一张照片。他对老师解释，自己以前在城市的旅游景点帮游客拍照，懂一点摄影，也对此很感兴趣，只是因为工作占据了太多时间，不得不放弃这项爱好。

范雪飘和他分享了自己去他家的照片，聊了阿斌在学校的表现，表达了对于他学习的担忧，强调了读书的重要性，希望阿斌至少能读完初中。除此之外，她不知能帮他和孩子做些什么。阿斌依旧对学习没什么兴趣。

一个不注意，四五个小时一闪而过，范雪飘看时间才发现，自己快要赶不上去北京的火车了，赶忙向阿斌父亲道别，破天荒地奢侈了一把，叫了辆出租车，从青岛西前往青岛东去赶火车。

她记得，那次车程是28.6公里、1个小时，花了自己40多元钱；却不知从云南老营到青岛崂山又有多远。

2018年8月22日，辽宁省大连市，累计行程5863公里

其实，他也只是一个孩子，一个怎么也学不会的孩子而已，孤独敏感，过早经历了人世间的悲欢离合，但我努力留下了他。

暮色下的东北平原，开阔空旷又透出一丝寂寥，渤海湾尽头残留着最后一抹晚霞，凉爽晚风带来这个夏天的第一缕秋意。眼前的一切让从小在山区长大的范雪飘感到十分新奇，她拍下这些景致，发了一条朋友圈状态："这大平原！山区人民表示真的很羡慕！"

离开青岛后，她先是到了北京，在此工作的高中同学提供了住处，下一阶段的旅途中，这里也是范雪飘的中转站。随后她就坐上驶向大连的动车，到站后又是轻轨、公交几经辗转，离市中心越来越偏远，阿昆母亲所在的罐头厂遥遥在望。

阿昆与老师关系的改善，发生在辍学事件三天后的一个黄昏。集体跑步的时候，班里有女生迟到了，需要按约定补做蛙跳。阿昆在一旁嘲笑她们的姿势，范雪飘批评了他，告诉他每个人做蛙跳都是这样的，不信就跟着自己一起做。阿昆看看老师的身材，一脸"你骗谁呢"的不屑，范雪飘脱口而出："知不知道你范老师跑过42公里的马拉松？"撸起袖子先跳了起来。

天黑下来，一弯新月高悬在天宇，操场的草坪在月光下闪着银光，其他学生都在为师生二人鼓劲叫好。范雪飘艰难地跳着，每跳几下就要喘口气。跑马拉松已是很久之前的往事了，如今

的她会调侃自己："支教真辛苦，这里有很多美食，我都吃到了，结果成了名副其实的'千斤小姐'。"

阿昆也跟在老师身后闷头跳着，其他同学不断在喊："别跳了，明天走不动路了。""太冷了，明天你要胃疼发高烧了。"阿昆充耳不闻。范雪飘扭头问他为什么坚持，阿昆憋出一句："愿赌服输，说到做到。"

两圈跳完，师生各自瘫在地上，看看彼此的狼狈模样，不约而同苦笑："我们这是何苦啊。"其他学生或躺或坐在草坪上，一同唱着老师教的《夜空中最亮的星》，头顶的天幕有寥落星辰在闪耀。从第二天开始，范雪飘的双腿酸疼了好几天。

与阿昆接触多了，范雪飘渐渐发现，他没有外表那样桀骜叛逆，种种负面行为只是因为厌学，在家其实对妹妹们一直很关爱。他还喜欢骑摩托，幻想以后能当车手，"赛车是我的梦想，帅啊。"有一次打扫图书室，范雪飘发现阿昆无意间翻开一本书，赶忙鼓励他多看书，上课也经常点名阿昆回答问题。几个月后，阿昆成了班级里的"阅读之星"。

在范雪飘的记忆里，阿昆从没有哭过，很久以后她才得知，他都是躲在没人的地方独自哭，不肯让外人见到自己落泪。她明白，阿昆真正需要的是家人的陪伴。

阿昆母亲来接自己了。范雪飘跟着她走过厂房，来到她和阿昆继父住的简易钢板房。屋里没有家具，大部分生活用品都放在几只行李箱中，只有一张床，是用建筑工地上的空心砖搭上木板做的，电磁炉摆在上面。阿昆母亲还提到，屋子里没有暖气，上一个冬天很难熬。

范雪飘聊起阿昆在学校的表现，聊阿昆的未来，问她："阿昆以后可能来这里吗？"母亲连连摇头："他有文身，厂里不收的。"上学期得知儿子偷偷文了身，她气得不行。范雪飘又提了几个工作机会，母亲还是摇头："他吃不了那个苦。"

待到中午，范雪飘准备告辞，阿昆母亲坚持留老师吃饭。她从行李箱旁提出一只蛇皮袋，从里面掏出一把饵丝，煮好后又加了辣酱，饵丝是她从网上买来的，辣酱是从家里带来的，她告诉老师，自己想家了就吃一吃。范雪飘走的时候，她还硬塞给老师两个拳头大的黄桃。范雪飘怎么也推脱不掉，只得收下装进包里，这是家长最珍贵的东西。从大连回北京的火车上，它们被范雪飘吃掉以充当晚餐，范雪飘觉得，那是自己吃过最甜的水果。列车缓缓驶入北京站，寻路之旅也已接近尾声。

> 2018年8月23日，山西省忻州市，累计行程6303公里
> 本次假期最后一次坐火车，普天同庆谢天谢地。在这里一天一夜，深受大姐大哥影响，开朗活泼地迎接用双手创造的每一天！咱们工人有力量！

抵达北京已是傍晚，范雪飘没有再去同学家里住，而是直接坐上公交车前往北京西站，准备搭乘前往山西忻州的火车，那也是此行的最后一站。

发车时间是次日凌晨，范雪飘在候车大厅度过了大半个晚上，看着旅人们或是行色匆匆地从面前走过，或是百无聊赖地坐

在塑料椅上刷手机，响起吵闹的背景音乐与几乎笑断气的罐头笑声。蛇皮袋、铺盖卷、保温杯、电热炉里的开水、泡面腾起的热气和香味，车站广播不时播报某列车次抵达的信息，人群随即向检票口汇集。夜深了，大厅里的嘈杂声小了许多，还留在这里的乘客，或是横躺在座位上，或是直接睡在地上，世间百态仿佛浓缩于此。范雪飘也在座椅上横躺下来，准备在发车前小憩一会。巨大的疲惫让她早就不在意形象，也让她能理解家长们，苦钱卖工的路上，他们也该是这个样子。

回想起这个夏天与一位位家长的见面，范雪飘觉得，自己的寻访并不是要去帮他们什么，只是过来探望一下，看看他们的生活，再分享他们孩子的生活，就像老家来的那些亲戚朋友那样。进一步回顾即将完结的旅途，她才意识到，自己的目标在逐渐变化，越变越宏大：起初只是想家访，之后变成想走遍所有学生家，再后来成了想去拜访他们的家长，如今成了见识不同的人生，乃至认识这个社会，认识中国的某个切面。

广播传来发车的消息，范雪飘一骨碌爬起，揉揉惺忪的睡眼，提着旅行箱走向检票口，后半夜终于能在卧铺上睡觉了。

次日醒来，列车已到达五台山，同车厢的旅客大多是来拜佛的。学生阿雪的父母一起来到火车站接老师，想带她到旁边的小餐馆吃饭。范雪飘推脱不过，只点了一碗面。学生父亲又问要不要一起逛超市，范雪飘以为他要给自己买东西，还是连说不用，最后他单独去超市买回一大堆泡面和生活用品。离开后范雪飘才知道，这是他们日常最好的食物；去火车站接自己，也是他们时隔很久的又一次进城。

公交车带着范雪飘穿过山西的田野、农村，最后来到造铁轨的工厂。她跟着阿雪父母在厂房转了一圈，看吊车如何操作，钢筋水泥如何制作，了解制作铁轨的不同工序，又来到他们的宿舍区。这里是男女分住，夫妻俩只能各自和十几个工友住在不同的宿舍。在阿雪母亲的带领下，范雪飘还体验了一把北方的公共澡堂。在宿舍住了一夜、次日告别时，她已经认全了阿雪父母同村的所有工友。

所有家长都寻访完了。为了犒劳自己，范雪飘在归途中去餐车花三十元钱买了一份午餐，吃完后觉得，自己炒的菜可以在火车上卖到三百元。

2018年8月28日，云南省保山市隆阳区老营中学，行程归零

父母虽然都很辛苦，但得到你们的消息很开心，他们是永远爱你们的。

旅途结束得猝不及防。从忻州回来后，范雪飘本打算在北京一直待到开学，却突然接到消息，学校这几天就要拆迁宿舍楼，自己必须尽快腾空宿舍。她赶忙一边联系住在学校附近的学生，托他们帮自己搬家；一边订了飞往保山时间最近的机票。等到匆匆赶回学校，宿舍楼已经拆迁完毕，自己的生活用品都运了出来，分装在几个大蛇皮口袋里。除此以外，一切都没什么两样，师生们一个暑期后重新见面，仿佛刚各自过完一个周末。

只有范雪飘自己清楚，一个月前在武汉新买的那双平底鞋，

如今已经磨平鞋底,变成了旧鞋。她还把这次旅途所有的火车票按时间顺序排列起来,天蓝粉红一大摞,整整十六张。

她找每个学生单独谈话,告诉他们父母的现状,拿到他们的信是什么反应,对他们又有什么期待,"父母虽然都很辛苦,但得到你们的消息很开心,他们是永远爱你们的。"再把自己为学生父母拍下的照片交给他们。学生们大多很平静,并不能理解老师之前都经历了什么,范雪飘也只是大致讲起旅途中的一些见闻,学生只要知道自己是真心为他们付出过就好。这场外人眼中堪称跌宕起伏的英雄之旅,就这样在师生共同的淡然中无声无息地结束了。

范雪飘还记得去年这个时候,自己刚来到学校,迎新前夜忙了整个通宵,第二天家长会结束,围过来的家长用方言问出五花八门的问题,自己听不懂,只能不断地"嗯嗯"。晚上十二点查完宿舍,坐在厕所门口累哭了,好不容易擦干眼泪回到办公室,当地老师又来一句:"夜里三点还要再查一次。"即将崩溃的瞬间,是她们的一句"孩子们第一次住校很可能会想家"让自己咬牙坚持下来。那时,她还是个看到家长会心生怯意的大学毕业生,一年以后,她可以问心无愧地说,自己至少为学生付出了全部的真诚。

支教结束后,她依旧和学生们保持联系。阿立考上了高中,即将迎来高考,范雪飘为他加油,他回答:"一定会的,不会辜负任何人。"一个女生想当幼儿园老师,范雪飘把自己在武汉跑马拉松得到的奖牌送给她,鼓励她去追求梦想,如今女生每年都要给家里盛开的玉兰花、桃花和梨花拍照,发给老师。另一个曾经成绩倒数的男生去了上海学汽修，有一天突然告诉老师："范老师，我想考大专，需要学英语，可是我太笨，学不进去。"那一刻，范雪飘有些不敢相信自己的耳朵。

阿昆去了浙江做高空清洁工，每年和老师联系好几次，范雪飘总会在电话里问他的近况，唠叨几句注意安全一类的老生常谈，阿昆让老师尽管放心。范雪飘忍不住想，如果没有两年来自己和他、和他母亲的沟通，阿昆是否会成为另一个阿昆；也时常在心底默默祝福他，希望他这一生能健康平安。

那段跨越半个中国的旅途也至今留在记忆里。如今范雪飘觉得，自己或许的确给学生和家长们带来了一些有益的影响，可说到底，自己才是受益最多的人，见天地、见众生之后，到头来最终是见自己。

小严与老严

在箐门口小学，严钰萧有两个称呼，"小严"和"老严"。前一个来自校长，后一个来自学生；"小严"严肃正经，"老严"却活泼开朗。

叫"小严"是理所应当的，2020年开始支教时，严钰萧大学刚毕业。那时"小严"才剪掉四年来留起的飘飘长发，整个人瘦瘦的，娃娃脸上一副小眼镜，长得有点像他自己喜欢的哈利·波特。

两年间，严钰萧经常跟着校长罗恒忠去"转山"。同样精瘦的罗校长留着板寸，背微驼，说话不紧不慢，走着走着就会停下来讲解：哪里有茶园，哪里有机会发展成景点，哪里可以建成小公园，还会很认真地问严钰萧："我和村支书都觉得这主意挺好的，小严你觉得怎么样？"

那时，严钰萧已被任命为临沧云县大寨镇箐门口村的村支书助理。日常教学之余，还要承担村里和学校的各种工作，为各个项目起草计划书和施工草图，陪同村支书李家国去见形形色色的领导和投资人。在那些场合，他偶尔会想起过往，有点怀疑曾经的自己和现在的自己是不是同一个人。

支教之前，项目主管问严钰萧，你想在这两年收获什么？他回答:"我想变得靠谱一些,朋友们老说我不靠谱。"

第一次得知严钰萧要去支教,朋友同学们连担忧带嫌弃,对他调侃了一个暑假。刚过去的大学时代,舍友、同学在学校总是找不到他。每学期选课,严钰萧都把所有课程集中选在周一到周三,前三天的课程全部排满,周三晚上就会搭飞机到另一个城市旅游,周日晚上再回来,几乎每周如此。他是所有航空公司的会员,去西藏的机票大多要1500元起,他利用各种活动和优惠,180元就能买到。

频繁的出游和参加活动,起初是为了释放高中三年的压抑、尽情享受自由,慢慢地却变为寻找自我。回首高中时代,严钰萧觉得学校虽然传授了知识,却并没有教会自己如何生活,内心深处对过往始终有一丝不甘。直到上了大学,他才发现世界有多广阔,自己的人生又有多少选择。大学四年,他在生活中学到的远比在课堂上多;之后的两年,他在支教中学到的又远比在大学时多。

回首这两年,如果满分是10分,严钰萧会给自己打9分,支教是他二十多年人生中做过的最快乐的事情之一。

初到箐门口小学,校园的整洁优美出乎他意料。金鱼在鱼塘中游来游去。小花园里,绣球花、月季在不同时令绽放得姹紫嫣红。沿着小径走下去,又有一座小院掩映在茶树林中,这是上茶艺课的地点。这些大多是罗校长带着师生们共同劳动的成果,小石板路上用石头花砖拼成的"马到成功"四个字,就是学生和老师一起完成的。

严钰萧还记得,第一次到学校正是傍晚,自己坐在罗校长的车里，车窗外，夕阳下的树林蒙上一层暖红色的轻纱，河谷中背阴处的大寨镇则是紫红色。天黑前，他无意间来到学校高处的小平台，借着最后一点余晖望见了炊烟、沿坡而上的房屋、担着柴草的农夫、欣喜而归的孩子。这次日落彻底俘获了他的心，从此只要没事，严钰萧经常跑到这里来看风景。几天后，校长就带着他去吃蜂蛹炖乌鸡，鲜美的味道至今记忆犹新，很快他又在当地老师和学生家里吃到了各式各样的美食。所有同事都把他当孩子，对他关照有加；老师们彼此之间同样相处融洽，整个教师团队就好像一个大家庭。

学生们更不用说，那时严钰萧习惯把棒棒糖作为奖励，而学生带给他的快乐同样像是生活里的一颗颗糖，化开来就是满心的欢喜。刚开始上课，手忙脚乱不可避免，有学生问："老师，你上课为什么老是脸红？"每次讲错，严钰萧都赶紧在课堂上道歉："老师刚刚讲错了，对不起。"下课后就有一群学生跑来找他："老师，你是老师，不用向我们道歉，真的。"课间，学生们总会"呼啦"一下围过来，仰着小脑袋提出千奇百怪的问题：老师你是哪里人？你为什么长这样？你戴眼镜是什么感觉？为什么要来我们这里？……在办公室同样不得安宁，严钰萧的座位靠近门口，总会有学生挤在门口，叽叽喳喳讨论这个新老师是谁，什么时候来给他们上课。

没过多久，"老严"这个称呼就在学生当中诞生了：

"老严，今天有没有你的课嘞？"

"老严，今天上美术课我能不能画你？"

"老严，你过来，我告诉你个秘密。"

"老严,学校又停电了,我们去厕所怕黑……"

10分里扣掉1分则是因为,"老严"实在是太疲倦了。严钰萧可以在这里做各种各样的事,时间却总是不够用。许多老师支教之初都会不适应,严钰萧却是例外,他压根就没闲暇去感受和思考。刚到学校,六年级的语文老师因为做手术而在家休养,严钰萧替他代课,再加上自己本来就要教的英语、体育,每周都要上将近四十节课,每天从睁眼起就开始忙,一直忙到晚上11点,刚上完这节就要想着下节。

教学本身的挑战也不言而喻。大学时严钰萧参加过短期支教,给小学生讲过关于海洋和环保的知识,自认为临场发挥还不错,这也是他选择支教的理由之一;直到正式上课,他才意识到专业和玩票之间的差距。

三年级的学生贪玩好动、容易走神,英语学得快忘得也快;四年级已经有了抽烟、喝酒、谈恋爱的现象;五年级在半年内连换四位语文老师、两位班主任,学生不爱发言,课堂死气沉沉,严钰萧讲课总是沦为独角戏;六年级纪律性和学习能力都强,但班级关系复杂,学生之间拉帮结派……最让他头疼的是三年级的一个班,有四五个学生特别爱在课上说话,有的在课桌下玩自己能找到的各种东西:弹簧,铅笔刀,圆珠笔,橡皮。一次上课,两个学生拿橡皮互相丢着玩,丢着丢着,直接在老师的眼皮底下打起架来。

他想了各种办法调动学生的积极性:用手偶表演教学内容、模仿小动物说话,设计出各种英语游戏,带学生"开火车"接力读单词,唱英文歌。学生不肯回应,就自己逼自己兴奋起来,在课堂上更加卖力地上蹿下跳；每次被气到要发火，便一遍遍默念"不能生气，不能生气"；更会提醒自己，站在讲台上就要担负起老师的责任，不能再不靠谱了，自己一不靠谱，课堂就完了。

一个学期下来，学生们把"老严"、"学英语"和"开心"画上了等号，原先不敢开口的孩子敢于主动讲起英语，考试的平均分也达到了80多分。三年级那个让严钰萧头疼不已的班级，早在期中考试后就习惯了认真听讲，终于在全程安静中给这个班上完一整节英语课后，严钰萧头一次笑着走出教室；五年级也对老师敞开了心扉：原先的老师对他们要求太严苛，进了班级只要看见有人说话便会训斥他们，"老严你和他不一样"。一个学生还给严钰萧写了信："老师，以后你能一直像现在这样对待我们就好了。"

同样不断告诫自己的还有"一定要笑"，这源自一次深刻教训。某节课结束后，严钰萧回到办公室，发现自己的一副耳机不见了，只有空荡荡的盒子留在办公桌上。他打开定位功能到处找，最后在花坛的一个花盆下找到了滴滴作响的一只耳机；另一只则是后来在学校外面的水管里发现的。罗校长几经查访，发现是两个女生一起拿的。

严钰萧把她们叫到图书馆单独谈话，问为什么要这样做，两个女生怎么也不吭声，严钰萧告诉她们："只要你们告诉我为什么，我就会原谅你们，我们还和以前一样。"其中一个女生这才小声开了口："那天在食堂，你眯起眼睛回头看我们，眼神很轻蔑。"严钰萧想破头也不明白自己怎么"轻蔑"过她们，好不容易回忆起来，顿时哭笑不得："当时我没戴眼镜，看不清你们长什么样子，所以才眯起眼睛！"女生们眼睛看着脚面，都不说话了。

严钰萧还是原谅了她们。那是他第一次意识到，自己把学生想得太简单了，忽略了她们许多微妙的细节感受，从此他更加小心在学生面前的一言一行。

当地老师的告诫，严钰萧同样牢记在心：作为老师，让学生喜欢自己很简单，让他们信赖却非常难。而"信赖"远比"喜欢"更重要。

三年级的一节体育课上，严钰萧发现其他学生都去了操场，只有阿胜独自留在空荡荡的教室里，不用说，又挨罚了。阿胜是班里有名的"问题学生"，每节英语课上都要捣乱，见了自己从不打招呼，平时还爱欺负同学，大家都讨厌他。

严钰萧本来没打算理会阿胜，但远远看去，孩子站在座位上一动不动，一直默默地抽泣，哭得连身体都在抽搐，到底还是心软了，凑过去轻声问怎么回事。阿胜抽抽噎噎讲述了原委：因为又一次在课堂上吵闹，阿胜惹恼了新来的实习老师，被她当着全班同学的面批评，其他同学也纷纷指责阿胜，列举他之前的各种负面行为，之后老师就罚他独自留在班级里。

严钰萧心里很不是滋味，蹲下身安慰他，阿胜还是低着头默默哭。严钰萧又递去一颗糖，如果是平时，阿胜早就喜笑颜开一把夺过，迫不及待剥开糖纸塞入嘴里，此刻他却无动于衷；严钰萧想把糖塞进他手里，阿胜却把小拳头攥得紧紧的，偏过头不看老师，一直望着窗外，晶莹的泪珠从脸颊一颗颗滑落。严钰萧知道，孩子是真的被伤到了。

阿胜哭了许久，严钰萧也劝了许久，怎么也劝不住。他无计可施，只好说："既然这样，要哭你就好好哭，我陪着你。"之后便默默守在孩子身边，唯一做的就是把一张张纸巾塞给他，让他擦眼泪，就这样守了一整节课。

下课铃响起，操场上的学生们陆续返回教学楼，阿胜哭得也没那么厉害了。严钰萧最后一次安慰他："下课了，我要回办公室了，你也别哭了，有事再找我，我帮你。"阿胜仍不理会老师。严钰萧走出教室，蹑手蹑脚来到后门，把脸凑上后窗悄悄看，阿胜擦掉眼泪，坐回了座位。

严钰萧没想到，从此以后，阿胜完全改变了对自己的态度。英语课上，他再也不捣乱，开始知道听讲、回答问题；每次在校园里见到自己，阿胜都会大喊着"老严"，眉飞色舞地飞奔过来，一连串地发问：老严你去哪了？去干吗了？你下节课是什么课？给哪个班上？如果有其他老师在场，他还会很"嚣张"地告诉他们："这就是我最喜欢的老师，老严！"

陪读项目是严钰萧收获最大、付出心力最多的课外项目。严钰萧为每个学生匹配一位校外的志愿者，两人在约定时间内共同读一本书，并定期探讨阅读心得。严钰萧自己也参与其中，和学生阿斌一起读他最喜欢的小说。阿斌用一年时间读完整个系列，闲暇时经常与老师热烈讨论着书中的角色，猜测剧情未来的走向，严钰萧也会为阿斌讲解小说的写作手法、书中涉及的文化与历史知识。师生俩都能从主人公的成长经历中看到自己的影子，讨论主题经常会从书中的校园生活过渡到各自的童年，严钰萧总是不禁分享当年老师们对自己的影响，也会告诉阿斌，自己最喜爱的老师什么样。

　　这天傍晚，严钰萧吃过晚饭，独自在操场上打篮球，阿斌主动跑过来，师生一同坐在操场上，严钰萧听他讲了家中的许多琐事：父亲忙着开装修公司，一天到晚总见不到人；每次好不容易回家，又会匆匆离开，自己总是很不舍；有时偷玩他的手机，被发现后总少不了一顿"修理"；父母更喜欢妹妹，有时自己会吃醋；自己还是更喜欢妈妈。头顶从天光明亮到晚霞绚烂，再到夜幕降临、繁星满天。阿斌一直说个不停，讲了整整四个小时，严钰萧大多数时间只是默默听着，有时附和两句，偶尔也会给孩子讲自己小时候挨父亲揍的往事。

　　那也是他第一次见到学生的另一面。在严钰萧的记忆里，阿斌各方面都很优秀，聪明又上进，课上积极活跃，篮球也打得很好；但那次他能感受到，阿斌其实缺乏陪伴，他的滔滔不绝反而证明，这些话在心里闷得太久了。乡村孩子们的内心世界很少有人倾听，这些被忽视的房间需要一个窗口。

　　另一个阳光明媚的下午，严钰萧带学生们坐到草地上，给他们读《夏洛的网》，一双双亮晶晶的眼睛聚焦在自己身上，满是专注。铃声响起，孩子们纷纷起身准备散去，严钰萧也合上书本，却瞥见一个五年级女生愣愣地坐着，依旧沉浸在故事中。那一刻他百感交集。与其说这些孩子太少听到故事，不如说他们太缺少陪伴。父母或是不在身边，或是不懂得讲故事。城市孩子熟悉的那幅场景：自己躺在父母膝头，在静谧的故事里安然入睡，对乡村学生来说却是天方夜谭。不知多少次上街，严钰萧看到爷爷奶奶们牵着那一双双小手，除了些许辛酸，说不出别的话来。

如今他明白，陪读带给孩子的远不止是知识，更有陪伴与倾听，孩子也许不会记得老师讲给自己的阅读方法，但一定会记得这样一本书，以及陪伴他读书的那个人，就像一位志愿者对童年的回忆："小时候我有一个哥哥，陪着我一起读路遥的《平凡的世界》，对那个年纪的我来说，这样的长篇小说有些枯燥，但是在哥哥的陪伴下，我还是读完了这本书，这段经历也影响了我好久的人生。"

一年后，阿斌以全校第二的名次考到了云县二中，对村小的孩子而言，这样的成绩十分难得。有一次放假回家，他又找老师来打篮球，已不再像小学时那样活泼好动、与老师嘻嘻哈哈，言谈举止都沉稳了许多。严钰萧还特意借听课的机会去初中看望他，坐在他那个班的最后一排，默默看着阿斌的背影。阿斌一直没有察觉，直到偶然回头才发现老师，脸上顿时写满了惊喜。

也是那时候，严钰萧被大寨镇委员会授予"年度优秀教师"称号。一同被授予的，还有"乡村振兴"专职支书助理的职位。

那次，他陪罗校长与村支书李家国一起喝茶，两位长辈从小一起长大，私下里无话不谈，罗校长也经常分担村里的各项事务。聊到兴起，李书记主动提起："小严，你这一年教书挺不错的，教学之外可以为村里做一些工作，要不要当村支书助理？"

严钰萧没敢立刻答应，表示要先考虑一下，回到学校一忙起来，把这事忘到了脑后。一周后李书记再度找他，严钰萧赶忙同意了。接下来的一年，他跟着李书记和罗校长做了大大小小的各种项目，在他的记忆里，村里和学校几乎每个月都有变化。

箐门口村出产茶叶，为了让学生们了解茶叶的知识、进而了解家乡，校长带着严钰萧在学校里搭建起茶棚，准备开设茶艺课。由于经费有限，一切都精打细算：把稻秸绑起来做成屋檐，把旧凉席、晒稻谷的篾子贴到墙上，把废石料制成椅子，废木料变成招待客人的茶桌。学生们跟着老师在茶园中采摘茶树嫩叶，将它们揉搓挤压榨干水分，放在阳光下晾晒发酵。有学生泡好自己制的茶叶，喝了一口告诉老师："这茶有回甜。"严钰萧也因此对茶叶产生了兴趣，支教结束后，他成了云南农业大学茶学专业的研究生。

芦笙课是学校的另一门特色课程。这是云南十分流行的乐器，当地过节、结婚、庆典、聚会等喜庆场合，必定少不了芦笙的悠扬旋律。每到这种场合，全村好几百人都会聚在一起，围住一张张堆满烟酒花生瓜子的长桌，男女老少互相挽着臂、踢着脚，在芦笙的伴奏下"打跳"，有时能从当晚跳到次日凌晨。为了让学生们了解家乡的这种传统乐器，严钰萧向美丽中国申请了课外活动专项资金，为学生们购置了一批芦笙，罗校长的父亲——老罗校长更是亲自出马，教学生们吹奏。学生们只用了一个月就初步掌握了这种乐器，后来还在当地村民的婚礼上做了表演。

村委会不远处有一片40余亩的天然松树林，李书记、罗校长带领村民在那里修了一座休闲小公园。他们用砖石铺筑出一条环山步行道，在松林中、小溪旁摆放上石桌石凳，全村的党员干部、村民都参与了进来，或是参加义务劳动，或是集资捐款，有的村民还捐赠了水泥。如今那里已成为箐门口村的一处重要景观，蜿蜒曲折的林间石板路上，阳光透过松针留下斑驳树影，清风吹过,松针轻摇,松脂的清香扑鼻而来。

成功的项目多,没成的也不少。向投资人争取资金时,对方经常是赞赏几句、客气一番就没了下文。失败次数多了,严钰萧难免沮丧,罗校长却不以为意,仍旧笑呵呵地:"小严,世界上有很多事情很难办,咱们一定要乐观,要想办法。这种办法解决不了,没关系,换个办法嘛。"严钰萧和他聊多了才知道,这些对校长来说不算什么,将近二十年来,他早经历过不知多少坎坷挫折。

箐门口小学的花园里除了鲜花,还种着各种中草药:黄精、七叶一枝花、刺五加、箐松、排骨灵。其中最重要的是龙胆草,这种开着鲜艳小蓝花的植物不仅外形美观,根部还可以入药。十多年前,罗恒忠正是靠着这种中草药,帮村里的乡亲们提高了收入。

罗恒忠自己就是在箐门口村长大的。2001年,他主动申请离开当时任教的小学,回到条件更差的家乡任教,原因只有一个——村里的小学更需要他。那时的箐门口小学,无论校舍还是教师宿舍都是土坯房,与外界联系只能靠一部手摇电话,许多老师都不愿意来这里,罗恒忠却一直扎根下来,再也没有离开。

日常教学之余,他思考最多的就是如何帮村民们增加收入。几经尝试,罗恒忠把目光投向了龙胆草。这种植物生长于高寒山区,箐门口村的自然条件与之基本相符;生命力强,种下去就可以自然生长,几乎不需要花多余精力去照顾;经济效益也不错,龙胆草挖出来晒干,一斤可以卖十几元甚至三五十元。

罗恒忠尝试着先在学校里种,起初因为不懂栽培技术,龙胆草枯死了许多。他一边联系农科所、农业站，请他们指导自己改进技术；一边寻找更优质的种子，提高了龙胆草的产量。由于交通不便，罗恒忠还专程去镇上，到处联系客商以推广销路。直到第四年，才逐渐打开了龙胆草的销路。

罗恒忠随后又把自己的经验心得分享给乡亲们。他挨家挨户沟通，免费发幼苗，教大家如何种植，第一年，所有种植龙胆草的村民都增加了收入，起初不看好的村民们终于转变了观念。后来，当时的村支书也对这一项目大力支持，发动党员继续推动龙胆草的种植。慢慢地，村民的收入不断增加，箐门口村的经济逐步好转。就连学生们都因此受益，他们的家长大部分都要外出打工，往往只有过年才能回来，如今每到收成的季节，七成左右的家长都会回来，除了挖龙胆草也能陪伴孩子。

"村校共建"一直是罗恒忠的理念。在他看来，学校依托乡村，也理应引领乡村，成为当地的文化中心。2010年被任命为箐门口小学的校长后，他做了更多尝试。

严钰萧曾听校长说过，那时各村的小道都是黄土路，学生们下雨天回家经常踩得满脚泥，在校长的号召下，家长们或出钱或出力，给这些黄土路做了道路硬化。有一段时间，去镇中学的路上有高年级的孩子欺负低年级孩子，罗恒忠又召集热心的家长、学校老师、派出所民警一同保护学生免遭霸凌。看到村里的图书馆没人去看，他索性把图书馆搬进学校，又在村民家设立了流动图书点，方便学生们阅读。学校的几十棵茶树也是他当年号召村民们捐赠的，茶树出产的茶叶或是作为礼品赠给资助学校的爱心人士，或是面向社会出售，所售款项用于资助贫困生。每个大年三十，箐门口村还会自发组织春节晚会，会场就设在学校，无论是学校在读的学生，还是曾在此上过学、如今已是中学生或大学生的孩子们，都会来帮忙筹备和表演节目。

严钰萧还对学校那位外聘的音乐老师阿明印象深刻。阿明手有残疾，却能骑着摩托每周来学校教孩子唱歌，嗓音十分动听，人也爱说爱笑，学生都很喜爱他。从前的阿明却并不是这样，罗校长最初是在自己一位残疾亲戚的葬礼上遇到他的，那时他听到阿明在自言自语："也许这就是我们这种人的归宿。"罗校长被这句话深深刺痛，和阿明的家人商量后，他帮阿明联系了一份养羊的工作。后来，他无意间听到阿明在唱歌，就邀请他来学校教学生们，这彻底改变了阿明。

如今，阿明结了婚、有了孩子，经常在短视频平台上分享自己的生活，他用一只手操起铁铲干农活，一只手背起厚厚一捆比自己还高的牛草，一只手挎着竹篮喂牛，当然更少不了把话筒套在手腕上唱歌："哥是个农民工，你不要嘲笑我，从来不怕挫折，也不怕受冷落，吃苦耐劳是我最真的本色……"神情分外投入。

"因为认识了，就会想着帮他点什么。"罗恒忠曾这样告诉严钰萧，在他看来，一个社会中总会有弱势群体的存在，尤其是乡村地区，对他们的关爱和重视程度，标志着当地的文明程度。《人民日报》也专门评论过罗恒忠的事迹："如果中国有一万个、甚至十万个'罗恒忠'，让乡村学校联结成覆盖中国乡村的文明之网，不但能疗愈困惑乡村已久的空心病，更能让乡村教育成为维系农村道德秩序、保存文明火种、维护乡村稳定的精神家园。"

二十年过去，学校里破旧的土坯房换成了崭新的教学楼，每位访客都会为校园环境感叹，学校的综合成绩从当年全镇最后一名变为全镇前三，超越乡镇中心小学。最近几年，学校里几乎每年都有一位老师被调到其他学校当校长。村里的经济状况也明显改善，外出打工的家长纷纷回乡打工和创业，留守儿童因此大为减少。

罗恒忠自己的想法倒很简单："我只是个爱管闲事的人，在现在这个社会氛围里，大家都说我傻得可爱。"这位"爱管闲事"的长辈，在两年里深深影响了严钰萧。从不放弃的乐观心态，做每件事都要考虑十年、二十年之后的长远眼光，用不同方法与不同人打交道的灵活处世，更不用提那份对教育事业的投入，对学生、乡亲们和家乡的热忱，都让严钰萧受益匪浅。

每次心情低落，他都会想起罗校长常说的话："没有乐观心态，我办不成这么多的事情。""做任何事情要开心地做，不然哪能做好教育？"再想想他在这里十几年身体力行的坚守，想想同样把一生都献给家乡的老罗校长，还有那些和他们一样扎根家乡的当地老师们，然后就会重新打起精神、告诫自己："心情颓废时可以稍微休息一会儿，但生活还是要一直乐观向前。"

比起支教之初，"老严"这个称呼在两年后变得实至名归了许多。严钰萧自觉做事变得更加靠谱，大学时他很少在意别人的感受，支教后遇到学生没有完成自己布置的任务，或是答应自己的事却没有做到，严钰萧在对学生恼火之余，也会意识到从前的自己有多么不负责任。每当他结束一整天的忙碌、一头栽倒在宿舍的床上时，想想第二天要上的课，以及孩子们的笑脸，还是会重新爬起来认真备课，觉得这是对孩子最起码的负责，不能辜负他们对自己的期待。

他还记得《夏洛的网》里,小猪威尔伯和蜘蛛夏洛的那番对话:

"为什么你要为我做这一切?"威尔伯问,"我不值得你帮我。我从来也没有为你做过任何事情。"

"你是我的朋友,"夏洛回答,"友谊本身就是件了不起的东西。我为你织网,因为我喜欢你。生命本身究竟算什么呢?我们出生,活一阵子,然后去世。一个蜘蛛在一生中只忙着捕捉、吞食小飞虫是毫无意义的。通过帮助你,我也能找到自己的价值。"

通过帮助你,我也能找到自己的价值。罗校长如是,"老严"与"小严"同样如是。

托住时代的底

如今回忆起支教生活，王祎蕾最先想到的是学校的那口水井。

那是一口"网红"井，每次有其他支教老师访校，总会满怀好奇地去参观它，并尝试从里面打水。水井装了一只唧筒，需要压动把柄，利用液压原理抽水上来，看似简单的动作格外考验技巧和分寸，第一次上手几乎不可能成功。王祎蕾的母亲曾经两次访校，各待了一周，直到离开也没有学会，而她自己也是练习了很久才掌握诀窍。

井水钙质很高，烧开后会在盆底积攒起条缕状的白色水垢粉末。下雨时，井底的泥沙翻上来，井水又会变成黄泥汤，需要再多一道沉淀的工序。"不要喝生水""井水打上来不能直接喝"之类的告诫，每天都被王祎蕾挂在嘴边。即便如此，她也格外珍惜这口井，这是全校600多名师生唯一的水源。

甘肃陇南地区本就缺水，自来水当然不用奢望。厕所是旱厕，想洗澡只能去县城的公共浴室。王祎蕾需要从水井中打上一桶水，提着它爬几层楼回到教室改造成的宿舍，洗漱、做饭之后再提着脏水下楼倒掉，另打一桶水回去，每天至少四个来回。支教第一学期她称体重，瘦了足足17斤。有时晚上需要打水又赶上停电，校园里漆黑一片，提着桶的王祎蕾腾不出手来举手电，就买一顶头灯戴上，每次下楼都像是下矿井。

几十年来，甘肃省陇南市西和县石堡镇祁家中心小学的师生们，一直过着这样的生活。2016年刚开始支教时，王祎蕾就有一个梦想，希望全校师生和自己都能喝上直饮水。

在美丽中国支教的几大项目地当中，只有甘肃位于北方，环境公认最艰苦，甘肃团队的口号也是："走向最边缘，沉到草根处。"生长于西北的王祎蕾对甘肃并不陌生，只是从没去过陇南，搜索新闻才知道，当年甘肃省的GDP落后于全国平均水平，陇南地区又落后于甘肃平均水平，自己支教的西和县仍然落后于陇南平均水平。

那时陇南市还不通火车，前往那里的唯一选择是坐大巴，要么从成都坐，要么从西安或兰州坐，两条路线都需要花费六七个小时，一路上没完没了地钻隧道，车窗外好不容易亮一会儿，很快又重新暗下来。所有从成都动身的老师都记得，越是往北，窗外的景色就越荒凉，当两旁的山麓光秃秃一片不见丁点绿色时，陇南就到了。

"山大沟深"是老师们形容当地的常用词。学校没有宿舍，所有学生都是走读生，住在山上的孩子每天清晨5:30就要起床，走一个多小时的山路来上课，晚上再走同样远的路程回去。陇南当地也缺乏下游产业，初级农产品除了大黄、黄芪、半夏这样的中药材，剩下的就是苹果。每年收获的季节，公路两旁都堆满了当地特产的花牛苹果，学生家长们开着租来的大板车，从家乡一直开到北京的新发地市场去卖。

到了大雪纷飞的冬季，取暖又成为一大生活难题。学校每个冬天都要买几十吨煤，老师们每天来到煤堆前铲下煤块，带回宿舍或教室、塞进煤炉里点燃，长长的金属烟囱一直伸到户外，有时炉火烧着烧着就会熄灭，夹出残渣后能发现里面混杂着石头。为了保证安全，美丽中国为每位老师都配备了一氧化碳报警器。老师们在暑期学院接受培训时，理工科出身的时任理事长刘泽彭还特意讲过煤炉的工作原理。

"当时的感受？感受就是，自己选的路，跪着也得走完。"王祎蕾说到这里，自己先忍不住哈哈大笑起来。两年来经历过的任何困难从她口中说出来，都会自带几分苦中作乐的喜剧效果。

美丽中国是在2015年9月决定拓展到甘肃的；而差不多同时，在中央财经大学读大四的王祎蕾也做出了支教的决定，从接触美丽中国到做出决定只用了三个小时，说服父母、朋友则用了大半年的时光。

中央财经大学的毕业生不担心找不到工作。大四那年每次去实习面试，王祎蕾都告诉领导："我以后要去支教，所以只待三个月。"回到学校，她见到老师总是绕着走，不想再面对他们的一次次游说："这个券商的工作机会怎么样？那个银行的呢？支教的事要不再考虑一下？"

好几个深夜，王祎蕾躺在宿舍的床上写好一条又一条长长的微信，给母亲发过去；第二天一早，又会收到母亲回复过来的同样长的劝说。她给母亲寄了一本《"80后"青年志愿服务与公民意识》，连番的唇枪舌剑后，母亲终于做出让步。后来王祎蕾才知道，那时母亲仍然心存观望，认为女儿有可能动摇和反悔，直到自己启程之前，父母都不相信她真的能成行。

亲友们分析的利弊得失，王祎蕾当然都懂。可她做出支教选择，看的本来就不是利弊得失。她曾告诉同学：如果一觉睡醒之后我后悔了，那就是冲动和所谓情怀作祟，但如果一个月了我依旧兴奋难抑，那么这就是我的选择。

家乡在青海西宁，家族里都是理工专业的知识分子。二十世纪七十年代，王祎蕾的祖父母从内地迁居到青海，支援大西北的开发，他们和那时无数同样际遇的年轻人一样，在这片苦寒之地开拓了一辈子，献了青春献子孙。王祎蕾是最后一代国企大院的孩子，她和身边的很多朋友都互相开玩笑说，她们就是被"献出去"的一代人。这也让她们从小就有一种矛盾心理：既崇拜祖辈父辈当年的奋斗，又都渴望离开西部。王祎蕾就是这样考到了北京，可是无论走得多远，那片土地仍然有着她放不下的执念。

读初二时，王祎蕾参加一次城乡学生"手拉手"活动，在青海省海乐都县的瞿坛镇住了一周，那是她生平第一次直面农村，不敢进的旱厕、一天三顿清一色的土豆、没过膝盖的大雨，诸如此类的细节在日后的支教中也不时目睹和经历。一个孩子深夜发高烧，王祎蕾守着她打点滴，随手拿起她的课本和作业本翻看，翻到一个卷了角的图画本时，有一页用绿色的蜡笔写着四个字：自强不息。字不好看，纸面很脏，连蜡笔的颜色都没涂匀，但那一刻，王祎蕾感到心被狠狠戳了一下，说不出的难过。

第二次走进农村，上中学的王祎蕾作为小记者，跟着中国电信的扶贫团队坐了将近五个小时的车，去给化隆县的中心完小装电话。那是很古老的插卡式公共电话，安装完毕后，围了一群小学生。一个女生手里拿着一张很旧很皱的纸，在电话前拨着号码，一遍又一遍，一旁的王祎蕾听到话筒里反复传来"您拨打的号码是空号"的声音，孩子依旧不肯放弃。

身后排起了长队，等待打电话的孩子越来越多，王祎蕾只能劝她离开。女生低头默默地自言自语："爸爸离开家的时候留下了这个号码，终于有机会给他打电话，为什么打不通呢？"那时候，王祎蕾罕见地有想哭的冲动。

从那以后，王祎蕾开始关注各种时事和社会事件，并思考自己能改变什么，以便让这个世界变得更好，读大学时还选择了国际政治专业，母亲说她操着全天下的心。大三那年，一位老师在聊天时告诉王祎蕾，学社会科学的人要先了解自己的国家，中国是乡土社会，很多问题都源于土地，答案同样要从土地中寻找。在她的推荐下，王祎蕾读了费孝通的《乡土中国》，对乡村多了一份探究的好奇。遇到美丽中国支教时，往日的种种都在一瞬间破土而出，既然压不住，那就做吧，她想。

在王祎蕾教过的班级当中，人数最多的有77个人。一张全班合影里，王祎蕾席地坐在第一排，身后挤满了密密麻麻的小脸。这种"义务教育大班额"现象在甘肃地区格外明显，整个甘肃项目地的最高纪录是在礼县白河镇中心小学的一个班，共有102个学生。这所学校其他班的人数也大多在80人上下，学生们每天只能分批来操场上做操。

课堂管理因此异常困难，王祎蕾在讲台前只要稍有松懈、让学生逮到机会讲起小话，其他孩子就会听不见讲课内容，每节课她都不得不扯着嗓子喊。第一个寒假回到家里，父母总是不断提醒王祎蕾："你说话小点声。"

支教第一学期,王祎蕾教三年级的语文、美术、音乐、品德,以及一年级的美术;第二年又教四、六年级的英语。每天早晨7:30,学生们开始上早自习,下午17:50放学,六年级还要加课,最多的时候一周要上32节课。睡觉之外的清醒时刻,王祎蕾要么上课,要么批改作业和备课,最后剩下的一点时间用来争分夺秒地做饭、洗漱、收拾房间等。每周为数不多的闲暇就是去县城洗澡、买菜,支教老师们见见面、"比比惨",互相安慰一下。

压力的另一面是成长。那两年,王祎蕾最大的渴望是成为一个好老师,最大的困难同样是怎样成为好老师。有一次去市里最好的学校参加赛课,各校老师分别讲同一节课,比赛教学效果。王祎蕾把课堂设计成闯关游戏,再配上各种视频、音效和动画,一节课下来自认为生动有趣。但旁听完另一位老师的课堂后,她立刻觉察出自己的差距。那位老师是当地的英语名师,上课毫无花哨,讲知识点、做练习题、提问、解答,都是最普通的教学环节,但整堂课行云流水举重若轻,就连说出的每一句话都好像话剧演员的台词,课堂气氛堪称完美。

王祎蕾这才意识到,讲课的真正目的是让学生掌握知识,自己的课堂看似热闹但欠缺效率,学生虽然上得很欢乐,但没有学到多少内容。她感叹:"支教看起来浪漫,但说到底,我们就是去当老师的,首要任务就是上好课。"回来后,王祎蕾买了很多英语试卷,先自己做题,然后揣摩解题思路,遇到问题就请教有经验的当地老师,不断磨砺教学技能。

如今回顾那段拼命成长的岁月,王祎蕾觉得自己是在苦练心智。支教之初，她刚从名校毕业，来学校后听到的又总是身边人的夸奖，难免会年轻气盛、自视甚高。但乡村是完全陌生的环境，自己做事做人都需要历练。她庆幸支教让自己看到了身上原本的狭隘和渺小，并学会了敬畏和谦卑。

拓宽学生的视野，是王祎蕾日常教学之余的另一大目标。2022年，云南昭通一位支教老师发布的一则视频引发了网络热议。他提出，如今全国通用的教材体现出鲜明的"城市本位"倾向，高楼大厦、超市、商场是课本、习题中常见的场景，农村学生对这些内容太过陌生。王祎蕾的学生正是如此，他们最远只到过县城，对城市生活的大部分细节都难以理解，英语课本上的三明治、沙拉、派对，数学应用题中的篮球、足球、红绿灯，这些城市孩子习以为常的事物，都构成了他们的学习障碍。

针对这种现状，王祎蕾开办了"梦想课堂"。讲3D打印，她邀请朋友从西宁开车把一台3D打印机带到学校，给全校所有学生演示如何操作，并现场打印出一朵3D的玫瑰花。另一位当消防员的朋友教学生们使用灭火器。当网络作家的朋友教写作。英语课讲天气，王祎蕾还邀请了在英国留学的朋友，请他在地球的另一端举着手机做导游，带着学生们逛伦敦大学学院的校园、博物馆、图书馆，有孩子兴奋地喊："老师，他们的房子像城堡。"

后来的英语考试，四年级的全班平均分达到了90分，六年级毕业班的英语成绩也在全县排进前20名。班里成绩最差的学生不会再在老师的课上捣乱，不会躲避老师的眼神，不会看到老师就跑。一个有学习障碍的孩子被安排坐在教室最后一排，以前会在课堂上突然大笑大哭、打人、撕纸或者在地上打滚，如今会全程安静，偶尔还能回答些问题。

两年时光匆匆而过。除了学生成绩的起色，王祎蕾更亲身经历了山乡的巨大变化。支教第二年，陇南地区开通了绿皮火车，当年年底，飞机通航，再过一年又开通了动车。精准扶贫、义务教育均衡化验收等工作也在轰轰烈烈开展，王祎蕾同样参与其中，每个周末跟着当地老师，去那些建档立卡户的家里登记，走遍了学校覆盖的4个行政村、11个自然村，也见识了许多当地村民的真实生活状态。

这些经历与见闻，不断唤起王祎蕾学生时代前往青海农村的回忆，有依然故我的无奈，有今昔对比的感慨，有对更美好未来的企盼，更有为学校、为当地做些什么的渴望。支教结束之前，王祎蕾终于下定决心：为学校众筹一套净水设备，让同事和学生们都喝上直饮水。

对净水设备进行初步了解后，她才知道这是个大工程：需要先在学校里修建水箱、安装水泵抽水，然后才能安装净水设备，整个工程耗资巨大。好在母亲联系到当年的一位同学，对方愿意为学校免费安装净水设备，并承担前期施工、后期调试，只要支付设备费用就可以。王祎蕾依旧承担不起这笔资金，她选择了众筹。

众筹目标是在一个月内筹集到5.5万元。能否成功，王祎蕾自己也心里没底，后来她调侃，那是自己这辈子第一次"身负巨债"，一毛钱都没有就敢启动工程；也为此做了最坏打算：万一真筹不到足够的钱，就等自己入职新岗位、领到工资后以"月供"的方式一点点偿还，还安慰母亲："反正我也支付得起。"

这时候，曾经反对她支教的亲友们纷纷伸出了援手。众筹一上线，母亲最先掏腰包支持，爷爷奶奶、三个姑姑、姨姥也各自捐款。王祎蕾支教一个学期后，母亲就接受了女儿的选择，第二学期还写了一封鼓励的信，一度入选项目老师手册里的家长证言："不管孩子如何选择她的人生道路，让孩子平安、健康和快乐该是全天下父母最大的心愿。……她们对人生道路及职业有自由的选择权，让自己依照内心的判断不断前行。"

同学们也慷慨解囊。当年毕业答辩的最后一天，她们还把王祎蕾摁在答辩教室外的墙角，劝她清醒一点；王祎蕾动身后，她们都打赌她三个月就要回来。第一学期结束，王祎蕾回到北京，同学们承认这次赌输了，又赌她一年后回来，还是输了。后来，全班一多半同学都给美丽中国支教项目捐过款，有四五个同学还成了月捐人。她们平时更是隔三岔五就问王祎蕾想吃什么，要给她寄快递；每次回来，大家都争相请她吃饭，仿佛她去的是不毛之地。

只用了一周时间，王祎蕾就筹好了善款。一位匿名者捐赠了足足一万元，王祎蕾至今不知道他是谁；当地的一位女士不仅自己捐款，还发动亲友们捐，她的爷爷、父亲都曾在祁家中心小学教书，自己也在此读过两年小学，从记事起就期待着能喝上清水，她格外感谢王祎蕾发起的项目。学校里开始施工后，村里做门窗的一位师傅也帮忙焊接铁架，另一位做太阳能热水器的师傅改造了水管。

2018年端午节前夕，距离王祎蕾结束支教不到两个月的时候，净水工程全部完工了，全套净水设备占据了小半个水房，反渗透过滤器的不锈钢外壳光亮洁净，各种量表按键分门别类地齐整排列，仿佛一架庞大精密又威力无穷的机械。王祎蕾郑重其事地拧开水龙头，好像在按下它的启动键。无比简单的动作，在这片山乡却是头一遭。

龙头里汩汩流出清水，盛满小半个塑料桶，王祎蕾探头观察水质，看到了自己的面孔，与另一只桶里的井水对比得泾渭分明。喝下第一口，她感慨地叹了口气，两年前的梦想终于实现了，成就感与幸福感笼罩全身，赶忙发了条朋友圈："想抱着水管子哭一会儿。"

同期开展的还有游学项目。带学生去一次北京，始终是王祎蕾的另一大心愿。想要开阔学生的眼界，梦想课堂只能起到一部分作用，任何形式的激励都比不上亲眼看见、亲身经历有效。她与支教于另一所学校的队友韦渊联合发起了"雏鹰计划"，打算利用十天时间，带领两所学校共20名学生、两位当地老师在北京游学。

这个项目需要更多的资金，筹款难度也更大。王祎蕾、韦渊四处"拉人头"，她还在朋友圈发文："我们做这件事情就已经做好了不讨好的准备。我知道这个行为在透支自己的朋友圈，也感谢大家没有屏蔽我。但是这次就是不忍心落下任何一个孩子。"

为了节约费用，两位支教老师都选择了自行承担交通费用，还贡献出自己的一些积蓄，即便如此，最后还有四个学生需要自行承担一部分费用，尽管只是每人几百元，可这对他们的家庭来说仍是不小的金额。两位老师都已准备自己补上差价，这时两个大学同学直接给王祎蕾转了账，一个给了500元，一个给了900

元。众筹成功了。

他们坐了近20个小时的火车抵达北京,之后的十天里,每天都仿佛在经历奇遇。学生们游览了天安门广场、故宫和长城;在中国农业科学院了解无土栽培,参观了农田实验基地,和作物科学研究所的专家一起座谈;在中国科学技术馆见识了趣味科学游戏和实验,最后来到美丽中国北京办公室,总结这次游学的见闻与心得。

学生们还来到了老师的母校,王祎蕾的班主任利用鸡、鸭、鹅蛋给他们讲解货币和贸易,她的好几位大学同学也忙前忙后,有的全程陪伴,有的帮学生去食堂买早餐,有的送书、送零食。最后一天夜晚,她们一张一张打印照片,再在背面写上"十年之约,不忘初心",一直忙到凌晨。有孩子告诉王祎蕾:"我发誓十年之后,不管我考没考上大学,都来北京找你们。"另一个孩子对王祎蕾的同学说:"姐姐,我没给你准备礼物,等我十年后来北京再送你吧。"

游学结束的那一刻,王祎蕾觉得自己好像又毕业了一次,仍然是在母校。她用TVB版《天龙八部》的歌词来形容支教的两年,那是整首歌中最豪气干云的两句:"吞风吻雨葬落日未曾绝望,欺山赶海践雪径也未彷徨。"她从陇南带了一瓶泥土回来,准备带着它一直走下去。

回首支教的经历,王祎蕾觉得,它让自己有了更强的同理心,看问题的角度也更加多元。学生时代的她会更执着于分辨是非对错,一旦现状不符合预期,很爱批评或抱怨;如今则明白,任何现象都有内在的原因,遇到问题找出原因,再想办法解决掉就好。如果自己觉得这件事是对的，成本和代价又可以承受，做就行了，不用考虑太多。

之后的五年，王祎蕾一直在从事与公益相关的工作。她先是加入美丽中国，负责募资工作，后来又在其他企业负责运营互联网公开募捐信息平台、救助大病患者、对流动儿童进行课后托管。业余时间还兼任公益咨询顾问，免费帮公益机构、社会组织进行调研、梳理战略、设计产品，她不在意为此付出的时间和精力。愿意从事公益的人，更关注的是解决社会问题而非个人得失，想得最多的也是如何把事情做成、做好。

在她看来，公益行业以后会有更大的发展。当社会经济增长进入平稳期后，社会责任和社会价值会逐渐成为人们关注的重点。公益机构的运行逻辑其实和商业是一致的。公益从业者会不断意识到新的社会问题，寻求新的解决方案，追求新的收益，只是不同于企业收获利润，他们收获的是社会价值。

这些年，她当然没有忘记自己支教的学校、教过的孩子们。离校前王祎蕾许诺，等学生们参加小升初考试时回去看望他们。2020年夏天，她履行了诺言。学生们都长大了，在老师面前也变得内向了许多，以前叽叽喳喳的孩子，上课下课都会吵得自己头大，如今却都不爱说话，见到老师只是羞涩一笑，甚至扭头就跑，和老师在一起也是沉默的时候居多，反倒是王祎蕾需要自己主动找话题。

他们更喜欢在网上和老师说话。当年班上那个成绩优异、却因哥哥更加优秀而自卑的女生，如今考上了重点高中，即将面临高考，师生至今还不时聊天，王祎蕾告诉她，无论开心还是心情不好，都可以随时找自己，鼓励她来北京上大学。另一个当年的"问题学生"，不知通过什么途径找到了王祎蕾的QQ号，向老师讲述自己的生活，初中毕业后，他去了职校学汽修，后来辍学混迹县城，王祎蕾苦口婆心劝他："做个好人，是最难但一定要做的事。"学生回答："你放心，我心里有数。"支教前，王祎蕾希望所有的学生都出色耀眼，如今，她只希望学生简单平安地过完这一生。

她也没忘记那套净水设备，结束支教半年后就做了第一次回访，刚好是自己生日那天。设备运转正常，滤芯更换及时，阻垢剂余量充足，为了防冻，放置净水设备的房间还装了"小太阳"以保证温度。第二次回访同样一切如常，看到自己两年前制定的管理方法和指示标都还在，王祎蕾又发了朋友圈："这台小机器还会继续运转下去。"

从事公益这些年，王祎蕾做过一个比喻：商业创新会抬高社会发展的天花板、拓宽上限，公益机构要做的则是抬高地板，托住时代发展的底，纵然上限在加速上升，只要底线也匀速上升，差距就还有弥补的可能，整个社会也可以避免撕裂。而她自己，当然也要为学校和学生托住他们的底。

此心不动

接连两次违背父亲的意愿后，石嘉回到了原点，准备听从父亲最初的建议，去考公务员。

如今的石嘉总被当年的队友戏称为"老干部"，这缘于他比实际年龄更成熟的外表和气质。但三年前，他对于未来的规划一点也不"成熟"。当年大学刚毕业时，父亲建议他考公务员，认为儿子的性格适合走这条路。那时的石嘉却年轻气盛，一门心思打算去支教。父子俩交涉了很久，终于以父亲的让步告终。两年支教过后，石嘉决定再延长一年，这次父亲表示了反对："你们的项目本来就是两年，你教满期限，该尽的责任就算尽到了，该为以后做打算了，为什么还要再多教一年？"

那次为了说服父亲，石嘉把两年支教的日常点滴写成文字，配上学生们手写的信和卡片，上面满是对自己的感谢与祝福、希望自己能留下来的愿望，把它们一同做成PPT文件，给父亲发了过去。整理的过程也是回忆，回忆两年的支教生活；这回忆反过来又坚定了延长支教的决心。

无论是选择支教还是延长一年，原因都一样：为了学生，为了和自己一样的农村学生们。

教师办公室窗外是一望无际的连绵青山，山谷中云海翻腾，与压在山头的云朵难分彼此。石嘉所在的栗树乡海拔1700多米，学校又建在十几层楼高的半山腰，周围经常云雾缭绕，从山脚的街子远远望去，栗树中学仿佛建在云端。后来的支教老师把这里叫作"天空之城"。

这里又是距云县最远的一个乡。石嘉自己就是农村学生，位于湘西怀化的老家已经算偏远，这里却更甚。每天进出山只有两趟大巴，去一趟县城要四个多小时的车程，去临沧市则需要六七个小时。石嘉每逢走山路必定晕车，只要一发车，胃里就翻江倒海，长途车走上一路，他趴在车窗前吐一路。其他队友和他开玩笑：你上车前什么也别吃，反正肯定都要吐出去。之后的两年，除非必要的理由，石嘉都尽量避免去县里。

可他也记得第一次来到学校，自己的目光越过到处施工的校园、遍地黄土的操场，投向四周的青山和云海，旅途的疲惫、晕车的痛苦顿时一扫而空。石嘉一向自认为适应能力很强，也早习惯了对万事都不抱过高的期待，他相信自己能坚持下来。

以及，向父亲证明自己的选择是正确的。

石嘉支教的那一年，栗树乡各所小学迎来毕业生的大年，初一每个班都将近70人，学生们把教室填得满满当当，一个双人桌、两把椅子要挤三个学生。有的学生嫌太挤，坐一会儿之后干脆站着听讲。一间宿舍最多要住20多个学生，每张床挤两个学生，一套上下铺的架子床要睡四个学生。学校本就匮乏的师资因此显得更加捉襟见肘，石嘉这批支教老师刚来报到，他和另一位男老师就被任命为班主任，这让教学经验匮乏的他倍感压力。

后来他才知道，这种现象叫"义务教育大班额"，2010年后格外突出：随着中国城镇化进程的加快，流动人口不断涌入城区，城市学校变得压力空前；乡村地区则经历了"撤点并校"，许多小规模学校被取消，纷纷并入当地中心校。这些都导致中国公办学校的学生人数剧增，班级人数远超额定人数。到了2021年，这种现象基本消除，据教育部网站的信息，小学大班额比例从14.0%降至0.7%，初中从28.3%降至0.7%，普通高中从47.8%降至4.8%。

班里不少学生体质差，隔三岔五就有人生病。他们从小就没养成良好的生活习惯，总是喝生水，石嘉只能每天自己烧开水灌进暖瓶、放在办公室，在班里不厌其烦地强调喝生水不卫生。后来他的队友募集到资金，为学校购置了一台大型净水器，但仍有不少学生习惯继续喝生水。他们又嫌食堂做的饭菜难吃，每顿饭宁可另花钱去买辣条和泡面，营养自然跟不上。

这也让石嘉想起自己的中学时代。那时，年少的他和其他同学每个月都要背着米上学，由学校的食堂统一煮饭，大部分时候都只能以干菜佐餐。许多年后他成为教育部的公务员，才知道对十几岁的学生来说，这样的伙食会直接影响大脑和身体发育，也会导致注意力、理解力变差，即便学习再刻苦努力，成绩依旧不理想。

那时，《农村义务教育学生营养改善计划》已推行多年，截至2021年底，这项计划已惠及学生3.5亿人次；据中国疾病预防控制中心监测数据，从2012年到2021年，计划实施地区男、女生平均身高累计增量为4.2厘米和4.1厘米，平均体重累计增量为3.5公斤和3.3公斤。石嘉也更深刻地意识到了这项计划的意义，在他看来，那些营养午餐搞得好的学校，学生成绩绝不会差。

开学不久后的某个夜晚，班里的一个女生匆忙敲开石嘉的房门，报告说同铺的班长阿菲得了急病。石嘉火急火燎地冲进她们的宿舍，顿时吓了一跳，躺在床上的阿菲面色惨白、双眼浮肿，呼吸也急促，根本不能动弹。石嘉来不及叫其他老师，赶忙背起她去看病。

卫生院在山下，学校在半山腰，宿舍楼则建在更高处，夜晚的山林漆黑一片，只有教学楼闪烁着星点光亮，映照着蜿蜒的石阶路。别的学生举着手电在前面照亮山路，石嘉背着阿菲一步一步迈下石阶，既想快走又不敢走快；阿菲个子高，石嘉只觉得她分外沉重。耳边是学生的急促喘息，石嘉的心也猛跳不停。夜风吹过，黑暗中满山林木窸窣作响，额头渗出了冷汗。这段十几分钟的山路，从此成为他一生中走过最漫长，也最惊心动魄的一段路。

山下的灯火终于遥遥在望，石嘉一鼓作气加快脚步，背着学生冲入卫生院。阿菲打了一整夜吊瓶，石嘉也在她床前守了一整夜，担心学生能不能抢救过来。还好阿菲的呼吸很快平稳，石嘉这才悄悄放下一直提着的心。曙光穿过窗帘的缝隙，投到病床上，沉睡中的阿菲脸庞有了血色，醒来后，她完全恢复了正常。石嘉后来才知道，学生有先天的心脏问题，之后的三年里也不时发作，但并没有生命危险，石嘉自己也学会了如何应对，再没有第一次那样慌张。

阿菲的家长赶了过来。昨夜石嘉把阿菲送到卫生院时已经很晚了，路更不好走，石嘉征求了校长和阿菲本人的意见后，没有立即通知他们，天亮后才打了电话。来的是阿菲的爷爷，父母都没有来。石嘉没想太多，以为阿菲的父母和其他农村家长一样，也在外地打工。他们向老师道谢，把阿菲接回家休息了两天。

那次之后，阿菲在周记里陆续向老师吐露了许多心事，石嘉同样在周记本上与学生进行文字交流，才得知她的父母都已不在身边了，家里只有爷爷奶奶和弟弟。又一个周六的晚上，阿菲突然打来电话，告诉老师，奶奶生了病，爷爷陪着她到县里治病去了，晚上自己一个人在家有些害怕，她问石嘉："老师，你能不能给我讲个故事？"

石嘉被这个请求难住了，搜肠刮肚想了一阵子，才在电话里磕磕绊绊讲了个故事，又和阿菲聊了很久。学生最后说："老师，你知道我为什么要给你打电话吗？因为我觉得你长得像我爸爸。"

那一刻石嘉愣住了，直到挂下电话，各种滋味才一同翻涌上来，他说不出心里是好笑、感动还是辛酸，唯一清楚的是，以后一定要加倍关爱学生们。他拨通了父亲的电话。

父亲起初并不认可儿子支教的选择，但后来还是表示了支持，每次石嘉求助，总会毫不犹豫地伸出援手。他当了一辈子老师，还做过校长，教学经验和管理经验丰富得让儿子望尘莫及，石嘉每次在教学或班级管理中遇到难题，都能从父亲那里找到解决办法。父亲还在自己教书的学校募集了一批图书寄给儿子，石嘉利用它们在班里办起图书角，后来又依托县里给学校配的各种图书，在学校办起了图书室。

这次，石嘉求助的内容是联系笔友，他希望让栗树中学的学生与父亲的学生互相写信，为他们找到沟通交流的渠道，也可以开阔眼界。父亲没有推辞，再度出马，把儿子的想法在班里宣布，学生们反响热烈。相隔千里的两个不同班级，一个在云南的乡村，另一个在湖南的县城，一个初二，另一个高二，从此靠书信联结到了一起。阿菲和石嘉父亲班上的一个姐姐结下了深厚友情。多年之后，那位姐姐即将研究生毕业，还特意去云南看望阿菲，此时她已在家乡搞起了农产品创业。

支教第三个学期结束，石嘉就向父亲提出，准备多支教一年。那时的乡村学校，辍学是普遍现象，许多学生因学习基础差、跟不上学校的进度而不肯继续读书，十几岁就离开学校、进城打工，"控辍保学"政策的力度也远比不上后来，老师们对于学生的辍学往往无能为力。初一的一年里，班里、年级里的学生逐渐流失，拥挤的教室慢慢变得宽敞，等到初二开学，全年级刚入学时的五个班已拆分重组，变成了四个班。那些辍学的学生，至今还让石嘉无法释怀。

他还记得，第一个离开的学生是阿证。学生什么都好，对老师有礼貌，在班里人缘也好，其他同学有什么事都愿意帮忙。有一次大扫除，阿证伤了脚，石嘉劝他去医院包扎，他摇摇头，简单清洗了一下伤口，仍然健步如飞地去倒垃圾。阿证唯一的缺点就是不爱学习，石嘉给全班布置作文，只有他不肯写，推脱说不会。石嘉允许他周末在家写，周一回来，还是只交了潦草的一两百字，在作文里说自己想当宇航员，石嘉不知这是不是他自己写的。

听到阿证说出"老师，我不想上学了"时，石嘉的心猛然揪紧。他尽力平静地问学生为什么要辍学，阿证告诉他，父亲出门打工，好几年都没回来，自己想去找他。石嘉了解到，学生的母亲也不在家，家中只剩一个还在读小学的妹妹，他劝阿证："你从没去过城里，那么远的路，去哪找你爸爸？"阿证神色坦然："没事，我慢慢找，总能找到的。""你妹妹怎么办？她还那么小，你要是走了，妹妹一个人在家怎么办？""她也不想上学了，再说她也可以自己照顾自己，在家煮白菜和豆子吃。"

石嘉不知道自己还能说什么，他又劝了很久，阿证依旧态度坚决。无可奈何的石嘉最后只能送给他一本书，劝他今后无论怎样，都要照顾好自己和妹妹，对生活充满信心。阿证转身离开，留下石嘉独自站在走廊上伤心了许久，校园里空空荡荡。

阿军的辍学同样让石嘉五味杂陈。那次晚自习，他来找石嘉："老师，你教育我不要打架，要好好学习，我觉得说得都对，我好久没打架了，但是今天晚上我一定要去，我弟弟受了欺负，我必须替他出头！"石嘉劝他不要冲动，自己可以替他去协调，阿军断然拒绝："我们有我们的'规矩'，老师你放心，我不会给你添麻烦，这一架打完，我就不读了。"石嘉好说歹说，那一晚总算把阿军安抚了下去。几天之后，就在他以为学生已经安下心来的时候，阿军还是突然从学校消失了。

诸如此类的经历经常让石嘉心情低落，然后就是自责。出身农村的他不是不知道乡村学校的高辍学率，支教前他一直把电影《一个都不能少》奉为圭臬，希望自己能像魏敏芝那样，留下每一个学生。这也与他从小到大的见闻经历有关。父亲当年靠着烧炭挣来高中的学费，高考差几分没能考上大学，只读了师专，几年后硬是一边教书一边自学，通过成人高考重新考上了湖南师范大学,几乎是全村第一个大学生,自己则是第二个。

石嘉清楚地知道,对农村孩子来说,想要生活得不那么辛苦,读书几乎是唯一一条可行的途径。他实在不希望学生们辍学,却不知怎样才能留住他们,如今他才明白,人生不是电影,不会有那么多奇迹。

这种纠结心境,直到遇上学生阿荣才有所转变。阿荣个子很矮,成绩一般,在班里毫不起眼,石嘉之前并未过多关注过他,直到有一天他买来字帖给学生们练字,阿荣交上来的字帖让他眼前一亮:通篇字迹工整、卷面干净。石嘉特意送了他一支钢笔和一瓶墨水,鼓励他继续好好练字。从此,阿荣无论听课还是练字都格外积极,期中考试更是从中游一下跃居全班前三。

这让石嘉喜出望外,没想到自己的随手之举能收获那么大的成效。他的惊喜不仅在于阿荣的改变,更在于对教学有了新的认识:以前自己总觉得,只有挽回那些"问题学生"才算成功;如今却意识到,那些不起眼的中等生才是学生当中的大多数,他们各自都有潜力,只是一直缺少激励和关心,自己如果能把更多精力花在中等生身上,必定会取得更大的成果,从此他开始更加关注这个群体。

学生阿勇在原来的班级号称"四大金刚"之一,初二时因班级重组分到了石嘉的班上。有一次石嘉在走廊里巡视,路过自己的班级,正好看到他和阿军合戴一副耳机,在座位上四仰八叉地坐着,一只脚还挑衅地放到课桌上。石嘉顿时气不打一处来,把阿勇叫到办公室批评了一通。

出乎他意料,阿勇既没有顶撞自己,也没有满口答应却心不在焉。石嘉从学生的神色语气中察觉到,自暴自弃只是阿勇的伪装,他内心深处其实也想学好。石嘉悄悄改变了策略,主动缓和语气,和阿勇聊起天,问他的家庭、对未来的打算。阿勇说,以后想让家人过得好一点,只是自己成绩太差,怎么拼命也跟不上了。石嘉赶忙鼓励他,劝他先从最简单的小事做起:把字练好、和同学处好关系、不要在课上捣乱。

从此以后,阿勇开始一点点改变。初二那年,他文科的几门课程都从一二十分进步到及格,在班里的人缘也好了许多。班里有一次评选"班级之最",阿勇赢得了"改变最大"奖。石嘉后来在街子上遇到阿勇的父亲,他兴奋地告诉老师:"没想到孩子现在变化这么大。"

两年下来,石嘉班级的语文、历史成绩在全年级名列前茅。他仍不满足,学生的英语、数学成绩仍然落后,自己却并不擅长这两门科目,没法为他们补习。多年后回忆起那段时光,石嘉总是忍不住想,如果能重教一遍,自己一定会做得比那时候要好。对那些辍学学生的愧疚,对于没能帮到学生更多的遗憾,都促使他决定留下来。更重要的是,他不放心把学生交给其他老师。

这来自另一位老师的前车之鉴,她原本教初一两个班的英语,让所有学生都爱上了英语课;一年后她被调走,换了一位经验丰富的老师来接班,班里的成绩反而一落千丈,新老师忍不住抱怨,从没教过这么难教的班级。石嘉却理解那些学生,原本很喜欢的老师被换掉,所有人在感情上都受不了;他们原本习惯的教学方式一旦被改变,也必然会不适应。石嘉担心自己离开后,学生们也会有同样的遭遇,那样不仅意味着支教的前功尽弃,更会害了他们。何况开学后，他们马上就是初三，很快就要面临中考，这是决定未来命运的第一道分水岭。

那份记录支教生活、师生情谊的PPT最终打动了父亲。石嘉后来听说，父亲曾把里面的内容讲给班上的学生听，很为自己感到自豪；他也由此明白，父亲的反对只是出于关爱，希望自己能有更好的发展、过上更好的生活，并不是反对支教本身。

父亲在农村搞了一辈子教育，论起对农村的熟悉要远甚于自己；论教书育人更是比自己还要负责。师专毕业后，父亲先是在村里的教学点当老师，又去了镇上的中心小学、初中，一直做到副校长、校长，操劳到胃出血，终于把学校从全县倒数带到前几名，此后又被调至县里最好的中学，同样兢兢业业。石嘉还记得家中那只木箱，里面装满了父亲从教以来赢得的所有荣誉证书，厚厚一摞红色塑封证书皮鲜艳而夺目。

他同样记得家中那些堆积如山的书、杂志、报纸，都是父亲多年的积累。父亲爱看书也爱写作，那些荣誉证书中有不少都是参加写作比赛得的奖。受父亲的影响，石嘉同样从小喜欢阅读和写作，长大之后他才明白，这些爱好不仅给自己物质匮乏的童年带来了无穷的快乐，更开阔了视野，让他与那些城市学生相处时毫不自卑。对出身农村的孩子而言，这种精神上的财富弥足珍贵，这同样得益于父亲。

更不必提，自己一路从村小读到镇中学再到县高中，十多年来的求学之旅始终紧跟父亲的足迹，人生道路上总有父亲的身影走在前面。父亲在自己的身上打下了深深的烙印，他应该早就明白，儿子正是受他的影响、视他为人生榜样，才会做出支教的选择；他更应该明白，对于农村学生而言，一位认真负责的老师能在他们的人生中起到多大的帮助和影响。

怀着对父亲通情达理的感激，石嘉开始了第三年支教。他对这最后一年格外珍惜，心里很清楚，一年以后，学生们有的可以继续读书，有的则将步入社会。无论以后过着怎样的生活，他都希望在最后这一年，尽力帮他们做好迎接未来的准备。

即便如此，他还是从繁忙的复习中挤出时间，为学生做职业生涯规划，告诉他们毕业后可以有哪些选择：去打工有哪些注意事项，读职校该如何选择专业，想读高中必须成绩达到多少分以上。那一年，刚好有两个朋友分别来学校看石嘉，一位是大学时的室友，同样出身农村，凭自己的努力考上了大学；另一位是初中最要好的同学，初中毕业后读了职校，后来又去打工。石嘉都把他们请到班里，请他们向学生介绍自己求学或工作的经历、心得，让学生对未来心里有数。

他也没有忽略对自己未来的规划。正是在这最后一年里，他决定接受父亲当年的建议，去考公务员。一切看起来都没变，只是和三年前相比，此时的石嘉已是判若两人。

支教以前，石嘉做事并不习惯制订过于周密的计划。高中时，他只是一门心思考大学，从未想过未来的人生道路；高考填报志愿，他只是因为喜欢计算机而选了计算机专业，之后被调剂到另一个工科专业。直到即将毕业他才意识到，以后可能从事的行业自己未必喜欢，这才开始认真思考以后要做什么样的工作。支教是他人生中第一次清醒和独立地做出重大选择，如今则是第二次。

在云南乡村度过的两年中，他想明白了很多事情。作为支教老师，自己能影响的只有一个班的学生，但如果成为公务员，就可以为乡村教育的改善做更多的事；如果有机会参与教育政策的制定，还可以影响更多的学生。也只有国家的力量，才能从根本上改变城乡教育资源不平衡的现状。

自幼酷爱历史，石嘉最佩服的是王阳明。王阳明一生做过官、遭过贬、打过仗、讲过学，不仅文武全才，还创立"知行合一"的阳明心学，同时做到了立德、立功、立言，徐阶、张居正都出自他门下。石嘉从他身上明白了如何实现人生价值，更喜欢他那句"此心不动，随机而动"——人生选择看起来在不断变化，但只要没有忘却本心，就是走在正确的道路上。

2015年7月，石嘉结束了三年支教，与中考完的学生们依依惜别，回家后立刻投入公务员考试的备战中。按他的打算，自己的第一选择是教育部；如果没有考上，就去参加第二年上半年的地方省考，考湖南或云南省教育部门的公务员，前者是自己的故乡，后者是他支教三年的第二故乡。

这个退而求其次的选择并没有用上。2016年初，石嘉顺利通过国考，成为一名公务员。他很快就适应了新的工作岗位。中国的政府部门注重基层工作经验，大学刚毕业的选调生需要在县、村里待两年，许多干部也会轮流被派往基层挂职。只有足够了解基层，制订政策才能有的放矢，避免闭门造车，这恰好是石嘉的优势；跟领导去基层调研，他更进一步加深了对全国各地教育情况的了解。

他也和以前支教的队友们保持着联系，他们大多身处教育、公益领域，新政策出台之后，石嘉会听取他们的反馈意见。父亲更是他经常咨询的对象，石嘉常和他聊起政策的相关情况，回乡调研、写调研报告时同样咨询他的意见。

这些年来，石嘉更看到了中国农村基础教育的改变。2012年他刚支教时，栗树中学只有几栋简陋的教学楼，连围墙都没有，黄土的操场、山路只要下雨就会满地泥泞，其他的支教学校也大多是这种情形。如今学校翻修了教学楼和操场，修起了柏油路，连教室里都配上了电子白板等先进教学设施，这来自2013年底启动的"薄改工程"。截至2018年底，中央、地方财政共计投入补助资金5426亿元，全国30.96万所义务教育学校、教学点的办学条件都有了显著改善。

连学生家的生活都好了起来。支教结束几年后，石嘉和以前的学生聊天，得知他回了家，在帮父母盖房子。石嘉纳闷他家哪来的钱，学生说，国家给了他们一笔补助，又提供了一笔低息贷款，使他们这些贫困户可以把破旧的住房修葺一新。后来石嘉回学校看望学生们，其中一个孩子兴奋地说："老师，今晚你可以住我家，所有同学都能去住，我家新修的房子大得很！"

还有"控辍保学"政策。石嘉记得，四川省甘孜州石渠县是全省位置最偏远、海拔最高、面积最大的县，当地百姓以挖虫草为主要收入来源，每年四五月份虫草成熟时，当地就迎来了辍学高峰期，很多学生都被父母带到山上挖虫草。2016年，当地人口最多的色须镇成立了一支由镇村干部组成的"马背宣讲队"，骑着马前往那些不通公路、开车没法到达的虫草采挖山头，挨家挨户去宣传控辍保学政策。最犟的一个家长怎么也不肯让孩子回去上学，当地干部劝了整整三天，终于使他同意孩子回学校。截至2021年，当地21665名适龄学生全部入学，一个都不少。

其他处室的同事也讲过一个故事。2020年，全国只剩两个"建档立卡户"家的学生辍学，他们都是随迁子女，几年来跟着打工的父母辗转云南、浙江、江苏等多个省市，户籍不断变动。为了解决两个学生的辍学问题，教育部专门召集四个地区的负责人开会讨论，并做好了各自的分工。看到国家为子女上学付出的种种努力，两个孩子的父母也受到触动，支持孩子重新上学。至此，全国义务教育阶段辍学学生由台账建立之初的60多万人降至682人，其中建档立卡贫困家庭辍学学生更是由20万人全部动态清零。

从石嘉支教的2012年到2021年，十年间国家对乡村基础教育投入巨大。"特岗计划"为中西部乡村学校补充103万名教师；"三区"人才计划教师专项、援藏援疆万名教师支教等援助项目，为农村和中西部学校累计派出22.1万余名教师。"中西部欠发达地区优秀教师定向培养计划"每年为832个脱贫县和中西部陆地边境县中小学校培养1万名左右师范生，从源头上改善中西部欠发达地区中小学教师队伍质量……

这些成果让石嘉深受鼓舞，感慨之余又有些伤感，他想起自己的学生们。支教那些年，每次有学生辍学，他除了赶到学生家里、苦口婆心劝他们回来读书，并没有其他更有效的办法。直到2017年，国家提出2020年全国九年义务教育巩固率达到95%的目标，控辍保学有了法律依据，村镇干部们亲自去劝返，辍学现象才大为减少。石嘉总忍不住设想，这项政策如果早几年实施，学生们也许就能拥有完全不同的人生。

辍学之后，阿证、阿军仍和老师保持着联系。阿证离开一年以后，石嘉去县里开会，接到他的电话，得知老师在县里，赶忙过来找他。一年不见，阿证长得又高又壮。他告诉老师，自己现在在工地上打工，在山里采甘蔗、采核桃、采茶，有什么做什么，石嘉请他吃了饭。阿军则去浙江投奔了舅舅，跟着他出海打鱼，一去几个月，他告诉老师，现在的工作比读书辛苦得多，但自己已经走到这一步，只能坚持下去。

让石嘉感到安慰的是，学生们至少认可自己。支教结束时，师生共同离开栗树中学，告别的话说了又说，学生们这才陆续被父母接回家。最后走的是阿勇，石嘉把自己的许多书送给了他，阿勇把它们捆到摩托车后座，这才抹着眼泪跨上摩托车，绝尘而去。

在石嘉发给父亲的那份PPT文件中，还有学生写道："你用你的青春换来了我们的成长，就像蒲公英把自己的美丽献给这黑黑的泥土；我们却离开了你，飘向遥远的边疆；你播下的种子，我们会带到世界各地。"

石嘉把这封信珍藏至今。他知道，每个人的人生都属于他自己，自己无法替学生选择走哪条路，正如父亲不能替自己做决定。但他相信，不管有着什么样的人生，只要仍保持着良善，学生们的生活就不会太糟；而自己除了做好本职工作，还会继续关爱和帮助他们，正如自己向父亲求教，他都会毫不犹豫给出建议那样。

王阳明的另一句名言，被他一直记在心里：此心光明，亦复何言。

拥抱不确定

每次提及自己的工作，李薇薇都喜欢说，这是一份有底线、无上限的事业。

在美丽中国，她如今的头衔是首席运营官，负责支教项目的整体规划和运营工作；她也是从一毕业就加入机构，此后再没离开过的寥寥几人之一，工龄超过十年。与当年刚支教时相比，李薇薇无论外表还是衣着几乎都没有变化，留着利落的短发，戴眼镜，平时喜欢穿T恤或格子衬衫，说话语调平稳和缓，符合所有外界对理科生的刻板印象。对于最初的支教经历，她的记忆也仍然历久弥新。

时光倒退回2011年。以那一年为界，李薇薇的人生被分为截然不同的两段。之前的那段属于实验室，日常生活被仪器、数据、化学分子式填满。那时她的身份是上海交通大学一名药学专业的研究生，未来职业也很确定：毕业后在某家药企或研究所就职，从此沿着既定的职场轨迹走下去。她从没想过自己能和公益领域产生交集，直到在某次双选会上无意间瞥见美丽中国支教项目的标识。

改变主意并不困难，那时李薇薇只希望能短暂摆脱按部就班的生活，支教在她眼中更像是间隔年一般的存在，觉得花两年时间去做一件不一样的事,也是人生的一份宝贵财富,大不了以后再回归原有的轨迹便是。

十几年过去,她再没有回去,也并不为此后悔。

大寨中学位于临沧云县,与同在云南的家乡澄江直线距离不过270余公里,可李薇薇每次启程去学校,花费的时间都比前往上海读大学更久。昆明和临沧之间有飞机航班,但机票对支教老师来说实在昂贵,大多数时候她还是选择长途大巴,每次先坐七八个小时的车抵达云县,再坐两个小时到达学校,几乎一整天都花在路上。后来成为项目主管的许多年里,她更是像一只候鸟,在云南和广东的不同乡镇间奔波往返,每个月都有很多天在旅途中度过。

她还记得第一次来到支教学校,迎接自己的是山谷中三栋旧楼围成的小小校园,每栋楼只有三层。学生们在水泥操场上追跑打闹,没有统一的校服,各种颜色式样的衣裤看得人眼花缭乱,学生的肤色倒是一样的黝黑。

学校仓促搭建了几间平房,早来一年的何流、张强住在那里。李薇薇比他们略为幸运,校工在教学楼底层的一间教室打上隔断,算作她和队友汤乐思的宿舍。每天早晨七点,头顶都会准时响起学生们跑去上早自习的步伐,伴随整栋楼的震颤,不用闹铃就足以把她吵醒。课间更是没一刻安静,李薇薇因此每天都要经历十多次"地震"。

支教的第三个学期,学校才开始修建新教学楼,生活上最大的难题是停水。有限的水源必须优先保证施工,于是整整一个学期,支教老师们所在的平房区域都时常停水。他们买来澡盆一样大的桶用来存水，又把二三十米长的水管接到操场另一端的水龙头上。学校附近的一家小餐馆成了他们的浴室，去那里吃饭经常向老板借用卫生间洗澡。周末家访时，李薇薇还会拎着一整袋攒下的脏衣服，向学生家借用洗衣机。她还亲手改造了卫生间的进水管道布线，用玻璃刀在窗玻璃上开了个口，以此降低管道高度、增强水压，总算能让大家偶尔在这里洗一次澡。

好在相比教学上取得的成果，生活上的不便也不算什么。两年来，李薇薇所教班级的物理、化学成绩屡次位列年级第一；和何流、张强在课余时间设置了不同学科的答疑时间，每位老师轮流负责；和在广东支教的老师合作，帮各自的学生建立笔友关系，通过书信交流相互激励，了解彼此的生活环境；为班里募集到一批字典，班里表现出色的学生可以靠积累分数换得它们一段时间的使用权。支教第二年的暑假，李薇薇又邀请母校的一些学弟学妹来到大寨中学，举办了为期一周的夏令营，也为学校带来一批体育用品，以及提供给优秀学生的奖学金、文具。

对学生的日常管理更是重中之重。李薇薇牢记何流和张强的告诫：对于特别"跳"的学生，不要一味批评。这种学生好面子，在意同学们的看法，老师需要发掘他的闪光点，先当众予以肯定，再注重引导，才会打消学生的抵触情绪，使之信服老师。

九年级有一段时期，学生当中流行玩"臭屁弹"。李薇薇的化学课上，有学生偷偷捏开一颗，仿佛臭鸡蛋散发出的恶臭气息瞬间在教室里弥漫，学生们无不皱眉捂鼻，纷纷抄起课本扇风，偷笑、起哄、抱怨不一而足。李薇薇没有动怒，若无其事地打开窗户再回到讲台前，用调侃说："天天就知道捣乱，你们知道自己释放出的气体是什么吗？臭鸡蛋的气味大概率是含硫化合物。"转身在黑板上写下"硫"字及其元素符号"S"，又讲解起这类化学成分的危害，最后一语双关："你们真是，连'屁'都不知道。"一阵哄笑，臭气也变得稀薄，教室里恢复了安静。

调侃归调侃，李薇薇仍然会一再向学生强调课上和课下的区别。在她的课上，学生们要通过喊口号来增强仪式感，"上课""起立""老师好"之外，她还额外增加了"我要学习"之类的口号，定期更换。每次上课铃响之前，她都会看着表提醒学生进教室；铃声一结束，学生就要在座位上坐好。如果有人迟到，就要在课后罚抄课文、知识点。

老师自己同样严格遵守规定。支教两年，李薇薇只有一次上课迟到。当时何流找她谈工作，一时忘了时间。听到上课铃响，李薇薇如梦方醒，顾不上埋怨何流，掉头就以百米冲刺的速度匆匆赶向教室。刚一进门，教室内立即炸开锅，学生们众口一词的喊声紧跟着刚停息的铃声："老师迟到了！罚抄，罚抄，罚抄！"李薇薇无可奈何，苦笑着来到讲台前："你们来说，罚抄什么？"学生七嘴八舌讨论起来，最后决定罚老师抄《桃花源记》，那是整本语文书最长的课文之一。李薇薇毫不含糊一口答应，当天上完课回到宿舍，立刻把这篇课文抄了三遍，第二天就交给班里的学习委员审阅。

只要不是上课，师生相处又是另一种画风。李薇薇允许学生们课下不叫"老师"，对自己的称呼从直呼其名到"薇姐"，任何叫法都可以。课间，学生们可以聚在讲台前，随便玩李薇薇带来的物理化学器材，和老师说笑打闹。中午在食堂排队打饭，李薇薇忙着备课又不好意思插队，会把饭碗递给排在前面的学生，请他们帮忙打饭。师生们还经常并排坐在教室外的阳光下吃午饭，学生会疯抢老师带来的豆腐乳，李薇薇也偶尔会从学生碗里"抢"走一两口菜。

饭后，师生们有时会一起打羽毛球，操场的另一头则是何流在带着男生们玩飞盘；有时则会共同分享零食，学生们负责从小卖部买来腌酸木瓜、芒果芽、滇橄榄，李薇薇提供单山蘸水（辣椒粉）。师生们常常一边吃着零食，一边聊着班里和学校的各色八卦，不时被木瓜条酸出眼泪。后来李薇薇养成习惯，自己的课如果是在下午的第一节，就会在上课前先吃一片酸木瓜，满口的酸辣能让她立刻清醒，比喝咖啡还管用。等到铃声响起，整个教室重又安静，李薇薇的脸色也会再度严肃，"薇姐"迅速切换回"李老师"。

那时学校没有为支教老师统一安排办公室，老师们都是各自在宿舍办公，白天也很少关门，李薇薇的宿舍常常门庭若市，拥挤着来找老师问问题、聊天的学生们。阿茵、阿芳姐妹是经常来宿舍的学生之一，李薇薇最初是从张强那里得知了她们的家境。一个周六的傍晚，消失了一天的张强拖着疲惫的脚步回到学校，说起当天的经历：他跟着阿茵、阿芳去村里家访，她们家的大人都外出打工，姐妹俩年纪相仿又在一个班，因此每周结伴往返，周末也只能自己搭伙做饭。

李薇薇和汤乐思帮姐妹俩联系到了资助人，又带她们去办银行卡、设置密码，教会她们如何取钱，再一步步教她们注册电子邮箱，与资助人定期写邮件交流，这保证了她们顺利读完初中乃至高中。后来李薇薇才知道，师生之间的多年缘分从那时就已开启。

周末是和学生们加强联系的重要时刻。只要有时间，李薇薇就会约上几个学生，或是去周边的山林里远足，或是去家访。每次前往学校周围的一个村，一次性走访完当地所有的学生家。这样的家访前半段像是郊游，后半段往往演变为聚会。老师、和老师同行的学生、村里的学生聚在一起，总会让安静的村落变得像"街子天"（赶集）一样热闹，原本拥有各自小圈子、互相隔阂的学生们也更加了解和熟悉彼此。

记忆中最隆重的一次家访发生在一个冬天。李薇薇带着家住镇上的几个学生去官房村的学生家，那是离学校最远的村子。为了避免学生家破费，他们提前买好米线和辣酱准备充作午饭，卖米线的大妈听说目的地，一脸的不可思议。师生们不以为意，一大早就雄赳赳气昂昂地出发了。

途中，学生不断保证："我家不远了，翻过这座山就到。"结果走了一个又一个小时，翻过一座又一座山，依旧前路漫漫。李薇薇想起课文："在山的那边，依然是山。"即便平时热爱户外运动，此时她也觉得自己的体力就快要到达极限，很快就落到队伍的最后。学生们起初还对老师大加嘲笑，可是到了最后，所有孩子也都人手一根树枝充作拐杖，弯着腰、喘着粗气闷头前行，再没了说笑的兴致。

经过四个小时的翻山越岭，师生们终于在正午时分到达官房村。刚靠近学生家的小院，李薇薇便隐约嗅到一股腥味；迈入院子，更被眼前的一幕所震惊：一头肥大的白猪趴在桌板上，粗长的鼻子正对着自己，刚褪掉毛的光滑身躯在阳光下白得刺眼。李薇薇这才想起，按当地的风俗，已经到了吃杀猪饭的时节。

为了招待老师一行，家长特意选在自己家访这天宰杀了自家的年猪。

不大的小院里很快挤满了人，除了师生们，还有学生家的亲戚、同村的邻居。方言的谈笑从四面八方响起，已宰好的年猪被大卸八块，一块块红白相间的鲜肉摆放在芭蕉叶上，每家都分得一大块，好像在举行某种古朴的仪式。每到年底，村里的各家各户都会轮流杀猪、互相款待，剩余的猪肉则腌制风干，就此吃上一整年。这一习俗足可追溯到久远的农耕时代；而一顿杀猪饭，也是家长对老师力所能及最隆重的招待。

炭火燃起烟尘，苍蝇纷纷被熏飞。李薇薇吃着烤猪肉，眼眶有些湿润，家长不善言辞，往往是老师问一句才会答上一句，可李薇薇仍能感到，他们把对孩子的期望交到了自己的手上，这份信任无比沉重。

那次，她了解了学生家的基本情况，和家长聊完孩子在学校的表现，给他们照下一张全家福，饭后便匆匆踏上归途，即便如此也是天黑才回到学校。躺在宿舍里，李薇薇只觉得浑身都快散架，一个念头反复在心头盘旋：山里的学生真的太不容易了，这样的路自己走过一次就再也不想走，可这些学生每周都要这样来回往返。城里人无法想象，山里学生连去上学都会如此辛苦。

支教进入第二年，学生们升入九年级，上届队友何流本该结束两年支教，此时主动留下来，准备把学生带到毕业。李薇薇则除了八年级就在教的物理课，又多教了一门化学。在此之前，只有学校的骨干教师才能教毕业班，校长同意支教老师来授课，既是基于支教老师们过往的教学成绩，也是对他们本人的信任。

那一年，李薇薇除了继续和停水停电断网作斗争，其他几乎所有的时间都围着备战中考在转，连寒假都在继续研究考题。她绞尽脑汁，将一个个知识点掰开揉碎，用各种通俗易懂的比喻让学生理解那些抽象的科学概念。讲电流时，她打了"一群人去爬山"的比方：每个人都好比一个电荷，当他们组队登山时，面前出现两条路，一条路途经一座大山（电压大），另一条路是小山（电压小），显然走小山的人会更多，因此电流也就更大；走大山的人会少，电流也就更小。

也是这一年，她陷入了前所未有的矛盾心情中。面对满教室埋头苦读的学生，李薇薇比所有人都清楚，他们会在一年之后各自迎来什么样的道路。她知道哪些学生凭借现有的功底可以顺利考上重点高中，哪些学生只要这最后一年拼一拼就还有希望，又有哪些学生无论怎样努力也无法有所突破，未来的出路仍然是去打工或务农。自己对此无能为力，职责所在却又不得不继续带着他们拼命复习，这是否在做无用功？又是否在浪费学生的生命？可如果不这样，怎样做才能真正帮到这类学生？好在这一年繁重的教学工作使她顾不上太多思考和纠结，她唯一确定的是，不能因为自己使学生中考成绩受到影响，丧失一次选择人生道路的机会。

2013年夏，李薇薇陪伴学生们参加完中考的最后一门考试，便与何流、汤乐思共同结束了支教。其他行李都已提前寄回家里，离开时她只背了一个双肩包，轻松得仿佛又一次放暑假，只是心里清楚，下次再回大寨中学不知将是何时，大部分学生也很难再与自己相见。

终日喧闹的校园如今空空荡荡，不见一个学生。李薇薇特意挑了这个时刻悄悄离校，既是不喜欢招摇，也是不习惯离别时泪如雨下的伤感场景，更希望学生能以平常心看待人生中的聚散。

可是登上去云县的客车之前，她还是被两个学生拦住了，是阿茵、阿芳姐妹。两个女生神色腼腆："老师是不是要走？我们有好多话想和老师说，只是不好意思当面讲，所以给你写了信。"说着递上两个信封。李薇薇收下它们，向姐妹俩道谢和道别，登上农村客运，在车上打开信读了起来。

学生各自在信中对老师表达了谢意："我本是一个平凡的女孩，上初中以后认识了你和张强老师，是你们让我变得更加自信。要不是有你们在背后鼓励着我，我想考上好的高中根本不可能。"更对李薇薇帮她们联系资助人念念不忘："虽然我们每次都会去烦你，去你的房间里发邮件，但你也不会觉得我们烦，还耐心地教我们，让我们学会了很多。"

"老师，不知道以后是否还会遇见你呢？"阿茵写道，"说真的，你就要走了，我还是很舍不得的。我们虽然相处得少，但我觉得你就像我的大姐姐一样支持着我。我希望在以后，我也能像你们一样去帮助更多困难的人。"

泪水到底还是模糊了李薇薇的双眼。无论自认为如何理性，此时她都无法在这些话语面前保持淡定。两个女孩并不是她自己班的学生，李薇薇和她们的往来大多只是为了对接资助人、做些课外辅导；她更觉得，自己只是学生们一生遇到的诸多老师当中最普通的一个，只有两年的支教也远比不上当地老师们十几年如一日的坚守。可她还是没想到，那些对自己而言不过是举手之劳的小事，学生们却连细节都记得如此清楚。原来两年间自己的每一份真心付出、点滴关怀，学生们都看在眼里、记在心上。

两封信被李薇薇珍藏至今。每到工作不顺利、心情低落的时候，她会重读它们，仿佛从中汲取了力量。

中考成绩公布了，全班有将近十个学生考上当地最好的临沧市一中，另有十几个学生考上云县一中。在那一年的大寨中学，这样的成绩足以让支教老师们骄傲。三年后，阿茴又考上了云南财经大学的财务管理专业，那年秋天她回到大寨中学，与何流、李薇薇重逢，也向母校的学弟学妹们讲述当年与老师相处的种种瞬间，回忆鲜活得仿佛来自昨日。

从下届队友杨悦那里得知学生中考成绩时，李薇薇已回到上海，此后又去了北京和广州。她在这些大城市中见了许多曾经的朋友和同学，既是和他们分享自己的支教经历，也是了解他们如今的生活现状、未来的工作前景，也好为自己接下来的求职做选择。

此时她对工作的态度已经和两年前不同。重新回到最初的人生规划、找一份专业对口的工作，自然显得更加切实可行，可李薇薇仍然犹豫不决，内心深处似乎总有个声音在问自己：这是你真正想要的吗？相比当年决定支教时的轻易，这一次做决定之前，她经过了漫长的思考。

她想起刚选择支教时的情景。那时自己对美丽中国知之甚少，与其说见到的是一个支教组织，不如说首先遇到了一群人，一群既有理想又能做事，还很有趣的人。在大寨的很多个晚上，自己都和何流、张强等队友们在烧烤摊讨论着中国的教育、农村的现状、学生的出路等话题。她喜欢这些队友，也喜欢美丽中国这个团队。

学生们更不用说。支教时的某个周末，自己和隔壁班一个出了名的"问题学生"一起去捉鱼。师生需要蹚水过勐麻河，学生挽起裤脚、脱下鞋提在手里，"哗哗"蹚了过去。李薇薇怕脚被石头划破，没有脱鞋，穿着鞋小心翼翼地走着。刚走到河中央，她就看到学生上了岸，手脚利落地捡来不少枯叶、杂草和树枝堆在岸边，又从衣兜中掏出随身携带的打火机，生起一簇小小的篝火。李薇薇不明所以，正准备开口提醒他不要引起火灾，学生却隔得老远叫道："老师，上岸后拿你的鞋来烤一烤！"

小小的火苗跳动着，学生提着鱼篓再次下河，把鱼篓沉入水中，神情专注地盯着流动的河水，阳光洒在涌动的河面，仿佛无数片碎金在沉浮。李薇薇赤脚坐在岸边，看着他的一举一动，心头很感慨，喊了一句："你还挺知道关心人嘛。"学生扭过头，看着老师嘻嘻笑了，笑容中满是得意，也有一丝羞涩。这还是他为数不多得到老师表扬的时刻。一起回去时，学生提着还在滴水的一篓小鱼满载而归，李薇薇重新穿上烤干的鞋，分外温暖和干爽。

那时李薇薇就明白，任何学生都有自己的闪光点，哪怕是那些最"跳"的学生，只是这些闪光点大多被"唯成绩论"的单一评判标准所掩盖。教毕业班的那一年，她最大的遗憾也是没能对这样的后进生给予学业之外的更多帮助。他们最需要的也许不是成绩的提高，而是树立未来的人生理想，明白自己的优势与不足，这样无论是读职高还是去打工，至少能怀着明确的目标去创造未来的生活，并不是只有考上高中才算成功。

期待着能有机会去弥补遗憾的同时，李薇薇也意识到，支教改变了自己。支教前，自己每天埋首实验室，头脑中更多的是数据和公式，思考问题、为人处世也纯然是理科生的思维。两年来和学生的朝夕相处则让自己多了一些感性，也使如今的自己更喜欢和人打交道，更能在这一过程中感受到内心的充盈；也只有从事这样的工作，自己才能获得源源不断的精神动力。她最终选择留在美丽中国作为全职员工，继续扎根教育公益领域。

之后的十年间，李薇薇先后担任过广东汕头、云南楚雄、云南丽江的项目主管，还有云南的区域总监，如今是美丽中国的首席运营官，全面负责支教项目的整体规划和运营工作。必然伴随这些工作的，还有繁重的压力、无法预料的种种困难、周围人的不解目光，以及奔波动荡的生活。

2014年、2015年两年，美丽中国拓展了许多项目地，李薇薇当时和另一名项目主管杨立一起负责支持楚雄、丽江两地共十所学校，许多学校相距遥远，每次访校都充满挑战。为了尽量节约时间和交通成本，她重又发挥自己的理科特长，周密设计了访校路线，途中更搭乘过各式各样的交通工具，使之成为美丽中国历史上绝无仅有的"海陆空"式访校。

那段时期，李薇薇的手机里存满了村里面包车司机的电话，以便每到一地都能及时联系到用车。每一次访校，李薇薇和杨立都要从位于楚雄市区的办公室动身，先前往楚雄州下辖的大姚县，走访位于县城内的两所项目学校；再由此乘车，逐一前往铁锁乡、桂花镇，直到位置最偏远、距离县城七个小时车程的湾碧中学和小学；再从湾碧乡坐船抵达对岸的丽江市永胜县，又改乘农村客运，坐一整天的车抵达宁蒗县，再坐近两个小时的车抵达全程的终点——泸沽湖，几乎每次到达时都是夜晚。次日她们才能走访当地的两所小学，之后又要掐好时间赶往泸沽湖的机场，搭乘这里隔天一飞的航班回昆明；最后再搭乘汽车或火车，才能重新回到楚雄的办公室。每一次访校都要用去半个月左右的时间，与之相比，当年前往大寨中学的行程已经算容易的了。

整条路线最刺激的一段，是从大姚县湾碧乡到对岸丽江市永胜县的那段水路。两地中间隔着一条金沙江，没有固定班次的客船，只有一些小快艇往返。李薇薇和杨立通过当地老师要到快艇船家的联系方式，提前谈好时间和价钱，十几分钟就能过江。马达声回荡在江面，船头劈开江水，白浪涌向两侧，偶尔会有飞沫溅入舱中。如果刚好赶上冬季，江面上更是寒冷，两个女生只能蜷起身体，裹紧羽绒服，压低兜帽，尽可能把自己包裹得严严实实，却还是不免被冻得瑟瑟发抖。

若干年后，美丽中国基于"集中连片"的布局规划，调整了一些项目地，后来的选校也更加注重项目地的整体布局、项目学校之间的交通便利性，"海陆空"式访校就此成为绝响。

如今回顾那段经历，李薇薇倒是习以为常，多年来她早已习惯拥抱不确定性。支教期间，毫无征兆的停电和断网总会打乱生活节奏，起初她会为此抓狂，时间一长就逐渐适应了。后来再遇上停电，她会平静地打开应急灯或点亮蜡烛，继续备课或批改作业。汤乐思则会带着学生们走出教室,来到暮色中的操场上一起读诗。如果不用备课也没有晚自习,她还会和队友们打开手机的手电筒,在黑暗中玩桌游,靠着苦中作乐打发掉这样的时光。

而在这无数"不确定"中,她唯一确定的是,美丽中国在做的事情是自己乐意为之奋斗的事业。十余年来,工作上遇到巨大阻力时,她不是从没动过离开的念头,最后仍然选择留下。如今她已想清楚,自己不愿只是把工作当成糊口谋生的饭碗,一成不变地完成任务、得到回报,而是喜欢能激发自己内驱力、有创造性的工作。美丽中国契合了她的需求:在这里工作,既要凭良心做事,又要有更高的、几乎没有止境的追求,这就是她最爱说的"有底线,无上限"。

更重要的是,"不确定"也意味着不断的挑战和新鲜感。美丽中国支教项目成立已有十余年,无论外部环境还是项目自身都在不断变化和发展。长期与乡村学校和基层教育部门打交道,李薇薇能切实感受到,随着脱贫攻坚到乡村振兴的时代发展,乡村学校硬件方面和教师数量不足的问题已逐渐好转,但教师结构性失衡的问题依然普遍存在:专业学科教师比例失调;学科教师配备不全,缺少音乐、体育、美术、英语等专职教师;教师队伍年龄偏大,一些教师不适应现代教育技术的应用。

随着发展公平而有质量的教育,从"让孩子有学上"变成"让孩子上好学",美丽中国支教的自我定位也有了调整。早年,老师们的支教只是单纯地补充师资,如今则升级为助力县域教育高质量发展,聚焦乡村学生的核心素养提升,也关注支教老师和本地乡村教师的赋能与成长。现在的项目学校以农村小学为主,老师们帮助学校开足开齐各类课程、做好课后延时服务，也更加注重对支教老师的培养，更针对本地乡村教师开展各种培训。在这漫长的与时俱进中，所有人都大有可为。

2021年，李薇薇因为工作关系回到云县，顺道重返大寨中学。如今县城已经开通高铁，行程大大缩短，眼前的校园更是从大门、围墙、牌匾到校舍全部翻新，教室里安装了多媒体设备，广播站、图书室、实验室等功能室一应俱全，李薇薇几乎找不到记忆中的学校面貌。

美丽中国也停止了向这里派遣支教老师，李薇薇并不感到意外。如今的大寨中学，无论教师人数还是教学质量都有了很大改观，学校中考成绩更是连年名列前茅。十几年来，美丽中国就这样不断与新的乡村学校展开合作，也不断与原先的学校结束合作，从一所学校转到另一所学校，一个地区转到另一个地区，正应了支教老师当中流传的那句话："我们去支教，为的就是有一天不再需要支教。"

倒是许多学生至今与她保持着联系。阿茜如今已大学毕业，目前在昆明一家央企做财务，另几位当年考上大学的学生也大多在昆明。考上昆明医科大学的阿秀在读临床专业的研究生；毕业于昆明理工大学的阿虎选择了创业；本科就读于华中科技大学的阿洋在昆明的电力系统工作了两年，如今又回武汉读研究生；学生阿香在大学毕业后还和美丽中国的校友邵森孟成了同事，两人一起创业。常驻昆明的李薇薇会定期约学生们聚餐、进行户外活动，有时美丽中国在昆明的高校举办招募宣讲会，还会邀请学生们来分享自己与支教老师的故事。

同在云县支教的杨文强也给李薇薇讲过一个故事，那是她离开大寨中学的若干年后。那天中午，杨文强去县城一家小店吃饭，店里的女孩为他端上米线，土鸡肉堆了满碗。杨文强正在诧异，女孩主动开口发问："你是美丽中国的老师吧？"说着指了指他随身背的帆布袋，那上面印有美丽中国的星形标志。杨文强和她聊起来才得知，她是当年大寨中学的学生，李薇薇、汤乐思帮助她申请过资助，女孩至今记得支教老师对自己的帮助，也许永远不会忘记。

那一刻李薇薇突然意识到，自己和学生们都已成为彼此一生的牵挂。

时代篇 ◎ **星光同路越山海**

很多事情,并不是你完全想清楚了才去做,而是应该先主动勇敢地踏出第一步,之后边做边思考。

教育就是唤醒

罗校长敬业，办学有思路，敢说敢管，但脾气也倔。认识罗胜章的不少老师都这么说他。

脾气倔是出了名的。在南涧二中办创新试验班的时候，许多家长都来找罗胜章，想把自己的孩子调进这个班。罗胜章一概拒绝，谁的面子都不给："如果把'关系户'塞进班里，那就真的成了择优班，国家不会允许，这样更违反教育公平的原则。"

面对支教老师他却是另一番表现。当年创新试验班成立后不久，一个学生逃出学校，支教老师们找遍了附近的村镇，最后是罗胜章到处联系各村的熟人才找回来，忙了整整一夜。老师们对校长既感激又愧疚，觉得自己没管好学生，罗胜章却宽慰他们："别担心，你们来这里付出了这么多，我不会让你们背着处分离开的，有什么问题我都替你们扛着，大不了背个处分、不干这个校长了。"之后的两三年里，他还经常告诉老师们："父母离你们很远，在这里，我不只是你们的领导，也相当于你们的家长。"

年近五十的罗胜章身材清瘦，留着利落的平头、戴眼镜，有着乡村教师常见的黝黑皮肤，眉宇间颇有几分书卷气，提起过往的从教经历就仿佛打开记忆的闸门，动辄用手机写下大段大段的回忆文字。近三十年间，无论遇到多少艰难，罗胜章也从没想过离开教师行业，家人同事都形容他："不管有多难过，你一站上讲台就精神得不得了。"

走上教育这条路之前，罗胜章也没想到自己能这样。他最初选择成为老师，仅仅是因为读师范生可以免除学费与生活费。童年记忆总是与饥饿和贫穷相关，家中共有十个孩子，罗胜章最小，前面有五个哥哥、四个姐姐，全家吃了上顿没下顿是常事。但家人之间相处和睦，自己更受到兄姐们最多的照顾。罗胜章至今记得五岁那年除夕，已经结婚的四哥咬牙为他买了一条新裤子，自己穿上后开心地跑出去玩，后来才知道，前脚刚走，母亲就把哥哥叫到客厅的过道里数落他乱花钱。哥哥辩解说，小弟的裤子补丁摞补丁，实在没法再补了。

也是为了尽早为家庭减轻负担，初中毕业后，罗胜章没有考高中，而是和大部分同学一样选择了中专，报考了大理师范学校。在那里，罗胜章遇到了影响自己一生的人，班主任杨老师。她当时30多岁，为人和善，罗胜章和同学们偷偷给她起了个绰号"小羊羔"。一次学生们在操场上打闹，罗胜章喊了一声"别闹了，一会儿小羊羔该来了。"不料"小羊羔"就站在他身后，笑着问："我有那么可爱吗？"

读书期间，罗胜章得了肺结核，住院需要交押金，他没那么多钱，父母又远在家乡来不及送钱过来。罗胜章束手无策，来到洱海边散心，回到学校才得知，杨老师已经替自己垫付了住院费，还告诉他："医药费你不用管，下学期开学再说。"再次开学后，杨老师又帮罗胜章向学校申请了资助。直到今天，罗胜章依旧感激她。2022年杨老师退休，罗胜章还过去看望她。是她让少年的罗胜章第一次意识到，一位好的老师会使学生受到多大的影响。

1995年7月，罗胜章中专毕业，被分配到大理州南涧县无量乡的一所村小任教，全校只有他一位老师、23个学生。之后近二十年里，罗胜章在无量乡的几所乡校间多次辗转，教过中学生、小学生乃至幼儿生，也教过几乎所有的科目。在各校的经历全然不同，艰苦的教学生活环境、捉襟见肘的师资力量却如出一辙。

他任教过的第一所村小坐落在小山头的玉米地里，是当地政府移平废弃坟地后建起的教学楼和操场，学生们要自己动手生火做饭，一个个被烟火熏得流眼泪。上课时，村里的猪或牛经常会窜进学校的厨房，吃掉学生们从家里背来的粮食，拱坏或踩扁一只只饭锅，罗胜章上着课要不时向窗外探头，看有没有牲畜进来，这个问题直到村支书发动村民一起修围墙才得以解决。第二所村小没有宿舍，学生们只能睡在二楼的教室里，他们每晚都要把课桌椅移到一旁，在楼板上铺起稻草席、铺盖，每天起床再还原课桌椅的位置。

身为老师的罗胜章因此担负起许多家长的责任，他对学生的关爱也远不止在课堂上。国家有规定，部分贫困生可以减免课本费，罗胜章在班里统计减免人数，一个学生主动站起来："老师，我家不用免课本费。"罗胜章知道学生家一贫如洗，这样说只是要强，不愿接受资助。下课后，罗胜章找机会把他叫到办公室，取出一套自购的崭新的教辅资料送给他："这是卖教材的叔叔送给我的，我留着没用。因为你在班里主动站出来，给同学们做了特别好的示范,现在我把它奖励给你。"

在另一所村小任教时,罗胜章发现每到周五,总有好几个孩子不去吃饭;问起原因,学生们总回答:"我不饿,喝口水就可以了。"他留心观察和打听才得知,孩子们不懂节约家长给的伙食费,经常在周一、周二随意买零食,往往不到周五就把钱花光了。罗胜章定下制度:每周日晚返校后,学生要先把从家带来的钱都放在课桌上,自己逐一检查金额;周三晚自习再检查一次,看花钱是否超标;周五放学回家前还要检查一次。学生到家后,罗胜章又会给家长打电话,告诉他们孩子剩下的钱数,以防学生在路上乱买零食。一年下来,每个学生都攒下十几元钱,对当时的农村孩子而言,这是一笔可观的财富。后来美丽中国给学生做财商培训,罗胜章还受邀分享了这段往事。

在罗胜章看来,培养人是伟大的事业,但他这样的乡村教师能做的都是细小的事情:教育学生不挑食、不熬夜、衣着整洁,洗碗时节约用水,学生难过时陪他聊几句,老师能做的只有这些。可即便是这样的小事,也是教育的一部分,有可能成就学生的人生。后来在南涧二中担任校长时,他还请人在校门口的粉墙上写下校训:用伟大的心,做细小的事。

这所学校位于大理州南涧县公郎镇,坐落在无量山下。2013年8月,罗胜章被调到这里担任校长;也几乎是同时,美丽中国进驻到这所乡村初级中学,双方开启了长达十年的合作。

最初的相处远远谈不上顺利,罗胜章第一次在人数众多的县属初中担任校长,上任之初,他几乎把全部精力都放在学校的管理上,只用一年就让南涧二中的中考成绩进步到全州第四名。但代价是，他无暇关注支教老师们，陈楚、周璐蓉等第一届支教老师都有热情也有能力，提出过各种设想，却得不到校方足够的支持。

日常教学和生活也少不了摩擦，当地老师在课堂之外大多不习惯讲普通话，罗胜章开会只能讲方言，支教老师听不懂，陈楚问他："您作为校长都不讲普通话，咱们还算什么文明学校？"如今罗胜章觉得她是对的。学生有了负面行为，当地老师会加以严惩，只有支教老师不会，有的学生挨了罚，索性在支教老师的课上发泄，课堂管理一团糟。如今回忆起这些细节，罗胜章都遗憾不已，觉得愧对支教老师们。

第一批老师支教结束，罗胜章痛定思痛，决定吸取教训。2015年9月，新一届支教老师来到南涧二中。罗胜章先拉着他们包饺子，边包边聊天，新老师们的些许拘谨几乎立刻烟消云散。日常相处中，罗胜章也更加包容，明白这些年轻人正是年轻气盛的时候，又没接触过社会，很容易对许多事看不惯。对于支教老师的种种吐槽，罗胜章有时会力所能及地去改变，有时会解释原委，有时会安慰他们："这个事只能慢慢改。"但无论如何，他愿意听他们对自己发牢骚，这表明老师们信任自己。

张文烽是罗胜章最欣赏的支教老师，戏称他为支教团队的"书记"。老师们如果看不惯学校的某些做法，往往是张文烽准确推断出自己这样做的用意，甚至能代自己向大家解释；同时他又不喜欢崭露头角，很多事都是默默去做。罗胜章觉得他既有亲和力又有同理心，也比其他支教老师成熟，堪称团队中的黏合剂。

王鹏是支教团队的队长，在团队中最为活跃，经常愿意主动承担各种本职工作以外的事务，不怕辛苦也不怕被议论，只是有时会忽视别人的感受。几乎是刚到学校，王鹏就提出要担任班主任。罗胜章从他身上看到自己刚从教时的热情，又担心他只是心血来潮，没有立刻答应；直到一年后，王鹏用堪称完美的表现证明了自己，罗胜章才满足了他这一要求，后来又帮王鹏争取到了副校长的职位。这一年，王鹏25岁。

一年下来，支教老师和罗胜章关系融洽，教学能力也经受住了考验。这年暑假，王鹏、陈菲等老师还在学校发起了夏令营，学生们在物理课上自制磁悬浮铅笔、水火箭、万花筒；在化学课上穿起白大褂，戴上橡胶手套，给橙子插上电极，做"水果电池"和酸碱指示剂的试验；在美术课上绘制盘画、石头画，用谷物粘成各种图画。有学生给支教老师写信："英语课上，我变得敢说了；辩论课上，我变得敢讲了；朗诵课上，我变得敢读了……谢谢你们让我发生的改变，新学期的初三，我一定加倍努力，不负你们前来支教的目的。"夏令营期间恰逢彝族的火把节，那一晚，师生们穿着民族服饰，围成一圈跳起"左脚舞"，操场上燃起的篝火映红了夜空。

在罗胜章的记忆里，这样欢乐的场合已很久没有见到过了，夏令营种种全新的教学方式更是让他耳目一新。那一刻他更加确定，有了这样一群兼备热情、创意和能力的年轻人，新学期即将开展的教学创新必定会取得成功。

任教南涧二中这三年，学生的成绩有了显著提高，罗胜章心底依旧沉甸甸的。他明白，这样的成果靠的是一味延长学习时间、加大练习力度，代价是无论学生还是任课老师，都被繁重的作业试卷和教学任务压得喘不过气来，身心健康、兴趣发展都无从谈起，这也是中国乡村学校的普遍现状。罗胜章希望能为乡村教育探索出一条新路。

前两届支教老师也带给他许多启发。第二届的周米家此前当过企业高管，从管理角度向他提过许多建议，帮助他设计各种制度。周米家日常也从不苛责学生的成绩，而是从每个孩子自身的学习基础出发，帮助他们灵活分配学习时间、选择学习内容，日常更关注学生们的身心健康，罗胜章好几次看到他自己动手为学生们理发。那时他就觉得，无论彼此的合作顺利与否，支教老师对学生的关爱和自己是一样的，双方的教育理念也仍然契合。

看到王鹏他们一年来的种种付出，罗胜章终于正式提出设想：在南涧二中办一个创新试验班，大部分课程都由支教老师们教授，把强压式的班级管理变为师生平等相处，让学生的学习方式从被动接受灌输变为主动探究；尤其要在追求分数之外关爱学生，使学生自然成长。

这在当时算得上破天荒的设想。那些日子里，罗胜章在当地教体局和美丽中国办公室之间频繁辗转，反复陈述自己的理念。美丽中国十分认可这一想法，只是对教师人数抱有顾虑。此前每所支教学校最多只派遣四位老师，罗胜章却一口气要十位老师，这远远超出了机构的规定，由此会带来制度方面的一系列挑战。

教体局领导则担心这是一种变相的"尖子班"，还特意派人去学校做过调查。罗胜章一遍又一遍解释，创新试验班既不会择优学生，也不会择优老师，只是选择一个普通班级进行教育试验；如果不是没那么多老师，自己原本打算把这种模式推广到全校，它恰恰符合义务教育均衡发展的精神。多次沟通之后，罗胜章选择向当时新上任的副县长去汇报，还请她去实地指导了几次，果然赢得县领导的认可，县长还为此特批了五万元经费；罗胜章再掉过头来去教体局领导的办公室守了三天，终于也说服他们同意。

夏令营前脚刚结束，支教老师们后脚就为创新试验班忙碌起来。试验班被定为刚上初二的203班，它是全年级的最后一个班，师资配备本就相对独立，全部改为支教老师授课要容易得多，王鹏担任了这个班的班主任；相邻的202班则被定为"拓展班"，由支教老师和当地老师一同搭班，担任班主任的是一位非常优秀的当地老师。两个班的任课老师有很大的重合，其中还有一两名老师交叉负责另外两个班，它们被称为"推广班"。

罗胜章精心设计了这样的人员配置，它既有助于支教老师、当地老师互相交流教学经验，也可以使教学成果进一步向全年级辐射。后来，罗胜章还帮助当地老师争取到去大理接受教学培训的机会，费用均由学校承担。

2016年9月，203班的学生迎来了一次与众不同的开学日。全班师生一起来到操场做各种破冰游戏，在教室后墙的黑板上用粉笔写下班级的口号：We are family（我们是一家人）。老师们还根据学生上一年的成绩、男女比例、身高、性格等因素，把他们分为相对平均的八个组；又带领学生改变教室的布局，把课桌按组拼成一片片区域，学生们分组围坐在一起，背对黑板的学生只有听讲时才会转过身面向老师。每到上课，各组之间通过争相回答问题、小组讨论等各种竞赛的方式获取积分，积分最多的小组可以得到各种奖励。

这一新奇的模式自然吸引了全校的目光，其他班级的师生难免生出各种猜测，也有人并不看好。罗胜章每次都要在校会上强调，自己从没有特意把哪些学生安排到这个班里，所有人都看到了，学生们从初一入学就在这个班里。他更强调，203班是学校教育改革的起点，以后如果时机成熟、条件允许，就把这种做法推广到更多的班级里。

一个学期下来，"美丽中国创新试验班"交出了远超预期的答卷：无论平均分、及格率还是优秀率都是年级第一；课堂上，学生们争先恐后发言，即使成绩差的学生也在认真听讲，小组讨论中没人说笑也没人讲闲话；下课后，学生们又和老师说笑嬉闹，亲密无间，彼此团结互助，整个班级就像一个大家庭。

有学生爱在班里捣乱，老师和他开玩笑："你的好朋友在隔壁班，要不你换过去和他一个班吧。"学生坚决不干："老师我不去，我就在这个班。我以后一定好好表现。"罗胜章还记得，班里最活跃的那个男生阿斌曾在操场上制止了其他班几名学生欺负低年级同学，事后他们来203班找麻烦，几名女生立刻堵在教室门口，既不让对方进班，也不让阿斌他们出去，从而阻止了一场可能发生的冲突。

创新试验班初见成效，罗胜章和支教老师们仍不满足。他们明白，203班能取得这样的成绩，很大程度是因为支教老师本身能力强；一旦他们离开，教学成果便有可能无法持续。为了让这一模式适用于所有班级，罗胜章和老师们几经商讨，又设计出导师制模式。

这是基于学校当时的现状提出的设想。南涧二中每个班的学生人数都在50人以上，班主任很难顾及所有学生；但每个班都有七八位老师授课，如果把全班学生平均分配给各位任课老师，每位老师负责七八位学生的安全、生活、学习，便足以覆盖全班。罗胜章希望通过这种方式培养人格健全、全面发展的学生，也希望老师能真正关爱学生，而不是成为单纯处理问题的"保姆"。

支教老师对此举双手赞同，支教之初王鹏就主动开展家访，坐在装猪的敞篷货车上，在颠簸和滚滚烟尘中走访一个又一个村子，导师制因此在202、203两个班推行得十分顺利。但当罗胜章试图把这项制度向全校推广时，许多当地老师都表示反对。有的老师认为自己的工作就是教书上课，没必要去操心学生的生活，质疑这样做是否管得太宽；也有的老师认为，这些都是班主任才需要操心的事，和自己无关；不少当地老师和学生关系冷淡，与学生交流自己都感到尴尬，于是敷衍了事，匆匆聊上几句就结束谈话；还有的老师私下抱怨，自己指导的学生"咋个教育关爱都教不好，懒得和他多说话"。

罗胜章又和支教老师们讨论，决定细化每次交流的内容。他们共同设计了一组记录交流内容的表格，要求导师们按照表格上的问题，每月和学生至少做一次密切交流，每次交流都要有阶段性的目标。前四次交流，导师要和学生一起吃一次东西、了解一次学生的家庭情况、做一次团建活动、进行一次家访，目的是拉近彼此的距离，了解学生及其家庭的各种基本情况。在第五次谈话中，导师需要了解学生的心理、生活、学习状态、目前存在的困难，帮助他们制订可行的学习、生活计划；第六、第七次谈话分别发生在期中考试前后，导师需要在考前帮学生做好复习备考，考后帮他们分析各科成绩、调整状态。

除了与学习相关的内容，导师还要关注学生的身心健康，调查表要求导师了解学生的三个优点和三个缺点，以便帮助学生正确认识自己；还要帮学生树立青春期正确的异性交往观，引导学生正确看待竞争与挫折，正确对待老师的批评与教育。在期末考试前的最后一次谈话中，导师除了继续帮学生复习，还要引导学生制订寒假计划，包括假期最想提升自己的几件事、最想养成的好习惯、最想改掉的坏习惯等。

导师制在全校实行了一年，罗胜章很少再听到老师对学生的埋怨，他们都发现自己的课堂质量有了大幅度提升，伴随着交流、陪伴、家访等活动，学生管理也越发得心应手。很多老师开始理解外出务工的家长，愿意去关心学生的校外生活。连他们自己都有所改变，曾有一位化学老师讲课过于随意，学生们接受不了，他也总是怪学生基础差、家长不配合。担任导师后，罗胜章发现他的授课有了显著进步，这位老师坦言，听了学生的反馈才明白，自己之前太忽视他们的感受。

2018年，罗胜章被调离南涧二中，没能赶上创新试验班参加中考，但这个班的成绩仍然在全县名列前茅。三年后的高考，这个班有四名学生理科成绩达到600分以上，最高分678分。相比成绩，罗胜章认为，创新试验班给学生们带来的性格塑造、思维方式、学习习惯等无形品质更会伴随他们一辈子。

之后的数年，罗胜章又先后在南涧县的几所中学任教，直至如今担任南涧县教师进修学校的校长。这也让他颇为遗憾：乡村学校发展的关键在于校长，一位校长至少需要积累十年的管理经验才能算合格，现实却是许多校长很难在一所学校长久待下去，好不容易积淀下来的种种传统也难以传承下来，这就是乡村学校发展的最大短板。教育需要静待花开。

尽管如此，他依旧在不同的学校兢兢业业。在南涧镇中学，他继续推行"创新试验班"模式和导师制，这次是由另一所名校的研究生支教团来承担教学工作，当地老师们也有了前往北京参加研学活动的机会。2019年，该班的成绩同样在全年级遥遥领先。

在南涧县高级职业中学，他鼓励那些自认为没前途、一味"混日子"的学生："只要掌握基本的知识技能、科学的方法，就能将南涧县的大山变成金山银山，我们自己也可以有更好的人生，但我们现在必须努力学习。"他带领学生们对当地的产业进行调研，研究如何把山上的大龙竹砍成竹筒、在火上烤干，再加入当地出产的蜂蜜与核桃，做成"竹筒蜂蜜核桃"。

罗胜章也依旧和美丽中国保持紧密合作，如今整个南涧县的支教老师都由他负责管理。每届新老师到来之前，罗胜章会先召集各支教学校的校长开会，共同讨论每所学校目前的短板与问题；也会提前和新老师沟通学校的基本情况、注意事项，希望自己能成为双方之间的桥梁，不要再重蹈当年的覆辙。他还经常问支教老师们："两年后你们打算干什么？现在做的事情和未来目标有关系吗？"他不愿老师们一直待在这里，而是希望他们未来能有更好的发展。

他欣赏这些支教老师，在他们身上看到了自己的教育理想。

无论教学能力、教学成绩如何，支教老师们对待学生都足够真诚；这样的老师培养出的学生也是真实的孩子，这正是罗胜章最看重的。好的教育并不意味着一定要让学生考高分，而是让他们成为更好的人、找到适合自己的人生道路，人性化与个性化才是教育的真正目标。

在南涧县高级职业中学，罗胜章有一次从自己任教的班级外经过，听到里面传来学生们齐整的朗读声；走到教室门口才发现讲台前没有老师，学生们在自习课上自发读课文。这一幕让罗胜章感慨不已，写下一段话发在朋友圈里：

> 人，不论是个人还是集体，生命中都追求好的发展，就看你怎样给他指点人生，怎样帮他找回迷途的灵魂，怎样拉他上路……教育就是唤醒。

办"没有特色"的学校

校长范伟增总喜欢说,梓里学校是一所"没有特色"的学校,但任何到访的客人都会对这里印象深刻。

作为广东梅州当地的乡村示范校,这所集幼儿园、小学、初中于一体的九年一贯制学校,硬件设施已达到了城市重点学校的标准。最近几年,学校的新校舍几乎以每年一栋的速度增加,实验室、图书室、多媒体教室一应俱全,课外项目既有合唱团、美术班、篮球社这些常规课程,也有汉乐、大锣鼓、青花瓷等极富地方特色的兴趣班,更有机器人编程这样在城市学校也算得上新颖的项目。在当地,梓里学校是唯一一所生源连年增加、师资力量也逐年加强的乡村学校。

现代气息之下,学校仍保留着乡村学校贴近自然的特色和深厚的历史文化底蕴。支教老师郭雅静记得,2020年夏天自己第一次来学校报到,正是柚子成熟的时节,她生平第一次看到它们沉甸甸压弯树枝的样子。在这里,走到哪都是满眼的绿,青山的峰峦总是萦绕着薄纱般的雾,郭雅静每晚在蛙声虫鸣中入睡,清晨又在鸟啼中醒来。在学校所属的梓里村,上百年的古屋、古街、古桥更是随处可见,操着满口客家话的耄耋老人们行走在村落里,她恍然走入一段被凝固的时光中。

梓里学校也仿佛浓缩了古村1184年的历史。教学楼的天井立着孔子铜像，每年教师节都要在此举办祭孔典礼。走廊上挂着一首首梓里名人的诗作，每间教室前张贴着学生或原创或改编的诗歌。骑楼风格的校门上至今保留着"梓里公学"的原校名，它是这所学校的前身，由抗日名将范汉杰的父亲在1904年创办。

范伟增的曾祖父参与了办学，以一名私塾先生之身投入晚清创办新学的风潮之中。从那以后，范伟增的家族世代在学校教书，从曾祖、祖父、父亲传到范伟增自己，再到他的儿子、儿媳，整整五代人扎根于此。范伟增还记得父亲常说的话：在农村，一位好的老师能指引学生的未来，但一个好的校长更能指引全村的未来，给当地带来希望。

20多年后，他对这番话有了更切身的体会。在那之前，范伟增还是更喜欢当班主任，因为日常可以和学生相处，学生的任何进步都能让他有成就感；当校长却责任大、压力大，工作涉及大事小情，在他看来简直是"遭罪"。

2022年，范伟增五十岁，八字眉，寸头间有了白发，已经戴上老花眼镜，讲起普通话不可避免地带有浓重乡音。这一年，他被评为梅州市最美乡村教师，之前更荣获过大埔县教改积极分子、优秀教师、优秀共产党员等称号，作为一名教育工作者可谓荣誉等身。但平时走在校园里，他仍然是乡村教师的典型装扮：短袖polo衫、长裤和凉鞋，更是一副随时准备弯下腰干活的样子。所有老师都知道，无论什么活，校长都能又快又好地完成。郭雅静记得有一次广播室的话筒不出声音，自己早上刚向校长提起，中午范伟增就已修好；前脚刚修完，后脚就换上一身西装去开会了。

时光倒退回年轻时，范伟增还不必戴眼镜，头发也浓密黑亮得多。他至今珍藏着一张照片，简陋的讲台前，自己身着白衬衫、黑西装，一手捧教材，一手指黑板，姿势显得有些摆拍的刻意，面对镜头的面孔更是青涩稚嫩。照片摄于1992年，范伟增当时只有十九岁。

他站到讲台前的那一年，大埔县的师资力量空前紧缺，不得不从应届高中毕业生中招聘老师，他们也是大埔县历史上唯一一批高中学历的老师。范伟增正是其中之一，被送到广东省教育学院进修了一个暑假后，他便回到母校梓里学校任教。每月90元工资只够伙食费，他必须靠在寒暑假做农活、干杂工来贴补家用。三位老师合住一个房间，晚上睡在一张大通铺上。去一趟镇上要坐两个小时的船，走路根本走不到。照片上的那些物件——黑板、讲台、粉笔、教科书，就是此后许多年里，范伟增作为乡村教师所拥有的一切。

那时，范伟增是全校最年轻的老师，接下来的二十年仍然是。他的同事都是从二十世纪六七十年代就开始在学校任教的民办代课老师，论年龄都是自己的父辈。2000年以后，他们陆续退休，梓里学校却再也没有新老师调过来。而在十多年的城镇化进程中，周边乡镇的中心学校又吸引了当地的大部分生源，梓里学校无论是师资、资金还是生源都一年比一年少。

在这样的窘境面前，范伟增也曾有过纠结动摇，不少同学朋友都在深圳、广州发展，或是当校长，或是开培训机构，也都多次邀请他过去任教。范伟增不是不想多挣钱，但一来不熟悉城市学校的教学环境，不愿做没把握的事；二来仍对这所学校有所留恋。自己从小在这里长大，除了在外上高中的几年，再没离开过这里，学校的一草一木、一砖一瓦都带着儿时的记忆；更不必说祖辈父辈在一个世纪中接力付出的心血，梓里学校就是自己的家。他还是坚守了下来，至今他都心存疑虑，不知道当年这个决定是对是错。

2014年，范伟增被任命为副校长，日常负责学校事务之余，还要同时教初中的三门课程，每周上十几节课，这已远远超出校领导的一般工作量。这一年原本是建校110周年，梓里学校却跌入校史的最低谷，全校学生从鼎盛时期的600多人骤降至172人，教学成绩更是全县垫底。县里的领导已经在考虑将学校裁撤、并入三河镇的中心学校。

范伟增向领导据理力争："还在梓里上学的孩子，都是家庭条件困难的，他们没有财力去镇上读书，这些学生才更需要接受教育。如果撤掉学校，他们就连这仅有的希望都破灭了，以后只能去种地打工，再没有任何改变命运的机会。"

"乡亲们把希望寄托在我们身上，我们不能干培养下一代还是贫困户的事。"范伟增经常这样对老师们说。在他看来，哪怕学生的成绩不够优异、无法考上大学，只要在学校接受教育，日后也有机会在社会上有所作为，从而拥有和父辈不一样的生活。

最终，县教育局的领导决定暂时保留梓里学校，准备看看未来几年学校能否有起色。得知这个决定后，范伟增顾不上松一口气，先把其他还愿意坚守的老师都召集起来座谈，共同约定一起为保留学校做最后一次努力。2018年，他被正式任命为校长，立即在学校里主持了改革：整个行政班子全部重新竞聘，全部职位面向全体老师开放，实行竞争上岗；对每位老师的工作进行指标量化，每周都要进行考核。这一举措面临的压力可想而知，范伟增对其他校领导逐一做思想工作，劝他们："不是不让你继续干，但如果能力有限，勉强干下去也没意义。"还是把改革推行了下去，这一模式也得到了教育局的认可，第二年还被推广到全县。

范伟增同样意识到，想要办学有起色，单凭学校自身的力量仍然太过薄弱，必须引入外部资源。他很早就开始留意各类公益、支教类项目，美丽中国因此走入视野。双方开启合作多少源于偶然，但这合作能持续多年，无形中又带有某种必然。

在媒体上无意间看到美丽中国的信息，范伟增第一时间便意识到这个项目很适合梓里学校。他利用自己的人脉四处打探，刚好得知机构的工作人员要来大埔县考察新的项目学校。在邻镇一位帮扶干部的牵线下，双方见了面，范伟增讲述了梓里学校的现状，表达了对美丽中国愿景和模式的认可，并邀请他们来访校。事后他笑称，自己是把美丽中国"半路截过来的"。

那时，范伟增还不是校长，工作人员因此心存顾虑，担心他没有最终决定权。范伟增告诉他们："如果副校长支持项目，你们的支教会开展得更顺利。"他解释，在广东地区的乡村学校，校长一般会有五年、九年两个任期，任期满后通常会被调走，很多校长也不愿在同一所学校待上太多年；但副校长不受规定的影响，所以经常会多年扎根学校，自己就是一个再好不过的例子，"你们看我，在这里这么多年，一直都没有调走。"他更承诺，自己会长期在梓里学校待下去，也会始终支持支教老师们。

带两位工作人员访校后，范伟增继续多次联系美丽中国、表达学校对于支教老师的渴求。那时学校的硬件设施还很不完备，连有的本地老师都没地方住，范伟增保证，优先保障支教老师的住宿，"实在没地方住，可以住我家"。在他的推动下，学校赶在老师们报到前搭起了三间板房。第一批前来支教的沈汉源记得，分到宿舍后，三室一厅的套间里已配备好沙发、茶几和电视，楼顶还有能够俯瞰全村、仰望星空的宽阔天台。之后的两年间，每次支教老师们遇到房屋漏雨之类的生活问题，范伟增都会亲自出马，三两下就解决问题。

2016年9月，梓里学校迎来了第一批的三位支教老师：沈汉源、张少凤、纪冰璇。他们一边教遍了学校几乎所有的课程，一边为学生们开展各种课外项目：图书角、篮球社、手鼓队、校园文化节、心理素养教育、性教育。为了建图书角，沈汉源从家里背来287本书，一名初三女生一个学期就从他手中借走了63本。张少凤则建立了彩虹合唱团，这是成本最低、收益最大的音乐教学形式，刚好适合当时条件和资源都十分有限的梓里学校。之后的许多年里，彩虹合唱团成为梓里一张最具代表性的名片，在县里的历次文艺会演中屡屡获奖，也曾多次受邀前往城市进行演出。

从此以后，梓里学校每年都会迎来至少五位支教老师，最多的时候，有将近十位支教老师同时在岗，截至2022年，累计有24位老师在梓里支教，这些都在项目学校里创下了纪录。老师们来自不同地方、毕业于不同的院校与专业、有着不同经历，也各自带来不同的教学与课外项目，却有着相同的支教热情、对学生的关爱。

杨蕙溪比郭雅静晚一届。因为从小学习绘画，支教前她本打算去教美术，没想到成了英语老师。那时她整天焦虑自己能否上好课，做梦都能梦到上课失败，从此每天逼迫自己提高教学技能，随时向当地老师请教，主动参加大埔县初中英语同课异构教研活动。一年以后，她教的八年级在全县英语统一考核中取得了第二名的成绩。

为了让自己显得严肃成熟些，杨蕙溪特意在支教开始后换了个发型，但还是失败了。有学生描述："我的老师温柔可爱，她所有严肃的表情都像是自欺欺人。上课时我们开玩笑，老师板起脸，我们压根不怕，因为老师看起来更像是在憋笑。"他们还记得老师批改作业时的样子：始终愁眉苦脸，一会儿打个"×"，一会儿又改成"√"，一边把合格标准一降再降，一边念叨着："不能打击孩子们的自信心。"学生为此在作文里感叹："人就像鸟一样，总想着向高、向远处飞，很少往下看。除了理想与抱负外，我实在不知道有什么理由能够让她伸出手，将我们这群在泥沼中挣扎的小孩拉出来！"

对于孩子的感叹，杨蕙溪的回答是："我走进大山，是为了他们更好地走出大山。"为了同样的目的，每位支教老师都不知付出过多少精力与心血。

回顾支教的时光，郭雅静自嘲，自己的心态始终在"反复横跳"，她经常因学生的顽劣和学习基础薄弱而情绪低落，好不容易平静下来，没过几天决心又会重新被动摇。支教之初，看到班里一大片学生或发呆或睡觉或偷偷玩的时候；当满分120分的语文试卷，有的学生只能考到个位分数的时候；当反复听到学生们"老师，你工资才2000多，还没有我进厂打工赚得多""老师，我不学了，反正毕业就嫁人了"之类的话时；当那个自己投入许多关爱的女生，只因挨了几句批评就把课本丢进垃圾桶，还用客家话骂自己的时候……郭雅静一次又一次地崩溃，每次都会自我怀疑：我为什么要来这里？我还能教好书吗？

这只是明知故问，她早有答案。在无数次被气到抓狂之余，学生们仍然有许多个瞬间刻入老师的心底，让她或是落泪，或是欢笑，或是感到暖心。

当她在课上讲一封家书，下课后孩子们围着老师七嘴八舌："为什么别人的妈妈都在家，我的妈妈好久都不回来一次""我很小的时候妈妈就走了，我现在特别想她""老师为什么我爸爸妈妈离婚了"的时候；

当她讲王二小的故事讲到哽咽，一个女孩说："老师你不要哭，你一哭我也想哭"，其他好几个孩子也在悄悄抹眼泪的时候；

当她提到钟南山已经八十多岁，小班长脱口而出："那我要祝钟南山爷爷长命百岁"的时候；

当她了解到那个被说成"名声不好"的女生的真实家庭情况，又发现她提起弟弟后神情瞬间温柔的时候；

当学生在周记中写自己："别看她看起来笨手笨脚，其实非常地端庄细心"的时候；

当那个把书扔进垃圾桶的女生，在自己结束支教时写信："我不是您最好的学生，但您是我最好的老师"的时候；

当二年级的语文成绩第一次有超过一半的学生超过了90分，

还有孩子说:"老师你要对我们凶一点,说不定就有100分了"的时候;

当教师节参加完祭孔大典,步入教室时全班响起"祝郭老师节日快乐",连那些最顽劣的孩子都喊得脸红脖子粗的时候;

当学生们从拼音都不会,到能写出来一段完整的日记;从站起来回答问题都瑟瑟发抖,到落落大方地为校外嘉宾介绍学校;从担心学不好历史,到迫不及待想要了解每一个王朝;从小学时讨厌语文课,到七年级语文考到100分以上还期待上语文课的时候……这些时刻都让郭雅静觉得,自己应该,也值得坚持下来。

两年下来,她已经可以游刃有余地上课、处理各种问题。支教不久后的第一节公开课,郭雅静自我感觉发挥得不错,学生看起来也反响良好。评课时,当地老师都在夸奖,前辈任盼却说:"这是一节好的语文课,但不是一节优秀的课。"他指出,郭雅静讲课时明显很紧张,这也会影响到孩子,他们只会给出老师想要的答案。那个瞬间,郭雅静有种醍醐灌顶之感,才意识到自己只是一味输出,学生也完全是在被动接受,自己并没有激发出他们的学习兴趣。

仅仅是一个学期后,郭雅静临时接到上公开课的通知,已经可以在教室后排十几位校长的注视下从容地和学生们互动、讲故事甚至开玩笑,全身心沉浸在日常教学的状态中;学生们也毫不在意后面的校长们,争先恐后地举手抢答问题。公开课结束后,一位听课老师凑过来问:"你教几年书了?看起来这么年轻,感觉特别有经验。"郭雅静告诉她:"我刚教完第一个学期。"

相比各方面能力的锻炼,她觉得自己在教学上的进步反而是最小的，无论是日常处理问题的能力，还是与学生、家长的沟通能力，都远比支教前强了许多。支教结束后，郭雅静在梅州市的一所公立学校当老师，总被领导同事们称赞适应能力强，她觉得这得益于当年支教时经历的锻炼。

在梓里学校，只要是支教老师带的班级，无论哪个年级、哪门学科，每个学年都会在全县名列前茅，范伟增经常对当地老师感叹："同一个班级、同一批学生，为什么人家就教得那么好，我们差在哪？除了教学水平，就是用心和投入精力的差别。"

其实他自己对支教老师的支持和信任同样不可或缺。最重要的"135"课改，就被范伟增交到了支教老师侯霄霖手中。所谓"135"，是指"1个理念"：学为中心；"3个支撑"：小组建设、学案导学、评价激励；"5个环节"：学、展、点、练、思。其中最特别的是小组建设环节：每个班级都划分为多个学习小组，每个组都要包含不同学习水平的学生，人数也大体相当，教师授课时要优先保证成绩中等偏下的学生有充足发言机会，每个组也都要保证所有组员都掌握全部知识点，才能参与评分。这一教学模式激发了学生学习的积极性，也提高了老师的教学效率，后来被梅州市乃至广东省的教育部门都列为重要研究课题。

这次课改也是梓里学校"四方协同"办学模式的重要内容。与美丽中国合作到第三年，范伟增开始思考，如何利用支教项目调动当地老师们的积极性，从而彻底改变现有的办学困境。美丽中国则同样希望能为资源有限的乡村学校探索出一条投入低、成效好的全新办学模式。在梅州的项目学校当中，梓里学校无论是学生人数还是学制，都具有一定代表性和参考性；更重要的是，范伟增对美丽中国理念高度认可。

双方因此一拍即合，又加上大埔县教育局、嘉应学院，共同在2019年8月29日达成了"四方协同办学协议"。依照这一办学模式，美丽中国每年继续向梓里学校派遣多位支教老师，还要派驻一名副校长带队；大埔县教育局则在政策上给予各种支持，并负责定期召开四方协同小组专题会议，保障这一机制得以正常运行；嘉应学院作为教育专业研究机构，负责从教育理念、教学改革、建立教师发展共同体等方面给予专业援助；最后，梓里学校负责协同各方办学力量和资源，制订新的办学目标和办学规划，推行教育教学改革。

为了学校的发展，那些年范伟增曾想尽办法去争取外部资源，许多人对他的印象都是"善于也敢于抓住机会"。2020年6月，广州市第二少年宫举办港澳台少年互联网素养大会，在其他学校迟疑的时候，范伟增派出学生参加。同是那一年，"中国农村教育改革与学校创新发展"乡村校长论坛在梓里学校举办，范伟增只用了一周时间就做好准备工作，自己还在论坛上做了发言。

也是那次发言中，范伟增提出要建一所"不追求特色、也没有特色"的学校。在他看来，学校选择把某个项目作为"特色"，大多是出于校领导的个人喜好，却不是全体学生们的，不喜欢、不擅长这"特色"的学生很容易因此被边缘化，这无疑是一种不公平。学校应该做的是为学生提供条件去做自己喜欢的事，在自己的兴趣当中健康成长。他希望梓里学校本身没什么特色，但梓里的每名学生都能有自己的个性。

如今梓里学校各种丰富多彩的课外项目，正是这种理念的成果。范伟增对这些项目比对学生成绩还要重视。有当地老师担心课外活动搞得太多会影响教学，范伟增告诉他们："放心，不仅不会，还可以事半功倍。"在他看来，课外活动是激发学习兴趣的最好手段，一所学校如果只强调学习，那些读不下去书的学生没别的活动可以做，自然就只能违反纪律，变成大家眼中的"坏学生"。而有了各种课外项目，每个学生都可能从中找到自己的强项，也可以极大增进与老师的关系，老师要做的是挖掘学生的需求，引导他们朝正确方向去发展，并不需要过多的干预。

更重要的是，当学生们步入社会后，个人素质往往会比学习成绩起到更大作用。近年来，梓里的学生有许多前往城市游学的机会。最初几次来到城市，学生们或是四处乱跑看热闹，或是畏畏缩缩、看什么都胆怯；如今的学生已经对城里的一切习以为常，每次都是安安静静地服从带队老师的指挥。

在香港的一次公开演出中，梓里的学生需要和香港学生共同表演，双方只有两个小时的合练时间，表演却大获成功，合唱团成员无论演唱水平还是待人接物都丝毫不逊色。在范伟增看来，无论未来有着什么样的生活，尽早接触和习惯城市文明，都是乡村学生重要的人生一课。

"四方协同"模式开展后的第一年，梓里学校就摆脱了连续十年全县排名倒数的处境；五年来，更从一所乡村薄弱学校发展为梅州市乡村示范性学校，教学成绩连年在全县稳居前三名，2018年、2019年还连续获得大埔县教学质量优秀奖，2019年获得大埔县中考质量优秀奖。各种课外项目更是开展得琳琅满目。

但比起这些奖项，范伟增更在意的依旧是学生。和所有农村学校一样，梓里的学生们大多是留守儿童，从小缺乏亲人的陪伴，老师们很大程度上承担了家长的角色，支教老师尤其如此。学校开设全寄宿的实验班时，支教老师李梓莹接过了班主任的重任，班里的31个孩子来自不同村镇，又都是第一次离家住宿，从吃饭、洗漱到个人卫生，生活中方方面面的问题都需要李梓莹处理，最棘手的还是孩子们对父母和家庭的思念。有的孩子半夜睡不着觉，有的跑到校门口坐着哭，有的每天都不肯吃饭，李梓莹竭尽全力安慰他们，自己也流了不知多少眼泪。

后来，她在班里设立班委会，建立班规、宿舍规定，在每周的班会上和全班一起表扬为班级做出贡献的同学，聆听解忧信箱中的烦恼，和学生一起想办法解决各种问题……就这样和学生们共同熬过了最艰难的第一个月，整个班级也从此有了强大的凝聚力，李梓莹自己却在短短一个月内瘦了8斤。

范伟增经常以此为例，告诉当地老师们："我们不能单纯去当教育者，还要做关怀者，要在生活上真正深入地关爱学生，让他们在校园生活中也感受到温情。"有的学生生了病不愿和老师说，想着熬一熬就好，直到半夜痛得睡不着，才不得已报告老师。范伟增得知后立即提醒老师："去到宿舍里不要批评学生，不要觉得学生不懂事，更不要觉得自己被打扰，学生比你更委屈；就算再累，也要先关心学生。"

他自己也随时随地以身作则。一次吃过晚饭，他偶然发现一个学生一瘸一拐地从操场上走过，赶忙把学生叫过来询问，学生不肯说，范伟增又叫班主任去问，发现学生是因为没有穿鞋就去跳绳，前脚掌磨出了水泡。班主任给学生敷了药，安慰一番，两天之后脚就好了。

每个新年，学校都会向表现优异的学生征集新年愿望，只要条件允许，都会尽力帮学生们实现。大部分学生都是想要文具、书籍或生活用品，一个女生曾提出，想送奶奶一件棉袄。范伟增特意派一位老师去她家做家访，向奶奶询问衣服的尺寸，买好棉袄后又专门送过去，告诉奶奶："这是您孙女的一点心意，她很有孝心。"奶奶感动不已。校足球队的队员们则提出，希望能见到中国足球队的球员。范伟增辗转联系到了两位国脚，把他们请到梓里学校，与足球队一同踢球、交流、合影签名，有学生说，自己一辈子都会记住这个下午。

另一次，有学生给学校写信，希望能开设编程班。老师们研究后认为，编程课对锻炼学生逻辑思维有很大好处，决定开办这门课程，但学校既没有懂编程的老师，也缺乏资金。范伟增四处联系，最后在分众传媒公益基金会的支持下购置了硬件设施，梓里本校一位熟悉计算机的廖老师自告奋勇自学编程，范伟增又为他联系到了北京的一位指导老师。廖老师边学边教，在他的带领下，学生们不仅学会了编程，还在2021年全国中小学信息技术创新与实践大赛中获得了二等奖。

有些愿望无法立刻实现，曾经有学生提出，想登上广州塔看看，范伟增告诉学生："你先做最好的自己，以后学校只要有机会，第一个就让你去。"后来学校受邀去广州参加活动，范伟增又联系了一家基金会出资赞助，终于把学生们带上了广州塔。

"只要你积极努力，老师一定全力帮你成就梦想。"这是范伟增经常对学生们说的。他还记得20多年前自己班上的一个学生。母亲生下他就离开了这个家，外出务工的父亲很少给家里寄钱更很少回来，学生跟着酗酒的爷爷长大，进入叛逆期后既不愿回家，也不想再读书，索性自暴自弃。范伟增和他谈了很多，用那时候刚开展的"希望工程"激励他："老师和整个社会都会帮你，相信老师，你还有未来。"他把学生接到学校，专门腾出一个房间给他住，平时和其他老师一起吃饭，还联系县团委为学生资助学费、生活费。学生后来先后考上了高中和大学，如今是公务员，至今都在感激范伟增。

2022年8月，郭雅静结束支教并被评为梅州市"最美志愿者"，也留在梅州当老师，两年时光让她对这片土地有了感情。家乡在山西的她原本习惯吃面食，如今会尝试当地特产的黏米饭"笑粄"，也喜欢在村里漫步时被村民们邀请到家中喝茶，尽力去学习陌生的客家话，还喜欢走遍整个梅州：大埔花萼楼，三河坝战役纪念园，平远县红四军革命纪念馆。学生们之前都劝她去更好的地方，不要在这里"屈才"，得知郭雅静留下来后又问她："老师，你是不是能回来看我们了？"至今她还保留着学生写的小纸条："您在课上讲述历史知识，殊不知您也在造就我的历史。""您在课上、课后陪伴我们，每一秒、每一分，都写进了我的历史里。"

范伟增本人的生活则没有多大变化，只是更忙。如今他几乎一年365天都吃住在学校，家在县城，他回去的次数屈指可数。除了日常的管理、教学工作，他每晚都要召集全校老师开教师会、行政会，周末也是如此；到了寒暑假，学校又要建设新的宿舍楼，对电路水管等基础设施进行更新改造，全年只有在这个时段施工才不会影响教学，范伟增于是继续留在学校监督工程。更不必提他还在嘉应学院担任客座教授，需要定期去上课、做分享，空闲时间少之又少。

他自己的梦想则出人意料：希望有朝一日，梓里学校能不必再有老师来支教。美丽中国总会有一天撤出梓里，但那意味着学校的师资力量、办学质量都已达到足够的水平、进入良性循环，那才是支教工作最大的成绩。

就像美丽中国内部常说的："我们现在去支教，是为了有朝一日，中国所有的学校都不再需要支教。"

70岁的梦想

"我70多岁了，我还有梦想。"康健说。

在担任分众美丽小学的校长之前，康健拥有过一系列头衔：北京大学教育学院教授，北京大学附属中学校长，教育部基础教育课程改革专家组成员，北京市教育规划领导小组成员，北京市海淀区教育专家组成员……诸多耀眼光环，依旧无法抵消他深埋心底的一份夙愿。

2012年退休时，北京大学教育学院为康健举办欢送会，院长问他退休后想干点什么，康健脱口而出：到边远贫困的地方办一所村小，去当那所学校的校长，按自己的理念教育学生。

这个愿望并非心血来潮，康健已把它深埋心底数十年之久。

大半生都在中国的顶级学府里教书育人，康健最关注的却是乡村教育，这与人生经历有关。1966年，15岁的他离开从小生活的北京，跟随父母支援三线来到甘肃，茫茫戈壁、饱经风霜的嘉峪关共同构成他对当地的最初印象。后来，这印象中又多了一个"穷"字。

高中即将毕业，康健被派往一个叫红山公社的地方参加劳动锻炼，也第一次直面中国农村触目惊心的困顿：吃的是半粮半菜的稀饭，喝的是人畜共饮的"涝坝"脏水，村里的孩子们衣不蔽体，表情冷漠地望着他这个外来者。那个触及灵魂的场面让康健永生难忘，那一刻，18岁的他望着他们暗自发誓：自己要让贫困地区的孩子们过上有尊严的生活，让他们享受与北京学生一样的优质教育。

在那之后，康健在酒泉钢铁公司机修厂当了一名锻工，也在甘肃度过了整个"文革"时期，其间逐一经历各种社会底层生活，体验了各种最艰苦的劳动岗位，也目睹了偏远地区的社会现实，当初立下的誓言越发坚定。1977年恢复高考后，他考上了北京师范大学的学校教育专业，很快又被派往美国肯特州立大学留学，也得以系统学习了整个教育学。在此后近十年的漫长学术生涯里，他逐渐得出自己的学术观点：在人生的整个成长与发展过程中，基础教育占据着最重要的地位。

从美国归来后，康健把更多精力转向教育实践和基础教育。1919年，美国教育学家杜威来中国讲学时曾提出：中国的教育应当是平民主义的教育，要关注全体国民，也要坚持在实践中进行探索。在北大当教授、在北大附中担任校长期间，康健组织了许多面向欠发达地区学校的对口支援工作，也曾带着硕士、博士去过许多偏远地区的农村学校。他去过位于江西全南县与粤北交界一所大山深处的学校，全校只有五个学生，分为四个年级，乡村教师刘联娣在这里任教32年，全科教学、复式教学一丝不苟。她的坚守让康健极尽感动，中国义务教育的普及，靠的就是这些人。

感动之余也有唏嘘。在湖南省通道侗族自治县的一所乡村小学，康健发现学校里的很多孩子不吃午饭。问起原因，一个孩子说，家里还有弟弟，吃不上学校里"这么好的东西"，他把这些面包、牛奶、鸡蛋都装在兜里，每天放学后带回去给弟弟吃。时隔多年，康健对此念念不忘："如果不能改变乡村教育的水平，我们无颜宣称自己是一个先进的教育国家。"

多年走访的经历与见闻，让他对中国乡村教育的现状有了直观而深刻的认识。大部分优秀的乡村教师都被抽调进城里，留下来的老师往往无处可去，甚至城市学校淘汰下来的老师也会被"下放"到农村。康健认为这是严重的本末倒置，村小才是教育的源头，就像水系一样，如果源头水土流失，就可能造成下游洪水泛滥。在北大附中做校长时，康健最不愿做的就是从外地学校挖好老师，因为知道好老师对于学生改变命运的意义，不希望加剧这不平衡的现状。康健认为，想要解决这种困境，最有效的办法是赋予农村学校更大的办学自主权，从而激发学校自身的活力。

带着这样的想法，康健退休之后开始了办学之路。他曾先后参与了两所学校的办学，都只维持了一年多就终止。理念分歧是主要原因，投资人希望办学能尽早得到回报；康健则认为，教育就像农业，需要慢慢经营，不可能很快获得名利。由于自觉不再受到信任，更出于对理念的坚持，他都选择了离开。

2015年，另一所位于深圳的国际学校又邀请他去担任顾问，校长开着一辆在当地都属罕见的豪车前来迎接，坐进车里，康健不知脚该往哪里放，满心的惶恐。校长告诉他，家里还停着两辆更好的车。康健的感受是："我干了一辈子教育，最后就是为了开上一辆谁都没见过的豪车，这对我是荣耀吗？"

那次访校原本不会有任何结果，像此前婉拒了无数邀请一样，康健不认可这所学校的办学理念，但也有了意外收获：从同行的老友刘泽彭那里了解到美丽中国支教项目，这改变了他之后的人生轨迹。

那时，刘泽彭正是美丽中国的时任理事长，一同吃饭时向他发出邀约："康老师，你挺有教育情怀的，不如加入我们吧，我们正缺你这样一个有资历和教育背景的人。"又详细阐述了美丽中国的工作，这让康健在失望的重重阴霾中看到一抹光亮。那天下午，两位老人一直畅谈到黄昏日落。回北京后，康健很快加入了美丽中国，担任首席教育官，负责为支教老师们培训教学技能。

失败教训在前，康健起初并不确定，美丽中国能否接受自己的诸多想法。他先旁听了几次培训，感到与自己的理论体系有不少差异，但依旧决定留下来。这些年轻人都很好学，有成长空间，他自觉帮得上他们；更重要的是，他被他们感动了："在现在的社会风气下，还有这样一群有良知的年轻人，愿意在国家最需要的地方挺身而出，确实难能可贵。"

花了一年左右的时间，康健带领团队建立起一套独立的培训体系，以期使支教更加专业化。在他看来，教育中哪怕一个很小的细节，都需要专业支撑。譬如有的学生上课注意力不集中，老师会责怪孩子，但这背后的原因可能非常复杂，也许学生回家还要做饭、做农活、干家务，很晚才能睡觉。老师如果不了解这些，只一味批评，就会给孩子带去伤害。

持续稳定的长期支教也是专业性的体现，对于这点，康健与美丽中国不谋而合。他始终强调,支教不是"到此一游",不能想来就来、想走就走。志愿者去农村教了一段时间的书,很受学生喜爱,某天却对学生们说:"对不起,我还有自己的工作,我得跟你们说再见了。"回去后,他可以写很多故事炫耀自己的事迹,可以给自己贴上"我去支教了""我做了好事"的标签,但孩子那时候是什么感受?康健甚至认为,支教如果不能生根、落地和持久,那么还不如让农村学校维持原有的状态。

也是在和年轻老师的沟通中,康健发现很多人两年支教结束后意犹未尽,觉得自己对乡村和教育有了一些了解,但并没能改变乡村教育的现状,仍然希望继续从事相关的工作。康健在感动之余,也想起自己多年的夙愿。2015年6月,他第一次向机构提出创建美丽中国实践基地学校的建议;也刚好是那一年,与美丽中国合作多年的楚雄州教体局提出,希望机构帮助楚雄当地办一所有创新力、影响力的学校,这个任务交到了康健手中。

多年的苦苦等待后,实现梦想的机会却突然从天而降。康健强抑兴奋,在州教体局领导的带领下对全州学校进行走访。他对选校极为慎重,全校学生人数不能超过200人,每个班的学生最好在二三十人,以便每个孩子都能被老师关注到;既不选条件优越的中心校,也不打算选位置过于偏远、基础设施太差的学校——这次办学的首要目的不是扶贫,而是创新,需要很多和外界的交流、探索,所以一定要选在离市区较近、交通便利的地方;成本也有限,不可能在基础设施上投入过多资金。

几经走访,康健最终来到楚雄市东瓜镇兴隆村。那时他们驱车穿过蜿蜒的乡道,左手的路旁是绿油油的农田,再远处是一座小山,坐落在半山腰的学校在林木间若隐若现,山顶之上是清澈的蓝天白云,浓烈的日光向整片土地倾泻,正是云南乡村常见的美景。在校园里初步考察之后,康健很快发现,它各方面条件都符合自己的预期:校园不大,设施基本完备;全校近200名学生、2/3是住宿生,在农村小学中属于较为合理的学生人数;距楚雄市区也不远,无论老师去市里还是他人从市内过来访校都比较方便,可以向周边地区辐射示范效应。

确定各种细节后,康健兴奋到忘乎所以,当即向兴隆完小的土地重重踏上一脚:"就定在这里了,美丽小学就从这里开始!"

2016年春,美丽中国与云南楚雄州、市教体局正式达成协议,接手兴隆完小,后来随着分众传媒集团投入捐助资金,学校被命名为分众美丽小学;同年9月9日,分众美小举办了开学典礼。163名学生全部来自周边40平方公里内的几个村庄,家境既不优越,成绩也并不特别优异。这来自康健的理念,他要办的就是这样一所普通的乡村学校,就是要招收最广大的农村学生,从而为中国农村探索出一条全新的教育之路。这才是他要做的真正的教育。

从提出设想到真正建校,创校团队用了约一年的时间来准备;康健本人却几乎为此准备了一生。

康健担任了校长,楚雄地区项目主管李国飞担任助理,协助他对接当地政府,同时在机构内部为新团队物色合适人选,第一个选定的是王珂。2015年的暑期培训,康健在和他聊天时提起美丽小学的计划,王珂毫不犹豫答应了:"康老师,你来,我们肯定来。"王珂被任命为执行校长。许多往届支教老师随即递交了申请，苏岩紧随王珂加入，接下来是师旌议和任盼。他们有的刚结束两年支教，仍兴致盎然；有的已离开机构多年，还希望重温支教岁月。

每位申请者都要经历两三轮面试，康健还要求他们写一篇题为《我心中的美丽小学》的文章，也总会特别提醒：在乡村办一所小学不是一件容易的事，办这所学校就像"上贼船"，既不好上，更不好下，没有同甘共苦、命运与共的决心就不要来。因为这个比喻，分众美小的工作群至今都叫"让我们荡起双桨"，康健也被年轻老师们称为"老船长"。

康健对未来团队成员的要求也甚高，情怀、责任感当然是必需，对教学能力的要求也远高于普通支教老师：除了能教语文、数学、英语等文化课，还要能负责学科课、综合实践、主题游学，只会教某一门课程是不会被录用的，因为农村学校不可能对各学科做太精细的划分。

他经常为此打比方：如果是去北大附中应聘老师，那么一般人会望而却步，担心自己能力不足，教不好学生。但如果是去乡村学校，很多人就会觉得谁都可以去。其实农村学生要难教得多，无论自身条件还是拥有的资源，他们都全方位落后于城市学生，老师们也因此面对各种复杂问题：如何培养学生们对学习、生活和人际交往的热情？如何与他们交流，取得他们情感上的信任？如何用他们能懂的语言去解释书本和世界？……专业、爱心、耐心乃至冒险的胆量，哪一个都不能少。

他也从不勉强申请者。曾有一位申请加入的老师擅长无人机、机器人等方面的技术，康健也希望学校未来能拥有这些高科技的教育手段，双方聊得十分投缘，但对方最终没能加入。还有一位老师对生态环保领域有研究，希望把特长转化为经济效益，康健表示，这些都可以实现，只是需要时间，那位老师觉得周期太长，加入一段时间后也选择了离开。两件事成了康健不小的遗憾，他可以用提高待遇的方式挽留他们，但终究没有这样做，这份事业需要情操和精神来支撑，钱固然很重要，但不是最重要的。

即便如此，校长仍为年轻老师们争取过足够有吸引力的工资，也落实了住房、交通、社保、假期等福利待遇，认为只有这样才能与老师们的付出相匹配，更让他们过上有保障和尊严的生活；也让别人知道，在农村工作的优秀年轻人，就该拿这么多钱。康健经常说："在农村办这样的学校，远比单纯搞学术贡献更大，每位老师都足以凭这段经历获得博士学位。"

为了尽可能给年轻人锻炼的机会，康健还改变了行事风格。以前他喜欢亲力亲为，连画课表和作息表都自己动手；开始办学后，他几乎做每件事都要拉上其他老师。王珂还记得，团队讨论问题时，康健会特意先听其他老师的意见，以免自己的看法影响到他们。

年轻老师们也敬佩校长。和康老师共事，起初免不了拘谨，但很快，康健的平易近人就感染了他们。王珂记得有一次吃饭，老校长描述一名学生的举动，忽然把两手张成"V"字举到头上，在大家面前模仿起兔子跳，这个冷不丁的玩笑让他们开心不已。康健还向王珂保证："别人的电话我不一定接，但你有事随时可以给我打电话。"每到逢年过节，他必定最先在群里问候年轻老师们。好几次访校，他和夫人也都特意背着大包小包，里面全是带给年轻老师的各种零食点心。王珂不禁感叹："因为办学而认识康健老师，是我们这辈子的幸运。"

学生们对康健的喜爱更不必多说，每次看到他的身影出现在校园内，所有孩子都会奔走相告："校长爷爷回来了。"也经常会有孩子主动跑到康健面前仰起脸："校长爷爷您过来，我和您说件事。"类似的时刻，都让康健觉得无比幸福。

忙碌、疲惫而幸福，正是康健在办学这些年里最常见的状态。起初他在北京和云南之间频繁往返，后来索性定居昆明。学校没有专门的教师宿舍，他来学校也不肯住在条件更好的楚雄市区，一定要住镇上的旅馆，这样可以离学校和老师宿舍更近些。为了提高效率，每次访校的行程都极尽紧凑密集，开会到夜里十一二点都是常事，往往连年轻老师都撑不住，康健却只要不被打断，就会一直讨论下去；可一旦偶尔有了空闲，他在椅子上坐一会就会睡着。

夫人盛玉兰也义无反顾地支持他，几乎每次访校或参加活动都要随同出行。有一次去建档立卡贫困生家里慰问，当天刚下过雨，村里满是泥泞，盛玉兰有病在身，却还是在老师孩子们的搀扶下，深一脚浅一脚地一步步走着。两位年过古稀的老人经常这样互相搀扶着走在校园或乡间，一如他们共同走过半个多世纪的风雨。

"康健老师真的真的，是一位特别有教育情怀和理想的长者。"连说两个"真的"时，师旌议加重了语气，神色间也多了几分感慨和敬仰，"这么大年纪的人还在谈梦想，我还是第一次听到。"

摆在创校团队面前的事情千头万绪,康健最先关注的却是一个看似不起眼的问题:饮水。学校里所有的饮用水都来自一口水井,康健在周边村镇考察时就注意到,当地村民的结石率非常高,做结石手术的人也很多,他们自嘲说,想要不得肾结石,只能每人发一根绳子,天天跳绳来预防,这正是因为长期饮用这种钙质很高的地下水。康健第一时间为学校安装了净水器和饮水机,使饮用水达到了飞机场的饮用标准;为了避免学生烫伤,教室的饮水机只提供冷水和温水,需要开水可去办公室找老师要。

第二件事是改造浴室。学校之前的浴室没有暖气,冬天很冷,康健请工人给浴室配上太阳能热水、热风和单间。工头觉得没必要建单间,康健却坚持,因为这关乎学生的尊严。整个工程最后花了30万元,不少人认为没必要,康健告诉他们:"农村学生有权同样享受改革开放的红利,有权享受文明的生活。"

类似细小的变化不断出现在学校里,点点滴滴又绵延不绝。老师们把各个教室重新粉刷;在校园多处增加了安全护栏;给食堂和宿舍增加防蚊蝇设施,食堂的柴火灶、土烟囱换成了电灶,切菜的操作台也换成了不锈钢的;在控制预算的前提下,还为学生设计了高出国家标准很多的营养餐;负责后勤的白纪超每次检查配送的食材,只要发现有一点不新鲜就会要求供应商重新送。原本的营养餐中有牛奶,但很多农村学生不喜欢喝,往往造成大量浪费,学校于是换成了酸奶。

老师还从刷牙、洗脸、洗脚、换衣服、收纳物品教起,培养孩子良好的生活习惯;带着学生一起进行垃圾分类,与学生们分享环保理念。家访时他们又发现，许多孩子在家没有自己的个人空间，连一张桌子都没有，有的孩子只能把作业本摊在地上，蹲着写作业，于是向家长提出，要让每个孩子在家有一张课桌、一套独立的床铺、一套独立的餐具，这样并不需要花多少钱，但可以保证学生的隐私乃至生活尊严。

一年后，第二所美丽小学在大理巍山县成立，康健带领团队在此做了同样的改造。老师们把全校学生的衣服、床单、被套都做了清洗，用消毒水浸泡，在阳光下暴晒，培养学生们洗头的习惯，还在学校设置了每天一小时的大课间，好让孩子们保持足够的运动量。

和生理健康同样重要的是心理健康。大部分农村学生自幼就面临亲情缺失的问题，父母或是长期在外打工，或是早已离异，孩子只能跟着爷爷奶奶生活。康健不禁质疑："这么小的孩子离开家庭和父母，到学校住宿，他们需要的难道就是上课吗？他们需要的是父母的陪伴，需要的是亲情、乡情。"老师们因此很大程度上承担起了家长的职责，他们日常鼓励学生们表达自己、关心他们的情绪，培养他们对学习与生活的热情，还为此开设了社会情感课，与孩子们讨论如何关怀身边的人，如何来处理自己心里的问题。

这些举措大多并不需要太高投入，给厕所的每个隔间各安一道门，总共只花费500多元，没有任何一所学校会缺这笔钱，但这微小的投入足以让学生懂得"隐私"的概念，并因此学会尊重。只是诸如此类的小事，之前几乎没有人会主动去做——家长缺乏相关意识，学校则把主要精力放在应试上。在康健看来，学生最重要的不是成绩,而是身心健康、安全和尊严。

在如今"内卷"盛行的社会,这一理念显得十分大胆,康健也知道这样会有风险,招募之初他就提醒王珂等年轻老师,这次办学是有可能失败的。分众美小成立满一年,学校在镇上的成绩排名果然出现下滑。东瓜全镇共有八所学校,每次大考,除了师资最强的镇中心校永远稳居第一,曾经的兴隆完小经常是第二、三名的有力竞争者,如今分众美小却只排到全镇第六。后来王珂总结,这是由于老师们之前大多是教初中,没能在短期内摸清考点,带学生做的应试复习效率也不够高。

唯一让他们庆幸的是,学校的英语成绩遥遥领先,当地教体局因此仍然认可分众美小的教学成果,还邀请老师们对外推广英语教学的经验。第二年,分众美小的成绩得到了显著提高,从第三年开始,成绩常年稳定在全镇第二名到第四名,追平了兴隆完小时代,学生们的整体健康、运动水平更是遥遥领先其他学校。

这份坚持的勇气既源于美丽小学的教育理念,也源于康健对中国教育现状的了解。在北大附中担任校长多年,他很清楚那些名校是如何提高升学率的:或是靠抢占优质生源,或是靠增加学习时间、挤压学生的正常成长空间。北大附中更是占据了最优质的生源:黄庄校区身处北大、清华、中科院之间,家长大多在这些机构任职,学生们自然生来就享受优质的家庭环境和教育氛围。如果把北大附中的学生都换成普通学生,那么没有任何一位校长敢保证学校还能拥有此前的升学率。

而这些优秀学生最重要的素质,就是受家长影响而形成的主动学习意识。那些年,北大附中每天下午三点半就放学,同时仍保持着极高的升学率。曾经有一位外地学生转学过来，原本优异的成绩很快一落千丈，只得在三个月后又转到其他学校。他原先就读的重点中学实行封闭式管理，学生们清晨六点开始早读，晚上十点才下晚自习；来到北大附中，他没了老师的监督，很快就沉浸在放学后的各种社团活动中，却不知其他同学回家后都会主动学习，自己没有养成这种习惯，成绩自然跟不上。

"现在的孩子为什么这么累？因为他做的事情不是他自己想要干的，而是被逼迫的，他不可能高兴，也不可能不累。人只有愉悦的时候，才是不知疲倦的。"康健在分众美小要做的，正是激发这些农村学生们的学习兴趣，培养他们主动学习的能力。

六年下来，学生们变化明显。之前不爱洗脸、洗澡的孩子，如今一到阴天就开始着急："老师，老师，今天太阳能是不是不起作用了，我们洗不了澡？"上了初中的学生参加完运动会，每个孩子都满面红光，手里拿着同样鲜红的奖状，一见到来访校的康健就围拢过来，一个孩子自豪地说："校长爷爷，运动会上我拿了三张奖状，因为只让我申报三个项目，不然我可以拿更多！"王珂带着嘉宾参观校园，有一年级的小姑娘捧着小花盆跑过来，一脸认真地问："校长，马上就是清明假期了，我要回家，请问你能不能帮我浇浇水？"一个从入学起就不断被同学告状的调皮男孩喜欢上了跑步，在家用木板自制了起跑器，后来又自制了接力棒，上面写着博尔特的英文名：Usain Bolt。学生打扫宿舍卫生时，有的宿舍门口还会挂上一块"免检"的牌子，意思是谢绝老师打扰，自己可以把卫生搞好。

最重要的是，他们的脸上都带着发自内心的轻松笑容。"让学生的表情松弛下来"一直是康健评价一位校长办学优劣的重要标准。学生见到校长如果心存畏惧或者敬而远之，那么他一定不是好校长。

分众美小的办学经历使康健更加确定，自己为中国乡村教育探索出了一条全新道路：政府牵头、企业提供资金、专业组织负责管理和教学。这样的模式将大大激发乡村学校的活力，乃至使乡村学校走上一条完全有别于城市学校的全新发展之路。云南的许多少数民族被称为"直过民族"，意为从原始社会直接跨越中间几种社会形态，进入社会主义社会、接受现代文明，而众多乡村小学也有希望通过全新的办学模式，成为这样的"直过"学校。

两所美丽小学的建成只是起点，六年办学同样只是开始，康健的目光始终紧盯更长远的未来。在他的主导下，楚雄当地又建立了"美丽初中班"，全部由分众美小的毕业生组成，由美丽中国的老师继续授课。康健更希望在美丽小学之外建立教育研究院，负责归纳汇总办学经验，以便形成完整的理论体系，继续指导本校的办学，更为其他乡村学校的办学提供参考与借鉴，从而将美丽小学的成功经验逐步推广到其他农村地区，改变中国乡村教育的现状。

这些都需要时间。康健不知道自己的时间还够不够，他自称对此心向往之，"身"不知能不能到达。但他相信，年轻人会把这份事业继承下去。他对好几位年轻老师说过："世界是你们的。"却从不说出下一句，因为"世界不可能是'我们'的，只能是'你们'的"。

回顾当年的初心，他总会想起日本的治沙专家远山正瑛，从

20世纪80年代起,他就千里迢迢来到中国内蒙古的恩格贝沙漠植树治沙,还说:"我七老八十了,要想治沙已经不行了,但在我这个年岁,还来得及栽一棵树,那我就先栽一棵树吧。"

康健也是同样的想法:"这是我做了一辈子的事,是原来还没做完的事。现在继续去做一点,好像是在弥补遗憾,将来给生命画句号的时候,好让心里觉得还行,能够对自己说,这件事我曾经努力过。"自己也许无法改变整个乡村教育,但可以先去栽一棵树,给一部分农村学生提供好的生活和教育。

在分众美小的时候,康健曾让学生们跟着自己说"我爱健康",师生共同把这句话重复三遍后又倒着念,就成了"康健爱我"。学生们笑成一片,对他们来说,这是校长爷爷又一个小小的玩笑;但对康健来说,这就是他的心声。

成为生活家

小而美

天色渐暗。浅蓝淡绿的气球掩映在翠绿枝叶间，垂下的薄纱在飘荡。小小的操场开辟出一角，布置成更小的舞台，上面搭起几块幕布，贴满学生们的卡通头像，连同两位老师总共24人。上方是卡纸剪成的两行字：22届毕业礼，我与美小这六年。

校门口挤满了等候入场的毕业生们，男女生都是红领巾搭配白衬衫或白裙子，身旁是各自的家长。无论大人孩子，手上都戴着一朵毛茸茸的小红花。孩子们叽叽喳喳，家长们面对镜头反而有些腼腆羞涩。

王海月忙前忙后，她是这场典礼的策划之一。毕业多年，她看起来仍像是学生，清秀白皙的脸上戴着一副圆眼镜，笑起来让人想起卡通片里的女主角。2014年从湖南大学毕业后，她在大理巍山支教两年，2016年和同事们一起来到这里，云南省楚雄市东瓜镇兴隆村，学生们那时刚步入校园成为一年级新生，有孩子还记得当年开学典礼上收到的文件袋，里面有两颗奶糖，甘甜的滋味至今记忆犹新。

如今，曾经踮起脚尖都够不到黑板、坐在椅子上双腿直晃的小女生，个子已经快要到黑板上沿；往日挂着鼻涕跑来求助"老师，我的橡皮找不到了"的孩子，成了轻描淡写问"老师，还有什么要帮忙的吗"的少年。孩子们个子长高了，声音成熟了，多了许多智慧，也添了几缕成长的烦恼。而今天，2022年6月23日，22位学生迎来毕业典礼。他们也是第一届在分众美小完整度过六年的学生，小学时光与老师们的办学轨迹完全重合。

凡红梅同样带着低一级的学生在布置会场，明年就该他们毕业了。她是王海月曾经的同事，现在在镇中心校教书，这次是以嘉宾身份回归、与同事和学生们重逢；也是在场者当中为数不多经历过学校两个不同时代的老师。

2000年她师专毕业后被分配过来时，学校还叫兴隆完小。16年间，凡红梅经历了八任校长，她曾用菲薄工资替学生垫付过学杂费，也曾在雨季的泥泞山路上跋涉几小时去劝说辍学的孩子回学校。2016年3月，她第一次听到学校要被另一批老师接手的消息，之后一个学期内，陆续有一茬接一茬的"领导"前来巡视，同事们议论纷纷。那个学期末去中心校参加培训时，她们又接到校长张成龙的通知：有人要找老师们谈话。进办公室之前，张成龙还强调："要讲普通话。记住，一定要讲普通话。"这让日常习惯方言交流的凡红梅有些惶恐。

时过境迁，她已忘记了那次会谈的大部分内容，只记得对方问学校还缺什么。老师们回答，学校很多科目都缺老师：音乐、体育、美术、英语；水质也需要改善。走出校长办公室，凡红梅心情有些莫名其妙的轻松。对面两位年轻人最后说："谢谢你们，今天很高兴，我很喜欢和你们谈话。"工作16年，第一次有人这样对她说话。

那也是她第一次见到未来的同事们。此后共事的五年里,他们带给她和学生们的,始终是这种亲切温馨的感受。凡红梅后来才知道,那两个人是王珂、师旌议,后来新学校的校长和首任学生工作主任。那次会面是在了解哪几位当地老师适合继续留下。

2016年9月,新学校正式开学,凡红梅成为三位留任的当地老师之一,包括王海月在内的其他十几位老师则全部出自美丽中国支教项目。这所学校由此开创了全新的办学模式:学校依旧隶属东瓜镇中心小学,接受中心校及各级教育主管部门的指导与管理,保持公立性质不变;日常的教学、管理由美丽中国方面派遣的支教老师负责;分众传媒集团提供资金支持,学校因此被命名为"分众美丽小学"。三方的共同目标是,用六年时间在这所乡村小学进行教育创新,为中国乡村教育探索出一条新路。

走进如今的分众美小,访客们大多会赞叹这是一所"小而美"的学校。"小"是一目了然的,操场是两个并列的篮球场,教学楼也只有两栋,站在三楼阳台便能将整所学校收入眼底;"美"却远不止崭新的教学楼、塑胶的操场、周边的田园风光,更潜藏在一个个细节当中。

教学楼前的公告板摆放在成年人腰部的位置,老师看需要弯腰低头,却刚好适合学生的身高。每位班主任都有权自行布置教室、购置学习和生活物品。各班的图书、玩具、棋牌、体育器材面向全校开放,每个学生都可以直接去拿。食堂旁的小舞台铺着假草皮,任由学生在上面摸爬滚打。洗手池的墙面上贴着竖大拇指的图案,并配有一行字:"水开多大就够用",以直观的方式提醒学生节约用水。贴在这里的镜子同样高矮不一，以方便不同身高的孩子照。厕所里张贴着性教育相关的海报，介绍健康知识，女厕还特地装了应急卫生巾，并附上一段话：

> 我们需要记住我们的月经周期，但有时它又来得不那么准时，这里的卫生用品是备不时之需，如果真的有需要，可以拿去用。如果你拿了一个，再放回一个，就更好啦！

就在分众美小毕业典礼的数周之前，距离这里212公里的哔哩哔哩美丽小学（以下简称哔哩美小）也举办了本年度的"六一"儿童节系列活动。学校坐落在云南省大理州巍山县南诏镇，那里是南诏国的发祥地。如同校名所昭示的那样，它由哔哩哔哩（以下简称B站）资助建立，同样由美丽中国的老师们承办，比分众美小晚一年成立。

B站两位UP主"破产兄弟"受邀来到这里和学生们共同度过"六一"。这是一场完全属于孩子的联欢会，主持人、摄影师、音响、直播主播都由学生们担任。三年级带来了武术表演，孩子们一身红衣，行云流水地表演棍术；四年级用纸盒把自己打扮成"变形金刚"，表演了服装秀；一年级的小女生们换上汉服，表演了古风舞；戏剧社的孩子穿着古装，把"三顾茅庐"的故事改编成小品；非洲鼓、花式跳绳等社团也各自带来看家本领。连家长们都换上彝族的传统服饰，吹着芦笙载歌载舞。

第二天，整座校园都变为游园会和集市，学生们既可以在各科老师的摊位上做趣味游戏、领取奖品，也可以自己摆摊，售卖或交换自制的南涧油粉、奶茶、水果布丁、串串香，乃至各种书、玩具、文具、手工艺品，彼此问价、付款、交货，收摊时统计收支，许多学生在生产者、经营者、消费者等多重身份间转换。有别出心裁的学生还卖起了故事，自己向听众每讲一段故事，便收取两枚"美丽币"。

这是学校里的流通货币，由老师们专门设计并联系商家制作，金属质地。学生如果在班级、学校里表现优异便能赢得它，也可以通过完成节日海报、黑板报等任务获得；担任图书管理员、门岗守卫、餐厅打菜员等职位，每周还能领取用这种货币结算的"工资"。哔哩美小还专门成立了"美丽银行"，学生如果将美丽币存储于此，甚至能获得一定利息。

两所美小的课表显示，学校每天有7节课，但学生接受教育远不止在课堂上，老师们力求把校园里的每个角落、生活里的每个细节都化作教育的机会，学生学到的远不止书本知识，生活本领、劳动技能、审美体验、人际交往、思维方式……说到底是如何生活。就像它们各自的教学楼上那一行共同的校训：

生活即学习，学习即生活。

用　心

毕业生和家长们排好了队，王海月和同事杨迎迎并肩站在队列的最前面，她们都先后担任过这个班的班主任。一切准备就绪后，两人拉起手率先步入校园，毕业生也拉起自己的父母，跟在老师身后穿过气球组成的夹道，学弟学妹们从四面八方向他们欢呼。

校长王珂远远望着这一幕。在他看来，这是六年来最孩子气的一届毕业生，长期身处更安全、更容易密切交流的环境中，他们会更加放松，也由此保留更多的天真。他希望他们可以成熟得再晚一些，以后也老得更慢一点。

截至2023年，王珂已在云南农村待了13年，并且还准备继续待下去。2010年，他从南京大学毕业，前往临沧支教两年，之后一直留在美丽中国，担任过项目主管、教学总监。和支教之初相比，他外表变化不大，性格也没变，在外人面前仍不苟言笑。以校友身份和晚辈支教老师见面时，负责筹备的同事委婉提醒："可以表现得更激动点。"他上台发言还是会说："我现在除了脸，哪都挺激动的。"前一年的毕业典礼，有支教老师看到他与学生的合影后留言："王校长会笑了，看得我好想哭。"今年则有毕业生祝愿他："祝校长以后多笑一点。"

回首六年办学，最初的兴奋早已被平静所取代，就像每段感情都会从轰轰烈烈的山盟海誓逐渐变为柴米油盐的琐碎日常。好在沉淀多年的关于教育的思考，依旧在驱动着王珂继续探索乡村教育的可能性。

时光回溯到2016年7月下旬，他和同事们会聚到东瓜镇，事无巨细的任务随即滚滚而来：校园改建，调整馆室分配和布局，补充办学物资，设计作息表和课程表，对接村委会，筹备开学典礼。有的老师还要安顿家庭，有的需要统筹暑期培训，所有人还都要利用碎片化的空闲时间，从锅碗瓢盆开始，在小镇上一点点搭建自己新的生活。

在那个夜以继日连轴转的夏天,一个触及办学根基的问题已经摆在老师们面前。在宿舍里搭伙吃饭时,站在校园里看着挖掘机与卡车轰鸣往来时,一整天忙碌后终于在深夜一头倒在床上、即将入梦时,清晨在绵延半个月的潺潺雨声中醒来、头脑依旧朦胧时,这个问题总会飘荡在老师们心头,拷问着他们:办这所学校,想要培养出什么样的学生?

凡红梅同样焦虑。开学第一周,她每晚都要失眠,手心出汗,见了年轻同事就紧张,觉得自己无论学历还是能力都差得太远,连普通话都说不好,她经常找不到合适语句准确表达自己的意思,只好尽量少开口。每次开会讨论,凡红梅都很少发言,被问到时总是回答:"校长说了就好了,我负责好好教书。"每周五下午的教师例会最难熬,那时王珂总会举起手机,打开摄影功能,请老师们逐一面对镜头表达本周工作的感受。凡红梅只要看到镜头转向自己,马上就会紧张起来,只能别过脸捂着嘴,连连告饶"我说不出来"。

那时她还不知道,自己身处的也许是全中国村小里平均学历最高、平均年龄最低的教学团队,但她能意识到这些年轻人与从前同事们的区别,不必说上课与待人接物,就连日常讨论问题都与众不同:学生吃饭能不能说话?一定要等全宿舍人齐了再一起去打饭吗?男生头发能不能过耳?能否带零食来学校吃?宿舍的被子应该叠成什么形状?办学的前两年,不仅老师之间,师生、学生之间也总会进行类似的讨论。

学生工作主任陆翼留着一头半长的头发,戴着黑框眼镜,长得有点像摇滚歌手,自带几分文艺不羁的气质,之前他曾在临沧支教,又在保山地区担任项目主管。他回忆办学之初,老师们按照惯例,要求学生把被子叠成"豆腐块",观察一段时间后却发现,许多低年级学生叠豆腐块要花费一刻钟以上的时间,不少孩子甚至只能将被子铺到地上才施展得开。

陆翼号召老师们为此讨论:"豆腐块"到底是为谁叠的?其实只是为了维持整齐划一,让大人看着开心而已,没必要让学生为这种事情耗费那么多的时间与精力。陆翼之后又征求学生意见、组织全校讨论,最终决定由各宿舍自己决定把被子叠成什么形状,只要宿舍内统一就好。外人自然会感到惊讶,老师们却认为这些讨论都是必要的。对学生而言,叠被子不仅是住宿时需要,更是日后伴随一生的生活技能,这同样是一种学习,为了生活而学习。

这一教学理念,在分众美小成立之初就已成为团队共识。那个夏天,校园里一直在施工,整个团队经常聚到某位老师的宿舍里讨论教育理念。宿舍的面积有限,家具也还未置办齐全,他们经常要两人挤一把椅子,有人索性坐在地上,在这样的简陋环境中一直讨论到深夜,连七十多岁的老校长康健也不例外。不知第多少次的讨论中,有人突然冒出一句"生活就是学习",立刻得到热烈响应,有人又想到陶行知的"教育即生活,生活即教育",于是有了如今的校训"生活即学习,学习即生活"。之后的六年里,团队仍然在继续探讨办学理念,也曾对其数次修正,但兜兜转转还是回归到这十个字上。

十几年来身处中国乡村教育一线,王珂最深的感受是,农村学生和城市的同龄人本质上没什么不同，有区别乃至落差的只是生活环境、成长经历，这些却同样有其独到之处。多年以来，他目睹过乡村教育的诸多不合理之处，更见识过关于农村人的各种刻板印象，一遍又一遍听到诸如"农村没那么多讲究""农村孩子哪需要这个""我们那时都是这样过来的"之类的言论。在王珂看来，农村学生有权和城市学生享受同样安全、健康、有尊严的生活，不应受到任何区别对待；但不应承受同一把人生标尺的衡量。在如今的社会现实下，"好好学习—考个好大学—找个好工作—成为城里人"这条人生路径不仅比从前艰难，而且本身就不该成为农村学生唯一的出路。

13年前刚成为支教老师后的第一节课，王珂给学生讲大学生活，一个男生却趴在桌上睡觉。课后他向班主任提起，班主任告诉他，那个学生打算初中毕业后就进亲戚的工厂做工，早就不准备读书了。很快王珂又了解到，在这所农村学校，甚至在整个中国农村，这样的学生才是大多数。从此他明白，自己面对的不是物理课本和期末试卷，而是农村孩子的真实生活。后来，他开始和学生们聊与课程无关的话题，学生们的生活、自己的生活、村子外面的生活，希望引导学生明白，就算以后不去上学而是去打工或开店，仍然需要学习才能做好这些事。

这样的理念也被运用到如今的办学中。所有的孩子小时候几乎都会被问到"长大后想做什么"，也大多会给出符合大人期待的回答：成为科学家、艺术家、文学家，各种各样的"家"，其实绝大多数人都会成为普通人。但任何人无论从事什么样的职业，都需要生活，至少可以尝试着成为自己生活的专家。抱着这样的想法,老师们提出了"美丽生活家"的育人目标,又加了一句"终身学习者",以此呼应"生活即学习,学习即生活"的理念。

他们从日常的点滴着手做起。"被子叠成什么样"只是无数例子当中的一个,访客们只要在分众美小多待上几天,很容易就能从各种日常安排中体会到更多的与众不同:每周"国旗下的讲话"不是千篇一律的朗读稿件,而是学生在全校面前展示自己的时刻,只要愿意登台,每个学生都可以提前预约,内容不限:表演自编的小品、朗诵自己的诗、分享六一游学故事,还有班级登台合唱。广播体操也经常会被左脚舞、各种体育运动乃至自由时间代替,因为任何形式都可以让学生达到运动的目的,不必拘泥于做操本身。"流动红旗"虽然有,但不是评比产生,而是各班自行设定卫生目标,这样一来,无论班级、宿舍还是校园,学生们都可以主动打扫得干干净净,厕所的卫生标准是:即使吃着苹果进去也不会感到不适。

在外人眼中,这些做法意味着高昂的成本,也难免有人质疑它们能否在其他学校复制与推广。办学之初,团队对此同样心里没底,王珂还特意与老校长康健交流过。康健却用一贯的启发式教学法反问:"你觉得,美小的优势到底是什么?"王珂列举了许多:团队年轻且富于创新精神,分众传媒在资金和物资上的鼎力支持,当地教育部门的信任。说完这些后,康健替他补充了最后也是最重要的一个优势:"因为你们这群人用心。"

耳濡目染一段时间后,凡红梅逐渐理解了年轻同事的想法。王珂也私下找过她好几次,表示她的视角很宝贵,鼓励她多思考、多表达。后来再录视频,她都会提前想好要说的内容,鼓起勇气面对镜头说上一两句，就这样越说越多，越来越习惯面对镜头发言。如今回忆起这段往事，她还是会继续捂嘴，为那时的自己感到好笑。

建校第二年的某次例会上，年轻老师们争论起如何改进路队制。凡红梅起初仍然默默旁听，犹豫再三还是忍不住开口，讲起自己从前管理路队的心得，一口气说了几分钟。办公室迅速安静，直到凡红梅说完，寂静依然持续了一阵子。最后是王珂第一个反应了过来："凡老师，你终于肯发言了。"凡红梅羞涩地低下头。当年，她正是兴隆完小路队制的创始人。

那是凡红梅融入团队的开始。之后与同事们朝夕相处的五年里，她同样一点一滴地向他们学习，在那本从不离身的工作日记里记满各种心得：

> 学校规定写周计划和总结，这是我之前没遇到过的。开始时，我觉得事情有点多，难适应。写着写着，我认识到作为老师，要有专业性，计划要到每天。
>
> 小美不爱讲话，王海月老师总是左一次右一次地慢慢引导。今天我又看到了她在等小美说话，等了很久也没有情绪。这感染了我，应该关注后进生，关注具体的同学。
>
> 今天的校园开放日活动策划，最后的方案是大家一起讨论定下来的，"亲子相处"的环节方案修改了8次！团队真的是群策群力，有团队精神、民主性和凝聚力。
>
> ……

"X"

毕业典礼上，一个个节目依次上演，一年级是舞蹈，二、三、四年级是合唱，五年级的孩子表演花式篮球，有几个节目，毕业班也和学弟学妹们共同表演，都是他们之前在其他场合表演过的。所有孩子落落大方，毫无忸怩羞涩。之前的六年里，老师们一直鼓励每个孩子都主动展示自己，频繁的嘉宾访校、丰富的课外实践活动也让学生们乐于表达与交流。

在各自的所在地，两所美丽小学无疑是课外活动最多的村小，"破产兄弟"在哔哩美小见到的那些节目，都来自学校每天固定的"X Time"，这段时间从16:00结束全天课程，一直持续到17:30放学。一个半小时内，每位学生都可以自行决定做什么，老师只负责决策前帮忙参考、决策后满足学生的要求。哔哩美小为此提供了40多种社团活动，有的是本校老师自己授课，有的是邀请村民来教授打歌、古筝、舞蹈等当地传统活动，也有的是由B站UP主视频授课，老师在线下配合。

校规允许的范围内，纯粹的自由活动同样可以。在老师们看来，人一辈子都在做选择，小到吃什么，大到去哪里上学，学会做选择是人生的必修课。学校在保证安全和健康的前提下，有必要为此提供机会，让学生练习做选择并自行承担相应后果；越早把选择权交给学生，学生也就越能明白如何对自己和他人负责。

任盼瘦瘦的，浓眉下闪烁着明亮机敏的目光，平时爱说爱笑快人快语，和任何人聊上几句都能迅速变为熟人。他曾在临沧支教两年，又在广东潮州担任过项目主管，也是分众美小创校团队的成员。在对教育试验性的探索上,他或许是整个团队走得最远的,分众美小历史上最"先锋"的一次试验,正是由他主持。

2018年11月的一次班会上,有孩子对打扫卫生、完成作业和遵守班规等要求表达了不满。任盼没有打压他们,反而主动提出,可以让他们享受一周无须遵守规则、不必承担责任的"自由"。师生共同签署了一份《自由人协议》:任盼允许这些学生不听课、不完成作业、不打扫卫生;相应地,他们也不再是班级成员,不再参与任何班级活动,不得使用班级的图书和体育用品,任何同学都有权随时请他们离开教室。学校还特意为几位"自由人"举行了"校外参观人员"的授牌仪式,甚至调整了教室布局,专门为他们摆出了"嘉宾席"。

之后的五天也许是分众美小历史上最新奇的一周。前两天,"自由人"们兴奋不已,在其他同学上课时随意跑到操场上撒欢,打篮球、打乒乓球、弹玻璃珠、追跑打闹,也吸引了不少同学艳羡的目光;但从第三天开始,他们便玩腻了所有项目,有学生坐在操场旁无所适从;第四天,有学生主动询问任盼什么时候结束,有的向老师讨价还价,想要部分参与集体活动,甚至提前结束"自由人"体验,但任盼依旧坚持履行协议。

其实那一周,老师远比学生煎熬,任盼心底盘旋着无数担忧:这些孩子会不会闯祸?会不会在玩的时候受伤?甚至这次试验会不会反而激发出他们的叛逆心理,从此再也不肯遵守学校的规则?那几天他表面上若无其事,却始终在暗中关注着"自由人"们的一举一动。

周五姗姗来迟,任盼长舒一口气,在班会上邀请所有"自由人"分享这一周的感受,几个孩子纷纷诉苦:"不好玩,就是打篮球打乒乓球,没有其他事情干。""我用不了集体的东西,一用就有人说我。"也有旁观的孩子指出:"他们并不是真的自由,虽然不用打扫卫生、写作业,但好多事情也不能做了,比如我们出去他们也不能跟着,看电影也不能参加。"那次班会的最后,任盼询问"自由人"们是否选择回归集体,所有人都做出了肯定的回答,只有一个孩子因为晚一天加入,时间不满一周还不能回归,红着脸说:"我下周就回来了。"

跨学科的融通则是学校课程的一大特色。哔哩美小的校外有一处"美小农场",是一位家长主动贡献出的土地。学生们从家里带来锄头、铁耙等农具,在家长的指导下清理杂草、施肥、松土、整平作垄,然后播种、浇水。师生们还专门研究过"一亩地的价值":学生们跟着数学老师测量土地的面积;跟着科学老师研究如何改良土壤,清理多余的石头,用水果和树叶制作堆肥,学习如何根据气候条件、各种农作物的特点制定种植规划。在成果展示环节,学生们提出了不同方案,有的说要种挣钱的烤烟和贡菜,有的则提出在此建一座农家乐庄园。刘泉策划了这个项目,他是哔哩美小唯一从创校坚持到现在的老师。家乡是江西的一座小村子,从小在田间地头长大,他对于耕田种地再熟悉不过。

即便是语文、数学这样的科目,老师们也都在强调与生活的联系,称之为"语数小用",也就是"小小地学以致用一下"。分众美小2022年的语文节上,张旋为三个年龄段的学生设计了不同项目。低年级学生的任务是"听指令做动作":"请把教室前方地上的纸团捡起来,扔到教室后方的垃圾桶里""请拿出语文书,翻到第 26 页的课文，指出第二段的第一句话"。高年级是个人演讲，主题包括："好友偷拿了学校的平板，我看到了，该怎么办""家长偏心弟弟妹妹，要我让着他们。我的看法是……"

五年级的阿伟选择了"智慧和美貌药水我选哪瓶"作为演讲主题，坦然面对全场观众开了口：

"如果我喝下智慧药水，那么我会一路很顺利地考上我想去的初中、高中、大学，还能找个好工作，去了就领高工资。虽然，虽然……长帅点也挺好，招女孩子喜欢，但我已经有美貌了，还有智慧的话……"

台下"咦"声四起，有孩子在起哄，有孩子在撇嘴。阿伟神色泰然，继续振振有词："还有智慧的话，我就能知道女孩子心里在想什么，然后和她们友好相处。谢谢大家！"他鞠躬谢幕，担任考官的老师随后对照打分标准给出反馈意见：选手整体表现自然大方，也会和观众有眼神交流。吐字清晰，语句比较连贯，基本没有语病，能围绕主题清晰阐述观点。最后提出建议：最好能结合更多生活中的例子来支持自己的观点。

社会情感教育则被摆到了比文化课更为重要的位置。时任教学主任邱籹佳专门组织过恋爱主题的讨论，她先提出一系列问题供学生思考：你如何确定自己喜欢这个人？你喜欢一个人会告诉对方吗？为什么？怎样表白比较好？如果被拒绝，你会怎么样？如果别人向你告白，你会考虑什么然后接受或拒绝？……学生们的争论甚至带了几分思辨色彩：

"你以后可能就不喜欢他/她了。"

"你怎么知道我就不喜欢了？"

"就像你的衣服,你还会去街子上买其他更好看的衣服的。"

"我这件衣服已经穿了好几年了,我还要继续穿的。"

……

当老师提问"在一起之后,不可以做什么"时,一种微妙的气氛开始在教室里蔓延,孩子们或是互相交换心知肚明的眼神,或是交头接耳,脸上都带着暧昧的笑,直到一个平时不爱说话的学生冷不丁捅破了窗户纸:

"火车钻山洞嘛。"

教室炸开了锅,哄笑吵闹声几乎掀翻屋顶。终于使学生安静下来后,邱籹佳把讨论扳回正题:"'火车钻山洞'也是一种形象的表达,但在课堂上,我们能不能把它转换成更科学的语言,然后没有心理负担地交流呢?"在老师的引导下,学生们大大方方说出了"性行为"这个词。

在两所美丽小学,这样的课程、活动被统称为"生活家课",正是为了贯彻"生活即学习,学习即生活"的教育理念。老师们把"美丽生活家"作为教育目标,又将其概括为七个成长点:

能自处

善相处

有思有行

有意思

健康

热爱

X

建校之初，这样的教育理念自然会招来各种不解乃至质疑，曾有家长反馈："我建议你们把更多时间花在提高孩子成绩上，而不是搞这些与提高成绩无关的事情。"另一个学生的父亲也从不参加学校的开放日，认为搞这些"有的没的"的活动没意义。

更大的压力来自学生成绩，哔哩美小尤甚。现任校长程哲瘦瘦高高、皮肤黝黑，曾在临沧支教，也是分众美小创校团队成员，后来又前往哔哩美小担任教学主任，2021年被任命为校长。他回忆，美小团队接手这所学校之前，它在当地就常年排名倒数；建校一两年后，入学新生的人数比前几届多了许多，老师的名额又因预算有限而无法增加，结果师生比从建校初的1∶10暴涨到1∶15。几年下来，老师们即便全力投入，仍难以让学校的排名有所提高。

在分众美小时，他认为如果自己当校长会比王珂做得更好；如愿以偿后，很快诚心诚意地向王珂道了歉："对不起，以前不懂事，没有理解你的难处。"当校长的第一年，也是他人生中道歉最多的一年：为过去的不懂事而道歉，为没有时间陪学生而道歉，为没有很好地支持老师而道歉，为学校排名无法提高而道歉……在食堂吃饭时，身旁的学生问他当校长开不开心，程哲顿了顿："我还没想过这事。"另一个男生插嘴："老师当校长肯定累了，以前老师当教学主任的时候就很辛苦，现在做了校长，事情更多，所以更累了。"

那时，每次有熟人问起学校成绩，老师们只能笑着回答"还行"，并不忘强调"考试成绩不是衡量学生的唯一标准"。各自作为当地平均学历最高的教学团队，也都有过至少两年的乡村教学经验，他们当然清楚各种应付考试的手段，也完全可以像其他学校那样把追求成绩作为重中之重，但那意味着违背自身的教育理念，办学也失去了意义。在南京大学读本科时，王珂的专业是信息管理，对数据统计的意义再清楚不过。但从事教育十余年，他越发深刻地意识到：数据往往无法代表一切，如果只看表面数据却忽视真实个体，很多社会问题便会因此被掩盖，教育更是无法被分数、升学率、奖项这些直观数据明确量化，只有回归到"人"本身的诉求，才有可能从根源上真正解决问题。

好在两地的教体局仍对学校报以极大的包容，分众传媒、B站同样表达了信任，两所学校得以继续坚持原有的教育理念。从第二年起，分众美小就每年稳定居于全镇第二名到第四名。哔哩美小尽管排名不变，但相比从前，学校的平均分也有了明显提高，与其他学校的差距在逐渐缩小。2022年期末考试成绩出来之后，中心校的领导第一次对程哲说："你们学校的成绩到了这个程度，已经可以了。"

回顾这段往事，王珂和程哲仍然都认为，不应当只盯着眼前，要看学生的长远发展。他们见过太多农村孩子从小就受到学校的严格管理，即便小学阶段可以靠着大量机械重复式的练习取得不错的卷面成绩，但上了初中、高中后，随着课程难度的增加、师生关系的僵化，又缺乏家庭的支持，很多学生都会出现明显的厌学情绪甚至心理问题。只有长久保持对学习的兴趣和动力，才能保证在以后不被淘汰，这样的动力在学生未来的人生中也至关重要。

美小的七个成长点中,最后一个是X,它代表学生不断变化的成长需求,也代表着未知和无限可能,对每个人的含义都不尽相同,每个人也都要在自己的人生中去寻找各自的答案。老师们要做的,正是为日后学生们各自的探索,提供更强大和持久的动力。

美丽DNA

天完全黑了,操场亮起灯。两个身着长袍的身影一前一后登上舞台,顿时引爆全场。话筒里传来不疾不徐的声音:

"大家好,时隔三年,又是我俩站在这个舞台上……"

"先给大伙做个自我介绍:我是美小19届毕业生阿林,现在楚雄一所职中就读。……"

"读了三年初中,我只知道,有一种应用题叫啥都不会,有一种英语题叫I'm sorry,有一种成绩叫看着都惭愧,有一种经验叫老师说的都对……"

一个个包袱不时被恰到好处的捧哏、台下的笑声掌声打断。单兰迪紧盯台上的阿林,只觉得他陌生而熟悉。学生的嗓音变得低沉粗重,相貌已分明是少年,个子更比当年高了许多,身上那件长袍还是小学时买的,原本穿在身上几乎拖地,如今反而很合身。在美小时,阿林是全校人气最高的学生之一,只要有表演,他的相声必定是保留节目。

单兰迪此时却顾不上听相声,她攥住手机,做好随时救场的准备。就在节目开始的前一刻,她还收到阿林发来的信息,说自己紧张得要疯了,上初中以后就再没机会上台,都忘记该怎么表演了。单兰迪回复:"要不别上台了吧,我也有节目,我也紧张,咱俩都放弃吧。"很快阿林又发来消息:"老师你放弃吧,我不放弃。"

相声果然一度中断,阿林忘了词,捧哏的阿杰连使眼色,他依旧不知该说什么。单兰迪赶忙小声提醒:"可以看词。"阿林立即恍然大悟:"瞧我这记性,不光台词忘了,连小抄都忘了!"他举起手上的台词,故意装出夸张的认真神情,引得台下哄堂大笑,眼看就要出现的冷场被轻描淡写带了过去。单兰迪悄悄松了口气。

2019年毕业后,阿林和全班同学一起去到镇上的中学读初中,这也是分众美小绝大多数毕业生的去向。他第一次回母校是应单兰迪之邀,为学弟学妹做分享,主题很大胆:怎样看待吸烟行为。

孩子们向学长提出五花八门的问题:第一口烟是如何吸上的?吸烟上瘾是什么感觉?你现在后悔吸烟吗?为什么不赶紧戒掉?你觉得自己是坏学生吗?你还做过什么"违法乱纪"的事?单兰迪有些担心,阿林却始终坦然面对这些尖锐问题。分享结束,单兰迪骑电动车送阿林回初中,听着学生在后座上哈欠连天,师生俩在冷风中一路无语。快到镇上时,单兰迪终于主动打破沉默:"你现在是不是特别想抽烟?"

她在公厕外静静等着学生抽完一根烟,心情十分复杂,不知自己的做法是对是错。第一次得知阿林吸烟时,单兰迪便犹豫要不要干涉,却也清楚,道理没必要多讲,阿林自己在分享中说得就很透彻,但懂得不等于做到;即便自己态度强硬,也不可能只靠几句话就让学生成功戒烟。最后,她还犹豫自己的界限应该在哪里。说到底,阿林已不再是分众美小的学生,缺乏朝夕相处的机会,自己无法再像以前那样对他有足够大的影响。

那次分享过后,单兰迪在一次深谈中得知了阿林的初中生活。初一时除了吸烟,他还喝过酒、打过架,也曾下过决心痛改前非,但老师早对他有了成见,他无论怎么做也得不到老师的好脸色,坚持一段时间也就放弃了。上课时,老师也只在乎成绩好的学生,只要他们听懂,就会自顾自地讲下去,完全不理会他这样成绩差的学生。

低他两届的阿鹏也感受到了小学与初中生活的巨大落差。单兰迪还记得,班级里阿鹏的座位最好辨认:桌面永远画着各种铅笔或钢笔画,角落或桌洞里堆积着喝完的饮料瓶、啃了一半的苹果、塑料小陀螺、画满漫画的作业本、彩笔……检查宿舍卫生时,单兰迪同样会在阿鹏的铺位搜罗出各种小玩具和漫画书,有一次还在床上发现了半个发霉的苹果。而无论老师怎么批评,阿鹏也不急不恼,或是小声辩解,或是笑眯眯地保证会改:"好呢好呢。"之后依然我行我素。他还曾在一个熄灯后的冬夜拖着毯子偷偷溜出宿舍,躺到操场旁的沙坑里,想要看着头顶的月亮和星星入睡。

上初中后,阿鹏的桌面仍然乱糟糟,也仍然在画画,又多了写小说的爱好,全班都传看他的作品;学习成绩则每况愈下。小学时,阿鹏每次在语文课上回答问题,总能给出别出心裁的答案,如今这反而成了劣势,考试需要标准答案。小学老师一直和他像朋友那样相处,只要不是上课,平时都可以彼此随意调侃打闹,阿鹏把这些习惯带到初中,很快就碰了壁。有一次他吃棒棒糖,开玩笑地问老师想不想吃,结果挨了一顿狠狠的批评。

在分众美小就读,并不意味着从此一定会拥有显著不同的未来人生。毕业生里读初中后依旧品学兼优的当然有很多,但同样有许多孩子会面临农村学生常见的困境。2019届毕业生参加完中考后,单兰迪做过统计,只有不到七成的学生考上了高中,剩下的去了职中,还有不少学生已步入社会去打工。单纯从去向来看,并不比其他村小的孩子更"有出息"。

面对这样的现状,单兰迪起初会感到难过、惋惜,也会反思自己哪里做得不够好。但随着对乡村教育认识的加深,她慢慢明白过来,这不是单一因素导致的,学生们不可避免地要受到农村大环境的各种影响,老师只能做好力所能及的那部分。程哲则安慰哔哩美小的团队:"乡村教育是一条漫长遥远的路。渺小如我们,不过是有一寸光,发一寸光,有一分力,使一分力。如此而已。"

单兰迪能做的"一分力",就是持续关注毕业生的去向。分众美小教学楼的楼梯旁挂着全校每位学生的照片,每届学生毕业后,他们的照片就会被取下,代之以一张全班合影,好给新生的照片空出位置。亲手摘下一张张照片时,单兰迪难抑心中的伤感。新学期的第一天,校园里任何细节都可能引她落泪:集队时,以前学生们站的位置,现在被王海月、杨迎迎的班级取代了;篮球场上,学生们依旧生龙活虎,却不见了阿龙那一批最强的球员;教新的六年级打扫厕所,她教的好像仍然是自己曾经的学生们。

从 2021 年 9 月开始，单兰迪逐一邀请往届校友回来，与学弟学妹分享学习和生活经验，其中就包括阿林的分享。这一年的 10 月 6 日，她又策划了第一次校友会。校友们回到学校，聊天，打篮球，看电影，玩桌游，写作业，用手机打游戏，还帮老师整理了柴房；爱看书的阿慧独自去了三楼的阅读角看书，整整三个小时都没下来，单兰迪直到活动结束才发现了她，险些把她锁在教学楼里。从此，陆续有学生主动回学校来找老师，或来玩，或求助，或仅仅是想听老师的安慰与鼓励。

阿艳是和单兰迪联系最密切的学生之一，她梳着马尾，个子瘦瘦高高，小学时经常上台表演舞蹈。毕业后的那个暑假，单兰迪邀请她去昆明玩，她们一起逛街，去美妆店试妆，吃越南小吃和日本咖喱，在所有有反光的地方合影，学生只比老师矮一点。两人与其说是师生，更像一对姐妹。

一年后，单兰迪在朋友圈里看到阿艳发了一张诊断报告，她被诊断出有抑郁倾向，需要休学，当即邀请她回学校待几天。阿艳刚回到学校，那些认识她的学妹们便纷纷围过来，老师们和她谈心，她给学弟学妹分享初中生活，和他们玩老鹰捉小鸡，还在单兰迪的辅导下给一年级上了美术课。当孩子们喊着喜欢她上课时，举着手机录视频的阿艳笑得很开心。在此休养一段时间后，她的精神状况大为缓解，重新回到初中。

在学生们心中，两所美小是保护和疗愈心灵的家园。"破产兄弟"在哔哩美小和六年级的学生聊天，问他们：你们很快就要上初中了，会不会觉得自己长大了，所以不想过儿童节？孩子们齐声回答"不会"，"我要保有一颗童心"。这让两位 UP 主感叹：

"他们想做个孩子,因为知道做孩子很好,而正是老师们让这些不得不快点长大的孩子,只要踏进校门就还可以继续做孩子。"

走出美小的那些学生,本身也的确带有某些共同的特立独行的气质。2021年秋,单兰迪的学生集体升入中学,维持原有班级不变。她特意过去访校,几位初中老师告诉她,给这个班的学生上课,永远不必担心像其他班级那样死气沉沉毫无回应,有时学生讨论起来都收不住;竞选班长时,其他班没有孩子肯自荐,这个班却把手举起一大片;有一次年级里准备把美术、体育课换成语文、数学,别的班听凭安排,这个班却闹翻了天,一个女生还准备带领同学去抗议。单兰迪还不止一次听说,每当学校或班级里有同学受到其他人的指责或孤立,总是美小的学生站出来阻止,还能引用小学时从老师那里学到的话语,强调每个人都有擅长和不擅长的领域,不要只盯着别人的缺点,而要多关注那些优点。

这些都与学习成绩无关,也与日后是否考上高中、能否读大学无关。即便还未参加中考,阿鹏也确定自己考不上高中,他准备去职校学动画设计,这样还可以继续画画。单兰迪问他对未来有什么想法,他的回答依旧天马行空:像自己的诗里写的,想成为世界的魔王,一挥手,啪,不用学数学了;再一挥手,啪,学校也不在了。

阿林也没有按初中老师的意愿去改变,觉得每个人都有自己的生活方式,什么该做、什么不该做,自己都知道。每次违纪后被老师勒令写检讨,他总是能写成段子,每篇都是两千字起步,把全办公室的老师逗得前仰后合,他们索性经常让阿林写检讨。

这也让他畅想,以后可以出一本教人写检讨的书。

中考前,阿林一度被分流到职中,偏偏又意外考上了民办高中。人生的起落并不让他觉得有多幸运,无论上课还是日常管理,新学校都比初中时更加严格,他没精力继续说相声了。单兰迪问:"准备坚持读下去吗?"他回答:"必须把高中读完。"被问到,经历过小学和初中的这么多老师,自己心目中的好老师是怎样的,阿林又回答:"你这样的。"并解释:和学生没什么距离,可以和学生一起聊天,不会因为成绩而区别对待学生。

另一位校友阿平放弃了继续升学,哪怕中考分数已经超过了高中的录取线,理由看起来微不足道:高中不能玩手机。在等待职中开学的日子里,他随母亲去无锡投奔父亲,在苏州一家电子厂打工,每天工作12小时,几乎不休息。

即使按分众美小的教育理念,学生时代的阿平也属于让老师头疼的那一类学生:一生气就摔东西、砸东西,曾踢烂过学校的纱门,偷拿过教室里的科技小车。家里为他破坏的公物赔了一笔又一笔钱,有一次卖掉准备过年杀的猪,才凑齐了赔款。同班同学都不肯和他玩,他只能和一二年级的小朋友打闹。他还曾在一个雨夜和另一个孩子逃出学校。班主任张旋和家长们在镇上分头找到夜里12点,次日白天终于在菜市场里发现了他们,浑身脏兮兮的,散发着刺鼻的气味,昨夜他们是在一辆废弃破车里睡的。张旋问为什么逃学,阿平说不想待在学校,想出去学汽修;再问下去,又了解到学生家里的种种问题。她让他们洗澡、换衣服,却听到两个孩子在浴室里没心没肺的打闹和笑声,仿佛什么都没发生过。

可与此同时，阿平哪怕不完成作业，成绩也仍然很好；他又擅长制作各种小发明，还为班级排演课本剧制作了精致的角色道具，利用轮胎、扑克牌、筷子做出了精美的校园模型；能够精确说出制作一根铅笔需要多少"克"木料。他的书包就像一个百宝囊，里面藏着发电机、电路板、各种电线、木珠、石头、大大小小的镜片、吸铁石、自己用塑料片制成的螺旋桨……尽管它们的来源经常不明。

初中毕业后，阿平读了一年职中就选择了辍学，去福建考了无人机驾驶证；平时则网购一些工具和零件，做出不少玩具，还曾送给老师一只自己编程的灯箱；也动手改装过家里的电动车，换成最好的锂电池。重逢时他还告诉老师，自己打算去江苏打工五年，存一大笔钱，再回楚雄开一个无人机体验店，因为无接触运送、喷洒农药会是以后的趋势，无人机能做到的事，就不需要那么多人去做；还想在村里开一个锂电池的生产加工厂，他认识一个武汉的公司，一直保持着联系。

学生们身上这些无形的共性，老师称之为"美丽DNA"，它是美丽小学办学之初就希望带来的影响力，由老师们创造，由学生们拥有，再进一步影响家长、村民，乃至影响整片土地；即便有一天美丽小学不再办学，美丽DNA仍然会留下来，继续影响更多的人，就像费孝通所说："各美其美，美人之美，美美与共，天下大同。"王珂为此引用《禅与摩托车维修艺术》中的一句话："即使工厂被拆除了，只要它的精神还在，你就能很快重新建立起来一家。"

掌声雷动，阿林和阿杰鞠躬、谢幕、下台，老师们围拢过来，眉飞色舞地描述他刚才的"现挂"，阿林不好意思地笑了，不时向单兰迪瞥去一眼。老师也轻轻一笑，学生的热爱还在。

那段相声的结尾，阿林对学弟学妹们讲出寄语，像是讲给他们，又像是讲给自己："这人生啊，有长有短，有高有低，你得记住一句话：没有成功之前，所有才华都是狗屎。"然后就是一段经典贯口，抑扬顿挫一气呵成：

楚王虽雄，难免乌江自刎

汉王虽弱，却有万里江山

满腹经纶，白发不第

才疏学浅，少年登科

有先贫而后富，有先富而后贫

蛟龙未遇，潜身于鱼虾之间

君子失时，拱手于小人之下

……

盖人生在世

富贵不能移，贫贱不能欺

此乃天理循环

终而复始者也

驶向何方

远山在暮色中隐退，月亮爬上树梢，离别的时刻终于还是到了。

22位毕业生一同唱出《送你一朵小红花》，之后走下舞台，把亲手制作的小红花戴在了全校老师和嘉宾的手上。王海月和杨迎迎也登上舞台，毕业典礼迎来最庄重的环节。

杨迎迎举起手中的帆布包："几个星期前，你们就来打探今年的行囊里有什么，不过我们一直都藏得很好，想在典礼当天再讲给你们听。你们说，想在行囊上写下每个人的名字，看到这个包就能想起22名同学和老师。现在我把所有的名字组合成了一朵小红花，印在了包上，当作一个特别的勋章，送给每个勇敢自信的你。"

两位老师从帆布包中逐一取出礼物。第一件礼物是毕业日历，这是用学生们童年的文字和照片组成的三年日历，从他们升入中学的那个9月开始，直到中学毕业的那年8月，老师们甚至把每个人的生日都标注了出来。第二件礼物是一面小镜子，老师希望学生们除了以后继续注重卫生，也希望他们学会欣赏自己，"过去六年你们经常不太自信，甚至不好意思说出自己的优点。这段时间你们已经有了很大进步，相信未来你们一定会有更多时候，对镜子里的自己感到高兴、满意。"最后一件礼物是一本手账。刚入学时，每位美小的学生都领到过这样一本手账，学着记录每天的生活和学习，如今这本是全新的，"它的第一页上是每个人一年级和六年级时候的照片，剩下的空白页交由你们去续写。也许未来某一天，你们可以带着这本手账，把自己的生活分享给我们听。"

眼角不知何时变得湿热，然后是脸颊，王海月咧嘴笑了下，试图让自己平静，加倍汹涌的泪水反而夺眶而出，彻底模糊了视野。

说好不要哭的,还是没忍住。

她转过身擦干泪痕。逆着舞台上的灯光,所有观众的面孔都模糊不清,但她还是依稀看到家长区里有几位母亲也在悄悄抹眼泪,低年级的孩子不再嬉笑说话。

这是分众美小毕业典礼的传统。每一届学生毕业,班主任都要为他们准备这样一只行囊,里面的物品每年都不同,但都寄托了老师的祝福。这个创意来自2016年创校之初,老校长康健的一段话:

任何一种教育,任何一所学校都无法预测人生旅途的下一站在哪里,更无法预告那里的环境和天气。我们只知道,孩子们会慢慢长大,慢慢离开家乡、亲人、师长去远行。他们所行的路上总会遇到风雨和坎坷,他们一定会面对今天无法预料的挑战、压力和惊涛骇浪。

我们只是日复一日地精心缝制一副伴他们远走的行囊,行囊里没有供他们终身享用的钱财,没有可以通行世界的"绿卡",更没有保其事事如意的秘籍。行囊里面装的只有:健康与毅力,智慧与包容,精神与信仰。

今年,校长爷爷没能来到毕业典礼现场,而是通过视频送出了自己的祝福:"亲爱的同学们,愿这副行囊陪伴你们每个人去到心向往的地方。再过六年,再过十年,你们都将成为有理想、有本领、有担当的青年,你们都将在建设美丽中国的伟大事业中找到自己的岗位,并分享他的荣光。"

王珂的校长致辞则是为全校弹一首歌,配上自己改编的、祝福毕业生的歌词，这也是每年的保留节目。安静的操场上回荡着他的淡定嗓音，波澜不惊的外表下却掩藏着比往年更为深重的伤感。2022届学生是伴随分众美小六年成长的最后一批学生；创校时的十几位老师，如今只剩五六位还在，他们也大多将在这个夏天或未来一两年内离职，这意味着六年前学校里所有熟悉的人，无论学生还是老师，很可能将都离开这里，只剩下自己。

2016年创校之初，康健把加入美小比喻成"上贼船"，不好上更不好下。如今王珂对此有了更深刻的体会。就像登山，攀登到第六天，却望见远处有一座之前看不到的山峰，风景更加优美，所有的登山者都会抑制不住继续攀登的渴望。

美小与老师们的未来发展存在着难以调和的矛盾，他们把宝贵的青春时光留在了云南的小山村，如今步入而立之年的他们，需要成家立业，如果继续留在山村，这些需求很难被满足；美小可以继续招聘，但新的老师经过几年历练后，还是会重新面临同样的问题。

单兰迪就面临这个矛盾。2017年初加入美丽小学时，父母对此表示过反对，担心女儿未来的成家问题。单兰迪搪塞他们：自己只是去学校看看，不一定留在那里，还特意选择母亲不在时动身，连行李箱都没带。

那时连她本人都没想到，自己会在分众美小一待就是六年。前两年，她在学校开创了生活家课程，负责运营美丽小学的微信公众号，那时想的是把学生从四年级带到五年级就走；等学生真到了五年级，又想着干脆把他们带到毕业；学生毕业后，她又关心起他们的初中生活，主动担负起校友工作。就这样年复一年，就像《快乐王子》里的那只燕子，她的归期一推再推，最后伴随美小完整走过了第一个六年办学期。

这些年来，她对家里永远是报喜不报忧，永远会说自己生活得很好，还经常把自己编辑的美小公众号的推文转发到家庭群里，尽管很少得到回应。她也邀请过父母来访校，希望他们了解自己的工作和生活，也总是被各种理由拒绝。

每次放假回家，在她看来都是"回去战斗"。有一年小侄女过生日，餐桌上欢声笑语，亲戚家人们搞不清她在云南待了几年，不知道她在那里做了些什么，只是说她早就该回来了，还让一岁的侄女鼓掌欢迎她回家工作。单兰迪拼命忍住眼泪。回到自己的房间，母亲问："你还要7月份才回啊？你和校长说了要走了吗？"单兰迪推说自己太累了，要早点睡，躲进被窝里，眼泪立刻淌了下来，不明白自己能在生活家课上教学生们处理与家长的关系，却为什么始终无法和父母达成和解。那次，她还是没有离职。

而只有回到楚雄，空气里才弥漫着自由的气息，她整个人都感到全身心的自在舒坦。父母曾质问：你到底能改变什么，为什么就不能找个普通的学校当个普通的老师？当时她不知该如何反驳，后来仔细回想才明白，自己非要留在美丽小学，该是因为"办学合伙人"这个角色。团队的每位老师都有自己的教育理想，这所学校也为他们追求理想提供了平台，每个人都会强烈感到："这是我自己的学校。"她还会和同事们开玩笑："以后咱们如果离开了美小，那就再办一所学校吧，肯定做得比现在要好。"甚至为此详细讨论过各种细节，希望把校址选在洱海边上。在犹豫和摇摆之后，她还是选择留下来。

凡红梅则在前一年就被调到镇中心校，离开这片工作了21年的土地。由于舍不得同事和学生，更因为留恋学校的氛围，那段时间她哭了很多次；也和五年前一样，再次陷入了长久的失眠。直到年轻同事们劝她："一边走一边找方向。从你内心去想，改变自己、去面对、去适应。"在新学校，她先给新同事各送了一件小礼物，这是在美小养成的习惯。"临危受命"去上的阅读公开课得到了一致好评。班主任工作分享会上，她利用思维导图和PPT做分享，自然也是在美小学到的。至今她仍和原来的同事们亲如一家，也会不时回学校看望他们。

程哲的任务则是继续夯实哗哩美小的基础，以及影响当地。这些年，哗哩美小每学期都要安排一次集体家访，全校所有老师一同出动，十几辆电动车浩浩荡荡行驶在盘山公路上，远远望去蔚为壮观。学校开展的所有课外活动也都会邀请家长参加，有一技之长的家长或村民还可以来学校教授各种课外项目。学校还和当地的阴箐村合作，把村小组的党员活动室改建成了图书馆，邀请有文化的村民担任馆长，由学生负责日常维护，从而把这里打造成村里的活动中心，为当地留守儿童和村民提供阅读服务。

美丽小学于如今的王珂而言，早已不只是一份工作和事业，而是生活乃至生命的重要组成部分。他并非没考虑过离开，看到当初同一批支教的朋友们，有人去了顶尖的企业，享受着高薪和优越的生活条件，也会想到自己的未来，扪心自问："我在这里做什么？如果离开这里，还能做什么？"有朋友开解他："你要是真的离职了，在朋友圈打听一句有什么工作机会，肯定会有一群人来找你。"很多人询问以后的打算，他一律回答："不知道，但一定要先休息几个月，太累了。"有一年数学节，学生们统计校长一周的工作量，发现从周一到周五，王珂的工作时长都在17小时之上。也有孩子告诉他："校长，你的头发白了好多。"这一年，王珂35岁。

困扰他的还有不确定性，对于美小，对于学生，乃至对于整个乡村教育。相比王珂刚参加支教的2010年，中国乡村学校的硬件有了长足进步，精准扶贫的力度之大他自己更是深有体会，纵向比较，农村教育有了长足的发展；但横向来看，城乡的差距还是在进一步扩大。站在任何一所村小的教学楼上往下看，操场上奔跑着的是这个村的未来，这会让每一位有教育情怀的乡村教师更有紧迫感；可是当看到整个操场乃至整个村子都在下陷，又难免让人生出无力感。

老师们能做的，只有在这片土地继续深耕下去，为中国乡村教育保留一块试验田。王珂相信，即便有一天两所美丽小学都已成为历史，包括自己在内的老师们也都已离开，但所直接影响的当地数千名学生和家庭依然在，长期保持交流的8所小学、100余名在编老师依然在，多年办学沉淀下来的师训课程、研究成果、办学总结依然在，他们这些曾经来过的支教老师也依然在。老师们的付出不会是徒劳，只是成果需要在很久以后的未来才能被看到。

他不禁畅想，那时无论学校变成什么样子，自己都愿意回来看看，什么都不用做，静静待在学校里就可以。六年来，老师们只要没课，都喜欢坐在操场旁望着校园，没人时，这里宁静祥和；只要下课铃响起，学校就好像突然活了过来，吵闹欢笑声中，一个个小小身影散到操场上，学生们绝不肯放任老师独坐，必定会扑过来揽住老师的四肢和身体，像果子挂满枝头，叽叽喳喳的问候和提问随即将老师淹没。铃声再度响起，他们又会像潮水般退去。短短一瞬间，老师满身都好像被重新注入活力。在王珂的记忆里，那是自己最快乐的时刻之一。

当年临近毕业，他在南京大学的校园里无意间看到美丽中国的招募海报，一见倾心之下做出了支教决定。家人和朋友感到不解，他同样对他们的不解感到不解：这事不是显然很有意思吗？这些年随着对教育理解的加深，他也可以说出支教的很多意义，但心中最根本的动力仍然是自己开心。有人吃甜点开心，有人数钱开心，有人打球开心，有人唱歌开心，自己只是恰好觉得给乡村孩子上课开心。

2022年9月，单兰迪在镇上租了一间商铺，用作美小校友们的活动场所，给这里起名"留白驿站"。学生们在镇上读初中，每次回位于村里的母校都不方便，如今有了这样一处场所，就可以在周五放学或周日返校时过来坐一坐，找老师聊天、看书、写作业，甚至请老师帮自己补课；校友会、镇上学校的教学研讨也在这里举办，连周围的居民都过来询问，孩子放学后没地方去，能否也来这里待一会儿。单兰迪欣然答应，有了空间就会有交集，交集又带来交流，也就同样存在教育的可能。

"留白驿站"开张那天，分众美小所有老师都过来帮忙布置打扫，一直忙到九十点。第二天国庆节，王海月和杨迎迎的毕业班就在这里举办了第一次校友活动，热火朝天的氛围让王珂恍然回到2016年办学之初，这样的共同记忆曾是整个团队凝聚力的重要来源。之前单兰迪决定自掏腰包租房时,王珂劝她先等等,也许可以通过其他渠道解决租金,单兰迪反问:"这样的事不是现在做,什么时候做?不是在这里做,在哪里做?不是我们做,谁来做?"而当王珂自己被问到除了"有意思",还有什么促使他在美小坚持这些年时,他沉默许久,终于勉为其难说出"责任感"这三个字,他有些抵触它,正如抵触"伟大""情怀"这些词一样,只是想不出其他更合适的词来描述自己的心境。

分众美小成立满五周年时,王珂和单兰迪把校园里的点滴剪辑成视频。漫长的和弦前奏中,一个孩子背对镜头在乡道上久久奔跑,《加州旅馆》的旋律响起,校园里的每个画面几乎都与歌词暗合,只是在中文歌词中,王珂把"Hotel California"改成了"美小客栈"。这所学校正像是一座客栈,老师与学生来来往往,缘聚缘散,但总有一些无形的东西被留下,就像那首歌的最后一句:

You can check out anytime you like, but you can never leave.
你可以随时退出,但你永远无法真正离开。

耕耘者

美丽中国的年轻老师们现在亲切地称呼刘泽彭为"老理事长"。

2023年，刘泽彭77岁，身材瘦高，面容清癯，嗓音温和轻柔。虽然已从理事长的职位上卸任，但仍认真履行着发起人的职责。每次参加慈善晚宴，他都会出席并发言，需要在视频里出镜也从不推辞，还经常参加校友会的活动，就连日常聊天的表情包都是美丽中国自己设计的。

他也经常参加老师们的活动和聚餐，与他们聊各自的人生、支教生活，聊美丽中国，聊乡村教育，聊自己与国家的未来……身处满屋的年轻人当中，看到他们脸上洋溢着的纯真，听到一声声"老理事长"的热情问候，刘泽彭总会感到自己重新焕发出青春与活力，那是他最快乐的时刻。年轻老师对他的爱戴也纯然发自肺腑，与任何身份、地位或职务都全然无关。在这样的场合，刘泽彭就像是一位被儿孙们簇拥的慈祥长辈。

"人即使年龄大了，也要继续做对社会有贡献的事，社会责任感应该是一生的追求。"这是刘泽彭的想法。

美丽中国的许多人都对老理事长的谦逊低调印象深刻。当年在办公室，他经常穿着T恤和牛仔裤，秋冬时节喜欢穿一件蓝坎肩。面对媒体的采访请求，他也总是婉言谢绝："真没必要采访我。""你们最应该关注的是我们的老师和员工，他们很多人比我优秀得多。""别说我是带领者，我也是受教育者。""不能说我做了什么，理事会是大家一起打的基础。"

作为机构的老员工，廖杞南还记得十年前第一次见到老理事长的样子。那时，刘泽彭还没加入美丽中国，以嘉宾身份参加在云南保山举办的一场研讨会，廖杞南负责前往腾冲机场迎接他，本以为他身边至少会有工作人员陪同，见面却发现只有他和夫人杨希两人，排在大队旅客中间等着取行李。几天接触下来，廖杞南很快感到："在他身上有一种老一辈共产党员的风范。"

事实上，刘泽彭大半生的经历足以令人肃然起敬：1946年出生，1970年毕业于清华大学，在吉林山区当了六年技术员，历任中共中央组织部青年干部局副局长，中共中央组织部副秘书长、副部长，国务院侨务办公室副主任和第十一届全国政协常委。

五十余年的工作经历中，刘泽彭的价值观一直是为国家和民族贡献自己的力量，把自己放到国家发展的事业中去，也始终对中国的教育、公益事业保持着关注。1990年前后，刘泽彭是"希望工程"的支持者，动员过企业家捐款，在甘肃建希望小学，自己也匿名捐助过农村学生，2000年以后还经常走访偏远地区的农村学校。访校结果让他意外，学校都有了整齐明亮的校舍，学生吃得也还不错，困扰学校的不再是硬件设施，真正的短板在于优秀教师的匮乏。乡村教师队伍人数偏少，学历偏低，平均年龄偏大，教学质量无法与城市学校的教师相比，这才是问题所在。

刘泽彭还记得，当年在清华读大学的时候，班里还有不少农村学生，如今这一比例已有所降低。那时大学生毕业后会被分配到农村，一直工作下去，但现在人口流动越来越快，西部的优秀人才都在向东部流动，当地的孩子考上大学也不愿再回去，一些边远地区更难以留住老师。城乡教育的差距在不断扩大，刘泽彭把这一现象归结为城市化带来的后果，这不是中国独有，而是全世界都面临的问题。这些问题一直困扰着他，直到遇到美丽中国。

刘泽彭结缘美丽中国，始于女儿刘芳。2012年在凤凰卫视担任主持人时，刘芳因偶然机会了解到美丽中国，立刻被这一组织的理念吸引。那年假期，她前往云南凤庆县的大寺中学，记录下这里的四位支教老师和他们的生活。这部纪录片《时事特区：教育行动》后来获得第49届芝加哥国际电影节纪录片类的银奖，也是中国第一个获得国际电影节奖项的正面调查报道。

纪录片果然引起刘泽彭的注意。多年的访校使他早就清楚中国农村的教育现状，也几乎第一时间就意识到这件事的意义，尤其欣赏这群年轻人。他感到在这些支教老师们身上，体现出了中国新一代年轻人的担当和责任。

刘芳也向父亲介绍了美丽中国："这是个非常好的事情，你见见他们吧，帮帮他们。"她相信，父亲会对他们的事业感兴趣，更会为这家当时还很小的机构提供帮助。做公益事业，熟悉政府部门的工作方式非常重要，父亲刚好可以为美丽中国支教填补这块空白。

在刘芳的介绍下，刘泽彭加入美丽中国，起初只是理事之一，机构遇到难以解决的问题时才会出面；慢慢地，他变得和年轻人一样投入，也获得了机构上下的一致敬佩与拥戴，理事会全票选择他担任理事长。

此前刘泽彭并没有管理公益机构的经验，成为理事长后也经历了不短的摸索时间。但丰富的工作经验让他明白：第一，公益组织要合规合法；第二，做公益不能仅凭热情，更要专业。在他的推动下，2014年，"北京立德未来助学公益基金会"在北京市民政局注册成立，美丽中国支教项目有了法律实体；一同建立规范的还有管理机制，也是由刘泽彭主导完成的。

协调与地方政府、各大院校的关系，是一项更艰难的任务。刘泽彭清楚，想要做好公益事业，取得政府部门领导的支持至关重要。他经常代表理事会拜访各级政府的领导，向他们宣传美丽中国，并争取与各级政府签订支教项目合作的协议。

刘泽彭其实不喜欢抛头露面，也不喜欢应酬。一家公益类杂志对他做完专访，希望把他的照片作为当期封面，工作人员做了很久的思想工作才使他转变了想法。在云南楚雄访校，当地的领导邀请刘泽彭共进午餐，刘泽彭的第一反应是谢绝，觉得自己是来工作的，听了工作人员的劝说马上改变主意。工作人员有时也能看到，老理事长在席间主动向当地领导干部敬酒："我敬你一杯，希望你们支持这些年轻人。"以他的身份原本不必如此，他只是觉得，只要是对支教事业有益的事，自己都应该去做。

也是通过老理事长，许多地方政府、高校领导了解到这份支教事业，成为机构的热心支持者。刘泽彭每次访校，老师们在前面分享支教经历，当地领导坐在台下不断拭泪，工作人员到处分发纸巾，都是座谈中常见的场景。暨南大学的宣讲会上，支教老师殷铭泽讲述自己的经历，校党委书记在下面听得聚精会神，演讲结束后还主动发言，高度肯定了美丽中国支教项目，会后又动员殷铭泽来学校工作。在广西马山县，陪刘泽彭一同访校的当地领导了解到美丽中国的工作，当场决定给支教老师建周转房。在云南大理，当地的政府办公室主任陪同访校后问："理事长，我女儿能来支教吗？"在深圳与市委原主要负责人吃饭，九十多岁的老书记闭目沉吟许久，缓缓冒出一句："泽彭，你们做的是中国的大事。"

访校则充满了快乐。身为机构的理事长，刘泽彭除了协调机构关系，制定机构战略，还会尽力抽出时间前往一线访校，不仅为了解项目，也为了鼓励老师们。从单枞茶故里到彩云之南，从喀斯特地貌到高原丘陵地带，他总是换乘多种交通工具，辗转在大山和乡村之间，无论多么舟车劳顿，只要见到支教老师就会变得神采奕奕。每次在学校的食堂吃饭，刘泽彭都会端着餐盘坐到支教老师身旁，与他们边吃边聊天。他会仔细询问每一位新老师的学校、专业，如何得知美丽中国支教项目，选择支教的原因，以及，"你来支教，家里人同意吗？"让他欣慰的是，赞同甚至支持子女选择的父母如今越来越多，这意味着社会观念的进步。

他能记住见过的所有支教老师，更乐于分享访校见闻，觉得这些年轻人不仅是公益的践行者，以教师的标准来衡量也足够优秀。在临沧云县，他录下邓婉馨讲英语课的视频，把它一直珍藏在手机里，不断在各种场合展示。在大理巍山，他听王海月讲诗人余光中的《乡愁》，觉得自己都愿意做她的学生。课下他问孩子们："你们喜欢这些老师吗？"孩子们异口同声："我们超级喜欢。"还反过来问："王老师为什么就教两年？"刘泽彭告诉他们："没关系啊，她走了以后，我们还可以派新的老师来。""不要不要，我们就要她。"他经常绘声绘色复述这个故事，模仿孩子的神态语气惟妙惟肖。

他还把这些孙辈的年轻人称作"小老师"，觉得自己从他们身上学会很多。2017年夏，支教于广东梅州的李煦炜作为校友代表回到厦门大学，在师弟师妹的毕业典礼上发表演讲，她也是厦大历史上首位刚毕业一年就受邀做演讲的校友。这源于在厦大的一次宣讲会上，刘泽彭提到："厦门大学有校训，'自强不息，止于至善'，学校前后有十八位校友成为美丽中国的支教老师，我认为他们是厦大校训的最好践行者，应该宣传。"

那次毕业演讲，刘泽彭坐在下面听李煦炜分享支教经历："哪怕我在一个小山村里，也要把书教好，这就是我认为的大事：去力所能及地影响到一些人。我们努力一点点，让这个社会变得美好一点点。这是每一个厦大人都应该有的社会责任感。"当天晚上，刘泽彭躺在床上反复回忆演讲内容，久久不能成眠。后来他主动提出要请李煦炜吃饭，李煦炜有些不敢相信，刘泽彭说："我是真心实意的。"

还有一次宣讲会，支教于甘肃陇南的李郁青分享了自己利用整个寒假，在大雪深山中家访的经历，"在行走之后我知道，要做一个谦卑的人。"刘泽彭一遍又一遍向周围的人强调，李郁青说的话是人生经典，这是她自己一步步走过来的人生感悟。

老师们的成长他更看在眼里。许多老师刚开始支教还显青涩，一年过去，目光中已充满了自信。李煦炜告诉老理事长，自己以前从未面对这么多人讲话,第一堂课站上讲台,腿抖得厉害;但很快,她已可以面对上千人滔滔不绝。支教于临沧的张悦在云南大学做分享演讲,刘泽彭评价,她的演讲能力比一些领导干部还要强,有的干部发言要对着稿子念,支教老师们不用。雍小慧在广西马山县支教,班上有孩子患有感觉统合失调,雍小慧在专家的指导下,有针对性地带学生做一些活动和游戏,训练他的前庭觉,孩子的行为习惯有了很大改观,雍小慧自己则在支教结束后去桂林参加了教育资格考试,之后一直从事特殊教育,由此找到了一生的事业。

结束支教后,老师们带着这两年的成长和阅历,带着对中国乡村教育的理解,有的老师继续扎根教育,有的老师意识到公益才是自己一生心之所向,他们都奔赴在了各自的热爱里。每次刘泽彭与这些已经结束支教的项目老师聚会,都会感叹:"我觉得她们的心地都特别干净。"还和教育部原主要负责人一起分享了这些年轻人的人生感悟。

而在支教老师们看来,由于常人难以企及的阅历、眼界,老理事长比自己还能看清支教对自身和社会发展的积极影响。刘泽彭曾告诉过许多人:"我们总以为,只有被帮助的人才有收获,其实,帮助别人的人自己收获更大。老师们在这两年的时间里并非只是奉献青春,他们也得到了在一般工作岗位上得不到的收获。"

张悦在云南大学的那次分享,有听众质疑支教的意义,她一时不知如何回答,会场出现了冷场。刘泽彭接过话筒:"很多事情,并不是你完全想清楚了才去做,而是应该先主动勇敢地踏出第一步,之后边做边思考。在你们这个年龄,如果每个人做事情之前还犹豫不决,还谨小慎微、唯唯诺诺,那就没有人再去勇敢地踏出这一步,没有人再去做这件事情。"张悦感叹:"理事长了解中国的现状是什么样子,他知道我们做这件事情的价值是什么,困惑是什么,收获是什么。美丽中国给了我方向,而理事长给了我鼓励和支持。"

对于美丽中国的未来,刘泽彭也比年轻老师们看得更远。在他看来,教育必须长期和持续化,但在如今人才流动的大趋势下,要求城市青年们去农村教一辈子书又不现实,美丽中国这种两年支教、长期轮换的模式看似简单,却恰恰解决了这一矛盾。两年很长,支教老师可以在朝夕相处中,潜移默化地影响孩子;两年又很短,老师们终究要离开,但这种影响可以被有着同样教学理念和方法的新老师继承、沉淀下来。离开的老师们依旧和学生保持长久的联系,持续影响着学生。某种程度而言,这已成为一种乡村教育振兴的模式。美丽中国只要留在农村,影响力就能一直延续。

2016年,清华大学苏世民书院举办"全球青年领导力论坛",刘泽彭受邀授课。他以美丽中国为案例阐述了当代年轻人提高领导力的培养路径。他介绍,两年支教对培养青年领导力起到的作用,大到超乎外界想象。未来的领导者要具备的种种素质:克服困难的能力、组织能力、演讲表达能力等,都可以从支教中得到历练;更重要的是,一个优秀领导者必须具备的社会责任感和情怀,支教老师们都具备。他们确实没做什么惊天动地的大事,但也在为一个民族的振兴勤奋地思考着,脚踏实地奉献着自己美好的青春，自己在这群年轻人身上找到了很多的答案，也非常愿意和他们一路同行。

他也希望这份事业能得到全社会的认可和支持。政府应该鼓励和倡导各社会阶层的人参与公益。刘泽彭为此曾向教育部提过建议，大学排名的衡量标准能否加入公益因素？支教的两年能否也算进工龄？支教老师们考研究生、公务员能否享受政策加分？总之，政府应当为公益机构提供更好的保障体系，并尝试采取更开放的政策。很多问题只有得到政府的正视和重视，才有可能真正解决。归根到底，公益机构只是解决问题的小溪，政府才是大江大河。

作为一位有着多年党龄的老党员，刘泽彭也时刻关注着这些年精准扶贫和乡村振兴工作的开展。2017年10月18日，中国共产党第十九次全国代表大会发布题为《决胜全面建成小康社会 夺取新时代中国特色社会主义伟大胜利》的报告，其中提到："推动城乡义务教育一体化发展，高度重视农村义务教育，……努力让每个孩子都能享有公平而有质量的教育。"美丽中国支教的愿景则是，让所有中国孩子，无论出身，都能获得同等的优质教育。

之后的数年，脱贫攻坚战在中国全面铺开，如同滔滔江水势不可当。2019年3月5日，2019年国务院政府工作报告提出，打好精准脱贫攻坚战。2020年11月23日，贵州省宣布所有贫困县摘帽出列，至此，中国832个国家级贫困县全部脱贫摘帽。2021年2月25日，全国脱贫攻坚总结表彰大会在京隆重举行，习近平总书记庄严宣告：我国脱贫攻坚战取得了全面胜利。

大江大河最终汇成浩渺汪洋，而这里，也包含属于美丽中国的那条小溪。

无论刘泽彭还是支教老师都清楚，未来依旧有很长的路要走。被问到中国的乡村教育还存在哪些问题时，他淡淡答了一句："多了，慢慢来吧。"而被问到"假如有朝一日中国实现了教育均衡，您会怎样"时，刘泽彭笑称："我可能看不到这一天，但我相信会有这一天。"他的梦想之一是，美丽中国能成为"百年老店"；还畅想过，即便自己不在了，美丽中国支教项目还在，这份事业还在。

当年担任理事长时，刘泽彭每次访校都告诉支教老师，他们给农村带去的是一种精神和力量："你们教书，不仅仅是传授知识，成绩的提高当然重要。但你们的到来更让农村的孩子知道，社会上还有这样一种人：愿意帮助别人的人。"他也会问学生们，长大要做什么样的人？不知多少孩子回答："要做老师这样的人。"

社会责任是一生的追求，关爱是一生的课堂。刘泽彭希望当代青年能用自己的实际行动融入中华民族伟大复兴宏图中，贡献自己的毕生力量。"育人遇自己"从来都不是口号，而是真正的实践。

就像他经常说的："我们搞教育，不是装满一个筐，而是点亮一盏灯。"

后记

一生牵绊

《育人遇自己：一场大山里的教育接力》是我为美丽中国所作的第二本书，也是《微光·炬火》的姊妹篇。距前一本书的出版已过去五年，这五年里我始终觉得，自己精神上的一部分依旧留在美丽中国，留在群山、云海和乡村之间。

时光倒退回七年前，我不可能预料到自己会与这个支教项目产生如此深刻而长久的联系。《微光·炬火》作于2016年，出版时恰逢美丽中国成立十周年；此后我又前往云南临沧一座位于澜沧江畔的小镇，在那里旅居数月，完成了另一部支教题材的小说；2022年春，应大有书局之邀，我再度命笔，开始了这部书稿的写作，完成之时，美丽中国已成立十五周年。不经意间，我见证了它这些年的发展，以及中国乡村教育振兴的种种成果。

《微光·炬火》出版时，我在后记中写道，老师们用自己的选择与努力，让我看到了人生的多种可能。倏忽五年过去，我更加确定了这点。写作这本书时，我结识的那些支教老师，那些乡村学校的教育工作者，那些投身公益的志愿者，他们的身份、经历、个性各不相同，但都有着一份社会责任感，有着对公益和教育事业的执着与热爱。我觉得我可以理解他们，我和他们是同一类人。

这也使得本书相比《微光·炬火》，叙事的时间跨度更大，视角更为广阔，主题则相对更为专一，它要记录的不仅仅是老师们的支教经历，更有他们千姿百态又终始如一的人生：遇见自己、找到自己、成为自己，按自己的心愿过完这一生。这才是人生最大的幸福。

对支教意义的争论，多年来始终是舆论的焦点之一。刚接触美丽中国之初，我也曾抱有这样的疑问，如今我已明白，没有哪个瞬间能决定人一生的幸福或成功，人生不是一个点，而是一条起伏的线；它更不应是一条单行道，不应被同一把标尺所衡量，而应是一座森林，每个人都能在此间自由地探索。理想中的教育正是这样一个帮助每个人找到自我的过程，我们常说教书育人，但育人永远应该排在教书之前。

所以，支教老师带给学生最重要的是关爱与梦想，以及对于成为更好的自己的渴望。两三年的时间很短，短到很多老师都会觉得，自己刚适应老师这个身份，支教就已结束；带来的影响却也可以很长，长到学生的整个青春。写作过程中，我采访过一些支教老师教过的学生，听他们回忆当年的校园生活、与老师相处的点滴，自己也仿佛在重温青葱岁月。他们如今已成年，无论是否考上高中乃至大学，都有着各自的人生追求，许多人也始终和当年的老师保持着联系，有的学生选择回来建设家乡，有的同样选择成为老师，"要做老师这样的人"是他们共同的想法。看到他们的样子，我也能明白，为什么支教已结束多年，老师们还是会一直牵挂着他们。学生受老师的影响，老师对学生的牵挂，都有可能持续他们的整个人生。

相比《微光·炬火》所记录的时代，如今农村的师资力量已经有了明显改善，但远未到可以松一口气的地步，这份支教事业仍然需要全社会的关注、理解与支持，没有人是一座孤岛。于我本人而言，对美丽中国、对教育公平事业的关注，会一直持续下去。

就像《加州旅馆》中的那句歌词：你可以随时退出，但你永远无法真正离开。

张　述